先唐诗歌的议论传统

程维◎著

安徽省优秀青年教师培育项目（重点）
安徽师范大学学术著作出版基金（2020XJ50）
安徽省哲学社会科学规划后期资助项目『先唐诗歌的议论传统』（AHSKHQ2020D09）
安徽师范大学中国诗学研究中心资助项目安徽省高校优秀科研创新团队『诗学教育』研究团队成果（2022AH010014）

安徽师范大学出版社
ANHUI NORMAL UNIVERSITY PRESS
·芜湖·

图书在版编目(CIP)数据

先唐诗歌的议论传统 / 程维著. -- 芜湖 : 安徽师范大学出版社, 2025.3

ISBN 978-7-5676-4069-6

Ⅰ. ①先… Ⅱ. ①程… Ⅲ. ①古典诗歌—诗歌史—研究—中国 Ⅳ. ①I207.209

中国版本图书馆CIP数据核字(2019)第069553号

先唐诗歌的议论传统 程 维◎著

XIANTANG SHIGE DE YILUN CHUANTONG

责任编辑:王 贤 责任校对:阎 娟

装帧设计:王晴晴 冯君君 责任印制:桑国磊

出版发行:安徽师范大学出版社

芜湖市北京中路2号安徽师范大学赭山校区

网 址:https://press.ahnu.edu.cn

发 行 部:0553-3883578 5910327 5910310(传真)

印 刷:江苏凤凰数码印务有限公司

版 次:2025年3月第1版

印 次:2025年3月第1次印刷

规 格:700 mm × 1000 mm 1/16

印 张:15

字 数:202千字

书 号:978-7-5676-4069-6

定 价:52.00元

凡发现图书有质量问题,请与我社联系(联系电话:0553-5910315)

“第一读者”感言：代序

诗要言情，且语言是“绮靡”而美的。说起诗的议论，首先要想起宋诗。宋诗是议论的，是冲着唐诗尤其盛唐诗高华流美的言情而来的，然而只能成为绿叶，只能陪衬鲜花般的唐诗。宋诗的冷凉、干巴的议论，并不见得讨好。

岂不知“议论”是中国诗歌“一大传统”，——早就有之，——而且代代相传，不绝如缕。从程维这本书的目录可以明显感知：它包括了《诗经》、楚辞、先秦歌谣、两汉文人诗、乐府诗，以及建安诗的“大合唱”；正始年间的嵇康、阮籍诗与东晋玄言诗，还有好发议论的陶诗，以及第一个山水大诗人谢灵运的“玄言的尾巴”。如果单看其中每一道风景线，我们都会耳熟能详，然而把它们拢在一起，梳理出一个“传统”，发现其中的个性与联系，却是一个颇能引人注目的话题，也是一个无人挖掘端详的学术话题。它可以为宋诗的爱好议论“解围”，起码是中国诗不可忽视的一大宗“传统”。从这个意义讲，程著的选题，带有总括性的含量，套用一句现成的老话：填补了学界的一道空白，也对宋诗及以后诗多了一层的思考。

识见是论著的灵魂，悟性则是决定识见的关键。首先程著基本研究框架是面对文本，由对文本的分析提出观点。这种由文本到观

点提炼，是传统的，并不见得“新鲜”，论者并没有力图去创个什么“新”来。然而在时下大风气中，视文本为明日黄花，不，应是视经典、视作家论、视文本为“虎”，人人谈“虎”色变，惟恐避之不及。因为如此，忠实文本的讨论与分析，作成论文，会引起惊诧，是不会见刊的。作为一篇论文尚且如此，如果是一部著作必会“另眼”看之。“人间正道是沧桑”，这种突破“时代风气”是要有眼光的，也是需要勇气的。如果女的都穿旗袍，男的都穿西装，那倒是不正常，而千人诺诺不如一人谔谔，起码是正常。时风害人，趋附者也很累，虽然处处得意，而至将来学风一变，恐怕只有懊恼与脸红。不佞很激赏程著论述的格调，不趋时，活得通透，论述得大自在，很得人心，故先而言之。

程著的论析，颇能畅快，既有识见，又见行文的疏朗与议论的深睿。比如《诗经》中的“国风”以言情为主，人见人爱。然而其中的大小二《雅》却以议论为主，虽然都是长篇大章，却也引人喜爱。比如其中《北山》是对劳逸不均的诅咒，用了12个“或”字反映了两种人不同的处境，它是一种对比性的描述，也是一种愤恨的议论。程著说：“作者用一组组善恶的对比排山倒海地刺激读者的感官，如同蒙太奇般不停展览反差巨大的画面，作者的情感就在这翻页的过程中潮水般倾泻而出，是可忍孰不可忍之意溢出词外。……然而因为情感充沛，画面感强，读者并不感到繁复，用沈德潜的话说，‘情至，不觉音之繁，辞之复也’。”（页18）这种议论，实际上浸透了不可扼控的情，是以情为议；从修辞看，又是以“赋”为论，以铺排为主。程著把《诗经》的议论分为三种：一是“以赋为议论。即铺陈善恶，以为议论。诗人常常通过善恶的并举，表达自己强烈的情绪”（页17）；二是“以比兴为议论”，认为“《诗》中比兴往往使议论之语更形象与深著，却不至于使美刺之义过于隐晦而不显”（页20）。并言：“《诗经》中的以赋体议论，多以善恶的对比为架构，使得议论的情绪强而力度大；而以比兴为议论的，多结合图像与情境，使得议论活泼而鲜明。”（页21）前人以赋比兴论《诗》，他则以之论《诗》之议论，可谓别出手眼。

《楚辞》是长句以抒言，议论该在其次了罢，即使议论也不太让人留意。他说：“楚辞中还有这样的议论：作者化身为两个人，分别持不同的观点来说服对方，比如《卜居》和《渔父》，……作者安排两主人公互相辩论，而至末尾亦未给出一确凿的回答，只留给读者一个意味深长的背影。”（页48）并指出《卜居》与《渔父》类似结构，开了汉赋问答体的先河，又进一步揭示汉赋“都太轻易地给了读者答案，使读者失去了自己选择的机会，失去了徘徊的思维快感”（页50），给了我们注意“议论”外的收获。

值得注意的是，程著还把“先秦谣谚与俚语”，这些谣谚与俚语在文体学并没有独立的价值，它往往作为史著的判断的附加证明，程著却作为重要而必不可少的章节，予以讨论。著者眼光之宏阔于此可见。不仅如此，在汉魏诗歌与议论一章里，指出：“先秦诗歌中的议论语，多就事论事，在诗歌中的作用并不十分突出，出现的位置往往并不显要，篇幅也不太可观。而汉代很多诗歌中的议论语不再只是诗歌的附庸，而是成为该诗关键的部位。有些诗歌的议论语成为整首诗歌的核心。”（页75）以此为化出由先秦到两汉议论在诗中位置轻重的变化。

在讨论两汉诗歌的“崇礼精神与巫鬼思维”，就“郊庙歌辞”与汉武帝《天马诗》，程著结合汉代的画像石和画像砖画，如《驾舆升仙图》《西王母车马》《胡元壬祠基石车马图像》等，讨论了汉诗流行礼义与巫神思维的议论的内容特征，显得方法论上，别具思维与手段，亦使得讨论具有时代性，方法上也虎虎有生气，在诗歌与图像结合，视野又扩展到雕塑，指出审美上秦的兵马俑与汉代马的雕石刻与画像属于两种文化的交融，一是写实与写意的交融，二是静穆和动态的结合，三是雄浑壮美的气势和柔和优美的线条的统一，从而对讨论诗的议论，提供了时代接递与审美转移与连续的基本原理的参照系，把诗的议论的转变，放入了更广阔的时代审美中予以把握，有了更多的参照系与整体的理论把握。

对于建安诗歌的议论，面对战争、瘟疫、人口锐减等残酷现实，诗歌议论的中心与主题，首先是生命意识的发展。首先是“它不再只是无奈地忧伤，而更多地表达了英雄的姿态”（页102），“建安诗歌生命意识的发展的另外一个表现师生命孤独感的呈现”（页106）。“其次，从形式上讲，诗歌到了建安时期，显现了个性化的特征。”（页107）他把建安诗歌议论，置放在宏观的把握下去透视，这无疑有居高建瓴的态势。另外，特别指出建安诗人“诗酒酬唱的集体活动，对诗歌议论的发展有着不可小觑的意义”（页110），这些大多是新人耳目的观点。

同时总结出：“汉魏诗歌的议论不再专注于外在的人事，转而开始关注人生，渐渐培育出了哲理性的品格。议论的情感取向已经不再是色彩鲜明的褒贬，不再追求强烈的对比，不再追求痛快的节奏。建安时期的诗歌议论，逐渐将目光凝注在更为深刻的内在生命，哲理性更强，而且呈现出个性化的特色。”（页112）应当说，这种宏观性结论，是从具体作品分析中得出，无疑给人深刻的启迪。

对于正始诗歌，认为始盛玄论，“阮籍、嵇康的议论发展了汉魏以来诗歌的哲理性，加入了对个体精神的追求，从而从汉魏以来诗人对生命短暂的恐惧和悲哀中解脱出来”（页114）。其次“论理成分亦较汉魏诗大量增加。有不少诗句颇类格言谚语，说教性强”（页116）。这个发明，具有学术性的提示。另外，他们的诗，“发展了诗歌批判的含蓄性和艺术性，……由明朗而渐模糊，由激烈而渐含蓄”（页121）。这是由当时政治上的白色恐怖所致，不能把议论说得太明白，这正是其诗“百代之下，难以情猜”的原因。他又用格雷马斯的矩形结构，重构出阮籍封闭的矛盾的意识形态结构图，以求把握阮籍批判精神的双重性与矛盾性，这也是借助一种理论去图解一种艺术个性的尝试。从方法论上，作者试图寻求各种思路与理论，可以看出付出的探索与追求。同时采用关键词——“悲”“伤”“哀”“苦”“怒”“愁”——统计法，揭示他的苦闷，也是很有效的方法。

西晋大乱，政治阴象环生，老庄与佛教思想流行，正始诗歌的好言理义玄论，一降而为玄言诗。著者认为“玄言诗的出现也是诗歌的哲理精神一步步发展的结果”，其用“理”取代了情感。此章还讨论了诗歌创作、词语以及句式的多重模式化，其原因则与玄学思潮相关。此章与陶诗的议论，以及谢灵运山水诗“玄言尾巴”，都写得极有深度，颇见功力，从中可见作者的学养与深思，时时透出颖悟的识见。

总观全书，作者读了很多书，也很会用书。论证方法是形而下之的直对文本，提炼观点则是形而上之。微观与宏观共用。论述语言的通透、清澈而不乏机趣，给人留下了深刻而蓬勃的印象。

当然，他的著作亦难免存在不足之处。比如鲍照的诗就有不少强烈的大议论，《行路难十八首》几乎首首议论，其中的“宁作野中之双凫，不作云间之别鹤”，便是千古名论，“泄水置平地，各自东西南北流。人生亦有命，安能行叹复坐愁”，亦以议论而成名诗。第五首“君不见河边草”通篇议论，第八首借咏物以咏怀议论。整组诗无不以强烈的爆发式的感情畅发议论，前人言此组诗“壮丽豪放，若决江河，诗中不可比拟，大似贾谊《过秦论》”（许觊语），正是被感情加议论的爆发力所感动。《代出自蓟北门行》末尾的亢奋忠烈的议论，则取法曹植。《代白头吟》等则通篇发不平之鸣，《代东武吟》后半慨叹今昔之差异。《梅花落》不在咏物而在发泄胸中块垒。以上仅为重要者。他的赡丽夸饰的议论，光焰腾跳于纸上，沾溉李杜、高岑不少。似可专列一章，淋漓而论之，不知著者以为然乎！

程维教授此著，系从硕士论文增加修改而成。他当初的硕士论文，我便是“第一读者”，这次成书我又是“第一读者”。当初读时便感到惊讶，便觉得超乎诸生之上。士别三日，当刮目视之，这次成书使我诧异感更为强烈。说句大家都知道的话，时下“电脑论文”充斥，教授们忙着学术的应酬席不暇暖，而视学术为“寂寞事业”者有几许人乎！程维教授年轻有为，却能沉住气，敢于直面经典，精读文本，从中发现人所不及的看法，最为我激赏。

著者读硕期间与我共同学习，故嘱我写序，难辞此役。因我早有感受，这次读来更加激动人心，便有此“感言”。韩愈早言：“弟子不必不如师，师不必贤于弟子。”读程教授此著，深有同感。弟子尚且如此，为师者敢不努力，这也是一口气读完此著的原因。我想著者更会努力，学术进境岂止今日之能所限量！

魏耕原

2024年底于陕西师范大学雁塔校区

目录

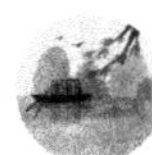

绪 论

中国诗歌的抒情传统，已为学界所充分论证。叙事传统，也有不少学者对之进行了探讨。[①]然而中国诗歌是否有议论的传统呢？中国诗歌中议论又是如何演变的？对“以议论为诗”的一味批判，是否可以检讨？议论传统对于后来者有何启发？这些问题都尚待探讨。

对于诗中议论的关注始于宋人。从一开始，议论在诗中的作用就是被否定的。较早指摘“以议论为诗”的是宋代的张戒，其在《岁寒堂诗话》中批评宋代诗人说“子瞻以议论作诗，鲁直又专以补缀奇字，……诗人之意扫地矣”[②]，而推咏物言志作为诗歌之根本。南宋严羽的《沧浪诗话》中对于诗中议论的批评则为人所津津乐道：

> 夫诗有别材，非关书也；诗有别趣，非关理也。然非多读书，多穷理，则不能极其至。所谓不涉理路，不落言筌者，上也。诗者，吟咏情性也。盛唐诸人惟在兴趣，羚羊挂角，无迹可求。故其妙处透彻玲珑，不可凑泊，如空中之音，相中之色，水中之月，镜

① 参见傅修延:《先秦叙事研究——关于中国叙事传统的形成》第四章“声音与音乐:口舌传事的流行”,东方出版社1999年版;董乃斌:《中国文学叙事传统论稿》第二章“中国诗歌的叙事性手法”,东方出版中心2017年版。

② 丁福保辑:《历代诗话续编》,中华书局1983年版,第455页。

中之象，言有尽而意无穷。近代诸公乃作奇特解会，遂以文字为诗，以才学为诗，以议论为诗。夫岂不工，终非古人之诗也。盖于一唱三叹之音，有所歉焉。[①]

后代人对严羽的这一论点有很多的同情和发挥，比如谢榛的《四溟诗话》常常以“流于议论”“涉于议论”“近于议论”作为批评诗歌的准则，又如明代屠隆在他的《文论》中说：“而宋人多好以诗议论，夫以诗议论，即奚不为文而为诗哉？”[②]可见这种见解影响之深。

严羽对宋人“以才学为诗，以议论为诗”的风尚颇不以为然，而推重前代诗人的诗歌，对陶渊明、谢灵运尤为推重，希望当代诗人要继轨前贤。然而“以议论为诗”并非发端于宋代，唐以前就早已盛行。最为醒目的当属玄言诗，不但有不少诗全诗皆为议论，且很多情形中全诗以议论为统摄。玄言诗之外，尚有许多诗作也是以议论为核心或者涵括大量议论，严羽所推崇的陶谢也不能例外。比如谢灵运的诗作常为后人讥讽有所谓“玄言的尾巴”，即诗末议论性赘句；陶渊明的诗作中也容纳众多议论语，前人于此较少留意；另如阮籍、嵇康等，甚或先秦时代之《诗经》、楚辞以及汉代之乐府和歌诗中也都有诸多的议论语存在。

同为议论的部分，陶渊明的诗歌被古今几乎所有的诗评家们所推许和追慕，谢灵运的玄言结尾被部分人所指摘，同时被另外一部分人所褒赏，而玄言诗则被诗评家们几乎无一例外地指责。是什么样的修辞差异使其遭遇到如此天壤差距的评价；清人王夫之等反对“理语入诗”，而以其对于陶诗、谢诗之评价衡之，则亦未彻底反对诗中用理语，症结在于如何用；从先秦至于唐宋，诗中议论如何衍

① 严羽:《沧浪诗话》,人民文学出版社1983年版,第26页。

② 屠隆:《由拳集》,台北伟文图书出版社有限公司1977年版,第1172页。

递，如何至宋代累积出诸多问题。回答如此种种疑问，我们试图从唐前诗歌发展史中得到启示。

古代诗评家中也有很多反对严羽的说法的，以清代为甚。严羽为了矫正宋代以才学为诗的倾向，力倡妙悟兴趣，反对理路言筌，用潘德舆的话说就是“宋人率以议论为诗，故沧浪拈此救之”①；而明代的诗评家们如公安竟陵等却把严羽的诗学引向重情轻学之途，“严说流弊，遂至竟陵”②，使得诗歌奏响浅薄和空疏，清人为矫正明代的诗风，所以重新审视严羽的诗学，试图从源头上矫正时代诗风。提倡宋诗的钱谦益、汪师韩、朱彝尊等大批学者都站出来对严羽的诗论作出批评，其中批评最严厉的算是钱谦益的弟子冯班，他在《严氏纠缪》中说，“以禅喻诗，沧浪自谓亲切透彻者，自余论之，但见其漫涣颠倒耳”，继而抉发其义曰：

> 沧浪云：“不落言筌，不涉理路。”按此二言似是而非，惑人为最。夫迷悟相觉，以假言为筌；邪正相背，斯循理而得路……至于诗者言也，言之不足故长言之，长言之不足故咏歌之，但其言微不与常言同耳，安得有不落言筌者乎？诗者，讽刺之言也，凭理而发，怨诽者不乱，好色者不淫，故曰思无邪。但其理元或在文外，与寻常文笔言理者不同，安得不涉理路乎？沧浪论诗，止是浮光掠影，如有所见，其实脚跟未曾点地。③

其实冯班对严羽的批评是勉强的，严羽所说的“不落言筌”是“不落假言之筌”，并没有说“不可言筌”，没有否定“以假言为筌”；“不涉理路”，并非说“不涉理”，而是要脱离“理路”——“理”的

① 潘德舆：《养一斋诗话》，郭绍虞编选，富寿荪校点：《清诗话续编》第四册，上海古籍出版社1983年版，第2010页。

② 周容：《春酒堂诗话》，郭绍虞编选，富寿荪校点：《清诗话续编》第一册，上海古籍出版社1983年版，第107页。

③ 冯班：《严氏纠缪》，《钝吟杂录》(丛书集成本)，商务印书馆1937年版，第66页。

思维方式或者说逻辑的理性的思维模式的束缚，从而回归审美直觉和艺术思维。显然严羽是深刻的。然而冯班提出了一个文学创作中的重要问题，也是讲究独抒性灵的明代诗学所忽视的问题，即文学形式问题。这个形式不单指文字形式，也指各种表达的形式，各种言说的方式。冯班认为严羽一味追逐内容和境界，而忽视和驱逐了形式的意义，是避实求虚，“脚跟未曾点地，一味空说而已”。

冯班认为艺术美并非由内容决定的，而是由形式决定的。在严羽看来违背艺术本性的涉理路、落言筌的诗中议论，冯班认为是不应当受到过分批评的，首先缘于议论在诗歌中有区分正邪、导人向善的诗教意义，更重要的是“议论”只不过是一种表达形式而已，是“言筌”之一罢了，而诗家如何运用才是症结所在。诗中理语艺术与否责任在个人，而不应将所有批评置于手段本身。清代的沈德潜、叶燮、纪昀等很多学者也表达了类似的意见。

缘此，诗中议论的“形式”亦应当成为探究的对象。唐前诗歌尤其是先秦到魏晋的诗歌作为宋以后诗家之高标，极少受到批评，即便是严羽等反对“以议论为诗”的批评家们也奉之为龟镜，所以本书就以先秦到魏晋的诗歌为范围，围绕诗中议论这一主题进行考察和梳理，希望从中得到一些启示。在调查过程中不免涉及一些紧要而难以厘清的问题，例如谢灵运“玄言尾巴”的问题，又如“骂詈为诗”的问题等，皆是学术界长久争执的问题，冀以考镜源流，得出有异于前贤的见解。

第一章　先秦诗与论议语

清翁方纲释《韩诗》之“理”字云：

> 凡治国家者谓之理，治乐者谓之理，治玉者谓之理，治丝者谓之理，故曰“国史明乎得失之迹”，得与失，皆理也。又曰“以一国之事，系一人之本，谓之风。言天下之事，形四方之风，谓之雅。颂者，美盛德之形容”，形与系，皆理也。又曰：“风、雅、颂为三经，赋、比、兴为三纬”，经与纬，皆理也。理之义备矣哉！①

理有条理、义理。经与纬，条理也。得与失、形与系，义理也。本文所谓“理”，不涉条理，专论义理。而“义理”又分“涉议论”与“不涉议论”。诗有“不涉议论而理字之浑然天成”者，亦有以议论入诗者。所谓“理语”，指的是议论入诗者。

中国诗歌萌芽于先秦时期，而诗中议论亦滥觞于此时。《书》云“诗言志，歌永言”，《诗大序》谓“在心为志，发言为诗”，是以在心者未必皆缘乎“情”，亦可能关乎“理”；其所发之言未必皆涉于“景”，亦可能形之为“论”，而不废其为诗之义。至陆机则阐崇“缘

① 翁方纲：《〈韩诗〉“雅丽理训诰”理字说》，《复初斋文集》卷十，清李彦章校刻本。

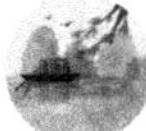

情而绮靡”之义，始渐变风气。本章试考察《诗经》之议论语，以原其始；觇考楚辞之议论语，以见其变。

第一节　旨酒思柔：论《诗》中理语

《诗经》奠定了中国诗歌的抒情传统，这已为学界所论定。《诗经》中的叙事传统，也有不少学者进行了探讨。前文已有论及。然而《诗经》中是否有议论的传统呢？清张谦宜《絸斋诗谈》云：“诗中谈理，肇自三《颂》。”[①]姚际恒《诗经通论》评《大雅·烝民》曰“《三百篇》说理始此”[②]。可见《诗经》是议论入诗的肇端，因而《诗》中的议论，颇有可讨论的空间和必要。

一、《沧浪诗话》与《诗经》议论语

南宋严羽《沧浪诗话》中对于诗中议论的批评常为人所津津乐道：“诗有别趣，非关理也。……以文字为诗，以才学为诗，以议论为诗。夫岂不工，终非古人之诗也。”[③]在他看来，“以议论为诗”即便工致，也终非“古人之诗”。而他所谓的“古人之诗”指的是哪些诗歌呢？《沧浪诗话》云：

> 夫学诗者以识为主，入门须正，立志须高；以汉魏晋盛唐为师，不作开元天宝以下人物。……工夫须从上做下，不可从下做上。先须熟读《楚词》，朝夕风咏以为之本；及读《古诗十九首》，乐府四篇，李陵苏武汉魏五言皆须熟读。[④]

① 张谦宜：《絸斋诗谈》卷一，郭绍虞编选，富寿荪校点：《清诗话续编》第二册，上海古籍出版社1983年版，第792页。

② 姚际恒：《诗经通论》，中华书局1958年版，第311页。

③ 郭绍虞：《沧浪诗话校释》，人民文学出版社1983年版，第26页。

④ 郭绍虞：《沧浪诗话校释》，人民文学出版社1983年版，第1页。

可见他所说“古人之诗”是楚辞及汉魏盛唐诗——不包括《诗经》。

严羽论诗，直言楚辞，而不论《诗经》，是一件颇为怪异之事。学者已注意到此事，郭绍虞《沧浪诗话校释》云：

> 沧浪只言熟读《楚词》，不及《三百篇》，足知其论诗宗旨。虽主师古，而与儒家“诗言志”之说已有出入。……盖沧浪论诗，只从艺术上着眼，并不顾及内容，故只吸取时人学古之说，而与儒家论诗宗旨显有不同。①

然而时人论学古人之诗，多是先言《三百篇》，再言《楚辞》，“苏轼谓‘熟读《毛诗·国风》《离骚》，曲折尽在是矣。’吕居仁谓‘学诗须以《三百篇》《楚辞》及汉魏间人诗为主，方见古人好处。’而黄庭坚《大雅堂记》更举出‘广之以《国风》《雅》《颂》，深之以《离骚》《九歌》。’此皆重在学古，但以《三百篇》与《楚辞》并举而言，又与沧浪不同”②。时人皆如此，何以唯独严沧浪不提《诗三百》呢？是否《诗三百》有不符合严羽的诗学理论之处呢？试看古人对于严羽的批评：

> 评诗者有曰：“宋人以议论为诗而诗亡”，非也。《三百篇》具在，岂尽触景畅怀、天籁自动？若二《雅》三《颂》，则朝廷郊庙之乐歌也；变风变雅，则幽人志士之激谈也。此孰非议论？何独宋人然哉？③
>
> 《小宛》抑不仅此，情相若，理尤居胜也。王敬美谓“诗有妙

① 郭绍虞：《沧浪诗话校释》，人民文学出版社1983年版，第4页。

② 郭绍虞：《沧浪诗话校释》，人民文学出版社1983年版，第4页。

③ 伍袁萃：《林居漫录》卷四，畸集明万历刻本。

悟，非关理也”，非理抑将何悟？[①]

人谓诗主性情，不主议论。似也，而亦不尽然。试思二《雅》中，何处无议论？[②]

或云：“诗无理语。”予谓不然。《大雅》：“于缉熙敬止”“不闻亦式，不谏亦入”，何尝非理语？何等古妙？[③]

古代诗家反驳严沧浪“议论为诗”之说时，所引材料常常为《诗经》，因为《诗经》中便有诸多议论之语，或称为“理语”。《三百篇》之中，《雅》《颂》与议论最为相关。孔子论诗云：

《讼》，坪德也，多言后。其乐安而犀，其歌绅而葛，其思深而远，至矣。《大夏》，盛德也，多□……《小雅》，□德也，多言难而悁退者也，衰也，小矣。[④]

其论《雅》《颂》多言“德”，如“坪德”“盛德”“□德”，又言“思深”“悁退”，皆与议论相关涉。张谦宜《絸斋诗谈》称“理无不包，语无不韵者，《三百篇》之《雅》《颂》是也”[⑤]。杭世骏《沈沃田诗序》曰：

《三百篇》之中有诗人之诗，有学人之诗。何谓学人？其在于商则正考父，其在于周则周公、召康公、尹吉甫，其在于鲁则史克、公子奚斯。之二圣四贤者，岂尝以诗自见哉？学裕于已，运逢其会，雍容揄扬而《雅》《颂》以作，经纬万端，和会邦国，如此

---

① 王夫之：《姜斋诗话》，王夫之等撰：《清诗话》，上海古籍出版社1963年版，第6页。

② 沈德潜著，王宏林笺注：《说诗晬语笺注》，人民文学出版社2013年版，第383页。

③ 袁枚：《随园诗话》卷三，人民文学出版社1982年版，第94页。

④《孔子诗论》，马承源主编：《上海博物馆藏战国楚竹书》一，上海古籍出版社2001年版，第127—129页。

⑤ 张谦宜：《絸斋诗谈》卷一，郭绍虞编选，富寿荪校点：《清诗话续编》第二册，上海古籍出版社1983年版，第792页。

其严且重也。后人渐昧斯义。[①]

学人之诗多为《雅》《颂》之篇。杭氏所举正考父等人，《国语·鲁语》载“正考父校商之名颂十二篇于周太师”，《毛诗序》载“季孙行父请命于周，而史克作是颂”；又《小雅·六月》曰“文武吉甫，万邦为宪”，《大雅·烝民》“吉甫作诵，穆如清风”，《鲁颂·閟宫》曰“奚斯所作，孔曼且硕，万民是若”，概为《雅》《颂》之作者。从笔者的实际调查来看，《三百篇》中，也是《雅》涉及议论最多，次则《颂》与《国风》。

朱熹《诗集传序》称：“此《诗》之为经，所以人事浃于下，天道备于上，而无一理之不具也”[②]，清人程廷祚谓“孔子之以诗教也，将何先？曰义理而已矣”[③]。因而古代士人常借《诗》以阐论，清刘开《读诗说下》曰：“夫古圣贤立言，未有不取资于《诗》者也。道德之精微，天人之相与，彝伦之所以昭，性情之所以著，显而为政事，幽而为鬼神，于《诗》无不可证，故论学论治，盖莫能外焉。……何者？理无尽藏，非触类旁通则无以见。”[④]试观春秋时的赋诗言志之例：

子展赋《草虫》。赵孟曰：“善哉！民之主也！抑武也不足以当之。”伯有赋《鹑之贲贲》。赵孟曰：“床笫之言不逾阈，况在野乎！非使人之所得闻也。”子西赋《黍苗》之四章。赵孟曰：“寡君在，武何能焉！”子产赋《隰桑》。赵孟曰：“武请受其卒章。”子大叔赋《野有蔓草》。赵孟曰：“吾子之惠也！”印段赋《蟋蟀》。

① 杭世骏:《道古堂全集》文集卷十序，清乾隆四十一年刻光绪十四年本。
② 朱熹:《诗集传》，中华书局1958年版，第2页。
③ 程廷祚:《诗论十五》，《清溪集》卷二，《金陵丛书》本。
④ 刘开:《刘孟涂集》文集卷一，清道光六年姚氏檗山草堂刻本。

> 赵孟曰：“善哉！保家之主也！吾有望矣。”[①]

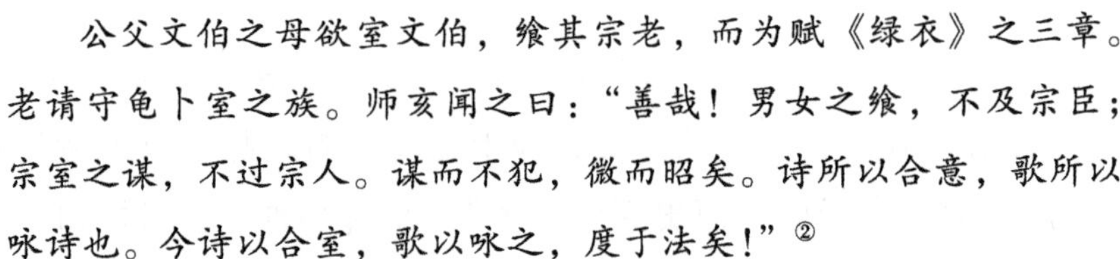

> 公父文伯之母欲室文伯，飨其宗老，而为赋《绿衣》之三章。老请守龟卜室之族。师亥闻之曰：“善哉！男女之飨，不及宗臣；宗室之谋，不过宗人。谋而不犯，微而昭矣。诗所以合意，歌所以咏诗也。今诗以合室，歌以咏之，度于法矣！”[②]

赋诗者皆能以《诗》表达其美、刺之意，而闻听者亦能于其中明其是非利害，清人程廷祚谓“汉儒言诗，不过美、刺二端”[③]。美、刺是政论。

古人论诗，概以《三百篇》为尊。若《三百篇》不避理语，则“诗无理语”“议论而诗亡”之论便不攻自屈。刘仕义《知新录》批评严羽“别趣”之说云：“杜子美诗所以为唐诗冠冕者以理胜也。彼以风容色泽、放荡情怀为高，而吟写性灵为流连光景之词者，岂足以语《三百篇》之旨哉！”[④]严羽所高举的“诗有别趣，非关理也”之说，显然与《诗经》的实际状况是有所龃龉的。这便是严羽论学“古人之诗”而避开《诗经》的一个重要原因。

二、《诗》中理语的特质

在严羽看来，“议论为诗”之所以非古人之诗者，是因其涉于理路。这主要针对以苏、黄后学为代表的才学诗和以程、邵为代表的理学诗。才学诗就学问而生议论，故其议论空泛而根柢虚浮；理学诗专于性理而忽于情感，故其议论干枯而缺乏情韵；所谓“盖于一唱三叹之音有所歉焉”。然则《诗经》中的理语是否也有此种种弊

---

①《春秋左传正义·襄公二十七年》，见阮元：《十三经注疏》，中华书局1980年版，第295页。

②《国语·鲁语下》，来可泓：《国语直解》，复旦大学出版社2000年版，第288页。

③ 程廷祚：《诗论十三·再论刺诗》，《清溪集》卷二，黄山书社2004年版，第38页。

④ 郭绍虞：《沧浪诗话校释》，人民文学出版社1983年版，第37页。

病呢？

总绎《诗》中理语以觇之，则其议论有如下特点值得关注：

其一，情理互渗。叶燮《已畦文集》卷十三曰："盈天地间万有不齐之物之数，总不出理、事、情三者。"[①]其论诗亦本此三事。然而在先秦诗学中，情理浑然未分。《尚书·尧典》云："诗言志"。《说文》释"志"为"意"，又释"意"为"志"，谓"从心察言而知意也"。《毛诗序》曰："诗者，志之所之也。在心为志，发言为诗。情动于中而形于言"，又称"发乎情，止乎礼义"。可知"志"兼容情、理二义。

《诗经》的议论往往与叙述、抒情融渗于一体。其中尤以与叙述相交缠为常见，王夫之《诗广传》云："《清庙》之诗，盛德无所扬诩，至敬无所申警，壹人之志，平人之气，纳之于灵承，而函德之量备矣。故以微函显，不若以显而函微也；以理函事，不若以事而函理也。"[②]所谓函德者，《清庙》云"不显不承，无射于人斯！""不"与"丕"通，《书》云"丕显哉，文王谟！丕承哉，武王烈！"是颂论文、武王之德烈。诗中所写雍雍肃肃之貌、骏奔于庙之状是事，而理在其中。又如《邶风·谷风》云"黾勉同心，不宜有怒"。毛传曰："言黾勉者，思与君子同心也"，郑笺云："所以黾勉者，以为见谴怒者，非夫妇之宜"[③]，毛传的解释是叙述的口吻，而郑玄的解释则显然倾向于议论，可见它是同时包含了叙述和议论的表达。"不宜"是断定之词，芮长恤《匏瓜录》云："《谷风》之理直，故其诗明白详尽而无愧词。"[④]又比如政治讽刺诗《小雅·巧言》云："君子屡盟，乱是用长。君子信盗，乱是用暴。盗言孔甘，乱是用

① 叶燮:《与友人论文书》,《已畦文集》卷十三,民国七年梦篆楼刊本。

② 王夫之:《船山全书》第三册,岳麓书社1988年版,第481页。

③ 孔颖达:《毛诗正义》(十三经注疏本),北京大学出版社1999年版,第145页。

④ 芮长恤:《匏瓜录》卷三,清光绪十年怀永堂恽氏刻本。

啖。”这是说君子若与小人同流合污，便会导致社会乱流丛生。马国翰《目耕帖》卷十七云：

> 《礼记·表记》：“故君子之接如水，小人之接如醴。君子淡以成，小人甘以坏。《小雅》曰：‘盗言孔甘，乱是用啖。’”《记》引《诗》以证“甘以坏”，只从有枝叶见之。周世樟云：“孔甘者，盗言也，若美味然，能动人之嗜。如簧者，巧言也，若好音然，能悦人之听。皆小人之工于谗谄也。”①

“乱是用长”“乱是用暴”“乱是用啖”，三组类比的句子表达相同的批判态度，这是典型的议论性语句。然而此数句中又包含了不少叙述性因素，比如句内承接的语气、动态的词汇（“长”等）以及三组句子之间的递进式关系等。所以苏辙在解释这句诗时用了相对叙事性的表述：“春秋之际君臣相疑，则盟谗人，构其君臣利，在不究其实，君遂从之，而徒以盟誓相要，此乱之所以日长也。盗者伏而得之之谓也。谗人之诬君子曰：‘吾能得其隐，众莫知也，而君遂信之，此小人之所以恣行也。’”②。

与此类似，议论与抒情融织于一句的情况也不少见。试观《召南·小星》：“肃肃宵征，夙夜在公。实命不同！”《毛诗序》谓“《小星》，惠及下也。夫人无妒忌之行，惠及贱妾，进御于君，知其命有贵贱，能尽其心矣”，《韩诗外传》谓“家贫亲老不择官而仕”③。现代学者一般认为是小臣行役之作。不论本事如何，其“实命不同”一句怨意皆相类。不但是对自己命运的一种判断，同时也是一种感叹，包含着无奈、伤感和悲愤，抒情性重于议论性。而同样包含议论和抒情的《小雅·小旻》，则是议论性重于抒情性：

① 马国翰：《目耕帖》卷十七，《玉函山房辑佚书》本。

② 苏辙：《诗集传》卷十二，宋淳熙七年苏诩筠州公使库刻本。

③ 许维遹：《韩诗外传集释》，中华书局1980年版，第247页。

旻天疾威，敷于下土。谋犹回遹，何日斯沮？谋臧不从，不臧覆用。我视谋犹，亦孔之邛。潝潝訿訿，亦孔之哀。

其中“我”的出现、“亦孔之A”的夸饰性的结构、反问语气和表达感情的“哀”字，都传达了抒情的气息。陆次云《事文标异》卷五云：“《小旻》曰‘潝潝訿訿’，盖言邪谋所自始也，先抱临深履薄之忧矣”，点出其中忧惧之情。然而此句更为重要的表达是议论，试看孔颖达对这句的疏证：

王既为天所疾，政教当顺天为之。今王谋为政之道，又多邪辟，不循旻天之德已甚矣。何日王之此恶可散坏乎？言王无悛心，恶未可坏。故有谋之善者，王不从之。其不善者，王反用之，是恶不坏也，王恶如是，我视王谋为政之道是亦甚病。①

孔颖达的这段解释几乎只是翻译，结果形成这一段议论性极强的文字，批评了诸侯王正邪不分，评价了当时政策的错误，希望改变邪曲、回归正道。《列女传》引“旻天疾威，敷于下土”句而释曰“言天道好生，疾威虐之行于下土也”。可见这几句诗是典型的政论诗句。又比如《郑风·将仲子》的末句“人之多言亦可畏也”，显然就是现在的俗语“人言可畏”的雏形。“人言可畏”在现代多表达一种对舆论理性的判断，多少带着一点警惕和畏惧；而《将仲子》的这句诗则更多的是与前面的“父母之言亦可畏也”“诸兄之言亦可畏也”一起交织表达一种紧张、担心、敬畏和抱歉的心情。明邵宝《简端录》云：“《将仲子》其在理、欲之间乎？当是时，女子有为是言也者，故诗人从而歌之刺之，而犹幸其知耻焉。”又称“《将仲子》犹有愧心焉”②，直接道出它情理交织之义。

① 孔颖达：《毛诗正义》（十三经注疏本），北京大学出版社1999年版，第736页。
② 邵宝：《简端录》卷六，清《文渊阁四库全书》本。

其二，显豁豪宕。孔子称《关雎》“乐而不淫，哀而不伤”，又谓“温柔敦厚，《诗》教也”，这是儒家的诗教传统，却不是《诗三百》本身的议论传统。《诗三百》的议论语大多不讲究修饰，不避反复，不避粗鄙，感情色彩极为鲜明昭彰。南宋学者黄彻《砻溪诗话》云：

> 山谷云：诗者，人之性情也，非强谏争于庭，怨詈于道，怒邻骂坐之所为也。余谓怒邻骂坐，固非诗非指，若《小弁》亲亲，未尝无怨。《何人斯》“取彼谗人，投畀豺虎”，未尝不愤。谓不可谏争，则又甚矣。箴规刺诲，何为而作。……忠臣义士，欲正君定国，惟恐所陈不激切，岂尽优柔婉晦乎？①

诗人所赞扬的、所批评的、所担心的、所惊恐的、所悲伤的、所高兴的，一股脑儿都泼在议论里面，毫不保留，只是一腔真情往外吐。他所敬佩的，赞美为“百夫之特”（《秦风·黄鸟》），“言百夫之德莫及此人，此人在百夫之中乃孤特秀立”（《孔疏》）；他所厌恶的，直骂“贪人败类”（《大雅·桑柔》），“有性贪人，有此恶行，败于善道”（《孔疏》）；被情人背叛，就大喊“之子无良，二三其德”（《小雅·白华》）；为谗言所构，就疾呼“谗人罔极，交乱四国”（《小雅·青蝇》）；听不惯的，直叫“言之丑也”（《鄘风·墙有茨》）；看不惯的，敢说“颜之厚矣”（《小雅·巧言》）。这些都是议论之语，却又情感沛然。再如《鄘风·相鼠》一诗：

> 相鼠有皮，人而无仪！人而无仪，不死何为？
> 相鼠有齿，人而无止！人而无止，不死何俟？
> 相鼠有体，人而无礼，人而无礼！胡不遄死？

作者几乎全篇议论，对在位者作出“无仪”“无止”“无礼”的

① 黄彻撰：《砻溪诗话》，《历代诗话》本，中华书局1983年版，第395页。

激烈评价，从外在礼仪到内在品质再到立身根本作出彻底而全面的指斥。后面的“不死何为”“不死何俟”“胡不遄死”，清邹汉勋《读书偶识》云“《白虎通义》：‘《相鼠》，妻谏夫之诗也。’谏虽切，直欲其夫死，非温厚之旨。”[①]陈子展说“恶之欲其死，反复言之，见其恶之深也”[②]，一句比一句激切，一句比一句愤慨，一句比一句热辣，无怪乎王世贞批评它“太粗”。这与严羽所批评的“叫噪怒张，殊乖忠厚之风，殆以骂詈为诗”可相参照。

《诗》中理语还常使用反诘的语气，以表达强烈的语气。如《召南·行露》：“谁谓雀无角？何以穿我屋？谁谓女无家？何以速我狱？”《鄘风·相鼠》：“人而无仪，不死何为？”《小雅·何草不黄》：“何草不黄？何日不行？何人不将？经营四方。”《小雅·十月之交》：“抑此皇父，岂曰不时？胡为我作，不即我谋？”《小雅·沔水》：“莫肯念乱，谁无父母？”这些反诘句无一例外地都带有否定词“无”“不”等，表达坚定的意思和激烈的感情。实际上在议论的情感上有很大的补益作用。

其三，就事务实。“就事”是指具有针对性，“务实”与“务虚”相对，指具有实用性，这是《诗经》议论的又一大特点。《诗经》的议论大多针对一人一事，而较少涉及广义的世界或人生，不讨论普遍的价值和道理，有很强的实用性。“谗人罔极，交乱四国”（《小雅·青蝇》）、“大无信也，不知命也”（《鄘风·蝃蝀》）是人物评论，前者是针对谗佞之人的，后者是针对“淫奔之人”的。“下民之孽，匪降自天。噂沓背憎，职竞由人”（《小雅·十月之交》），“今兹之正，胡然厉矣？燎之方扬，宁或灭之？赫赫宗周，褒姒灭之！”（《小雅·正月》）是政治评论，前者是针对用人政策，后者是针对暴虐政治。“其诗孔硕，其风肆好”是文学评论，针对吉甫的诗。

① 邹汉勋：《读书偶识》读书偶识四，清光绪左宗棠刻本。

② 陈子展：《诗经直解》，复旦大学出版社1983年版，第158页。

不论是人物评论、政治评论或者文学评论，都是实用性很强的议论，它们都有特定的对象，都存在于与前后文的关系当中，单独拿出往往失去意义，变得不可理解。所以即便是意思相近的议论，也只能在语境中才能准确显示其意义。元代朱倬的《诗经疑问》提出了一个这样的问题："国风言命者二：《鄘风·蝃蝀》篇曰：'大无信也，不知命也。'《郑风·羔裘》篇曰：'彼其之子，舍命不渝。'《文王》篇曰：'其命维新。'又曰：'命之不已，至于文王受命''维天之命''命之不易'。雅、颂言命者不一，其旨同乎？亦有不同乎？"[①]如果要考察原始的意义，这几个"命"的意义一定有所不同：《蝃蝀》篇讲的是父母之命，郑玄笺曰："又不知婚姻当待父母之命"；《羔裘》篇讲的是血肉的生命，郑玄笺曰："是子处命不变谓守死善道见危授命"；《文王》篇指的是天命，郑笺云："大王聿来胥宇而国于周，王迹起矣而未有天命，至文王而受命"[②]。这些"命"都不是哲学意义上的概念，与宋代所谓的"天命流行"完全不相关。后来宋代理学家们不断赋予这些词以宏大的哲学意义，其理论虽颇有精切宏深处，使人折服，但实在与诗歌的本意无关。由此也可以说明《诗经》议论的针对性和实用性。

综此三点而言：一，情事理相交融，使得《诗》中理语绝无干枯、乏情韵之病。或以理函事，或以事函理，或情理相杂，往往彼此相互融契。二，显豁豪宕的表达方式，使得诗中的议论不会以非常理性的、受控的方式进行，因而掺杂了非常多的骂声、哭声或笑声，使得《诗经》的议论有了丰富的表情，有了感情的温度。三，就事而论，故不空泛；务实而谈，故不虚浮。不专意言理，所以不为理所缚。《诗》中议论的这三点特质，使读者不觉其理性和跳脱，

---

① 朱倬：《诗经疑问》，清《文渊阁四库全书》本。

② 孔颖达：《毛诗正义》(十三经注疏本)，北京大学出版社 1999 年版，第 205、291、951 页。

与全诗浑然一体。

三、以赋、比、兴为议论

《诗经》有赋、比、兴，是为“三用”，其中唯“兴”较少与议论相重叠，“赋”和“比”都与议论不相冲突。而依汉代郑玄的说法，“赋者，铺也，直铺陈今之政教善恶”，“比，见今之失，不敢斥言，取比类以言之”，“兴，见今之美，嫌于媚谀，取善事以喻劝之”，则赋、比、兴都不过是政论之一体罢了。不同的是，“赋”是铺陈善恶为议论；比、兴是以“比体”为议论，其中兴偏于“美”、比偏于“刺”而已。试分述之。

（一）以赋为议论。即铺陈善恶，以为议论。诗人常常通过善恶的并举，表达自己强烈的情绪，此中多为愤慨之情：“无罪无辜，谗口嚣嚣。下民之孽，匪降自天。噂沓背憎，职竞由人。”（《小雅·十月之交》），“无罪无辜”和“谗口嚣嚣”是一组对比，《汉书·刘向传》曾引此二句云“君子独处守正，不桡众枉，勉强以从王事则反见憎毒谗诉”[①]。“噂沓”与“背憎”又是一组对比，孔颖达解释“噂沓背憎”说：“噂噂沓沓相对谈语，背去则相憎疾”[②]，聚则相欢，离则相憎，即杜甫所谓“当面输心背面笑”。这两组对比写尽对奸佞小人的憎恨。“舍彼有罪，既伏其辜。若此无罪，沦胥以铺”（《小雅·雨无正》），“伏其辜”一句古人都做“伏罪”讲，所以往往解释得牵强而不顺畅，并且力度不强。而王引之把“伏”解释为“隐”[③]，前后两联立即形成强烈对比，文气一下子贯通并且飞动起来：有罪之人，隐伏罪状，无辜之人，反受荼毒，作者的愤怒就从这对比的裂痕中喷涌出来。“骄人好好，劳人草草。苍天苍天，视

① 班固：《汉书》，中华书局1962年版，第1935页。
② 孔颖达：《毛诗正义》（十三经注疏本），北京大学出版社1999年版，第718页。
③ 王引之：《经义述闻》，台湾世界书局1975年版，第159页。

彼骄人，矜此劳人”（《小雅·巷伯》），“骄人好好”与“劳人草草”是一组对比，“骄人”与“好好”、“劳人”与“草草”又分别是一组对比，每一组对比都存在巨大的理性反差，给读者以剧烈的刺激，使读者强烈地感受到作者的无奈和不满之情。再比如：

或燕燕居息，或尽瘁事国；或息偃在床，或不已于行。

或不知叫号，或惨惨劬劳；或栖迟偃仰，或王事鞅掌。

或湛乐饮酒，或惨惨畏咎；或出入风议，或靡事不为。（《小雅·北山》）

作者用一组组善恶的对比排山倒海般地刺激读者的感官，如同蒙太奇般不停展览反差巨大的画面，作者的情感就在这翻页的过程中如潮水般倾泻而出，是可忍孰不可忍之意溢出词外。此诗连用六个对比来说明同一个意思，即对用人不均的抱怨：“或安居在家，或尽瘁于国，或高卧于床，或奔走于道，则苦乐大相悬矣，此不均之实也。”“或耳不闻征发之声，或面常带忧苦之状；或退食从容而俯仰作态，或经理烦剧而仓卒失容，极言不均之致也。”“或湛乐饮酒，则是既已逸矣，且深知逸之无妨，故愈耽于逸也；或惨惨畏咎，则是劳无功矣，且恐因劳而得过，反不如不劳也。或出入风议，则已不任劳，而转持劳者之短长；或靡事不为，则是勤劳王事之外，又畏风议之口而周旋弥缝之也，此则不均之大害，而不敢详言之矣。”①然而因为情感充沛、画面感强，读者并不感到繁复，用沈德潜的话说，“情至，不觉音之繁，辞之复也”。再看另一篇诗：

常棣之华，鄂不韡韡。凡今之人，莫如兄弟。

死丧之威，兄弟孔怀。原隰裒矣，兄弟求矣。

脊令在原，兄弟急难。每有良朋，况也永叹。

---

① 傅恒等：《诗义折中》，清《文渊阁四库全书》本。

兄弟阋于墙，外御其务。每有良朋，烝也无戎。

丧乱既平，既安且宁。虽有兄弟，不如友生。（《小雅·常棣》）

《小雅·常棣》几乎整篇议论，宣扬兄弟友恭之义。此诗的对比议论运用相当成熟且复杂：“凡今之人，莫如兄弟”是中心论点，后面三章则分列三种情况下兄弟之友爱以证明此论点，即对待死亡之威胁时兄弟互相关心，遇到灾难祸患时兄弟相互救难，面临外侮时兄弟同心抵抗。程颐《伊川经说》称此诗“诗句少而章多，章多所以极其郑重，句少则各陈一义故也”。观《常棣》全诗，首章起兴，二章言死丧，三章言急难，四章言阋墙御侮，五章言周公兄弟，六章言燕礼，七章言兄弟相乐，卒章言如是作为则宜其室家宗族，实际上章多也是由于结构复杂之故。在这复杂结构之中，时时作复杂之对比：其一，中心论点本身以对比的形式呈现；其二，后文举例中又拈出“良朋”来与兄弟对比，突出兄弟友爱之珍贵；其三，第四章写和平安宁阶段兄弟之感情，又与前三章再作一整体性对比。陆时雍《诗镜总论》曰：“叙事议论，绝非诗家所需，以叙事则伤体，议论则费词也。然总贵不烦而至，如《棠棣》不废议论，《公刘》不无叙事。”他认为诗中议论“费词”，易破坏诗的凝练，然而《棠棣》却不烦而至，这恐怕与对举所造成的情绪和力度不无关系。

（二）以比兴为议论。王夫之谓：“《小雅·鹤鸣》之诗，全用比体，不道破一句，《三百篇》中创调也。要以俯仰物理而咏叹之，用见理随物显，唯人所感，皆可类通。”[①]又如《小雅·巧言》中的议论语：

荏染柔木，君子树之。往来行言，心焉数之。蛇蛇硕言，出自口矣。巧言如簧，颜之厚矣。（《小雅·巧言》）

① 王夫之：《船山全书》第十五册，岳麓书社1996年版，第836页。

一章之中，兼用了两个比喻，分别比喻君子和小人，又分别置于章首和章末。孔颖达解释本章说："言荏染，柔忍之木，君子之人所树之也。言君子树木必身简，择取善木然后树之，喻往来可行之言，亦君子口所出之也。"而小人却"巧为言语，结构虚词，使相符合，如笙中之簧，声相应和，见人不知惭愧，其颜面之容甚厚矣"①。前后呼应，又相互对照，衬出活脱脱一个小人形象。此处比喻灵动传神，而并未使文意转向委婉，反而赋予议论以深刻鲜明的画面，使得讽刺的效果更为强烈和长久。

《诗》中比兴往往使议论之语更形象与深著，却不至于使美刺之义过于隐晦而不显。如《小雅·小旻》最后一章："不敢暴虎，不敢冯河。人知其一，莫知其他。战战兢兢，如临深渊，如履薄冰。""暴虎冯河"是表达国家若无正确的政策之危害，郑玄解释说："人皆知暴虎冯河，立至之害，而无知当畏慎小人，能危亡也。"②而"临深履薄"是形容自己的忧心忡忡之心态。《吕氏春秋·安死》篇曾引此数句，高诱注之曰："无兵搏虎曰暴，无舟渡河曰冯。喻小人而为政不可以不敬，不敬之则危犹暴虎冯河之必死也。"这两句比喻创制了两种情境，将读者的心一下子拉入一个危险的境地，从而通过同构作用点燃了读者对国家命运的强烈担忧，同时使得前面枯燥的政论也似乎立体了起来。千百年来的读者，往往不会记得前面五章"罗里罗嗦"的担忧，却轻松地记得那两个战战兢兢的场面。这是以比兴为议论的好处。

其他的议论性诗句如"池之竭矣，不云自频。泉之竭矣，不云自中"（《大雅·召旻》），比喻灾祸起于微渐；"维南有箕，不可以簸扬。维北有斗，不可以挹酒浆。维南有箕，载翕其舌。维北有斗，西柄之揭"（《小雅·大东》），讽刺贵族之无用与贪婪；"他山之

① 孔颖达:《毛诗正义》(十三经注疏本),北京大学出版社1999年版,第754页。

② 孔颖达:《毛诗正义》(十三经注疏本),北京大学出版社1999年版,第736页。

石，可以攻玉”（《小雅·鹤鸣》），讽谏在位者应当属意贤能等，皆能使后人印象深刻。较为特别的是博喻性的议论：

毋教猱升木，如涂涂附。君子有徽猷，小人与属。（《小雅·角弓》）

价人维藩，大师维垣，大邦维屏，大宗维翰，怀德维宁，宗子维城。无俾城坏，无独斯畏。（《大雅·板》）

郑玄云：“猱之性善登木，若教使其为之，必也。附，木桴也。涂之性善著，若以涂附，其著亦必也。以喻人之心皆有仁义教之则进。”[①]博喻的特质在气势，一连贯的比喻加上和谐的押韵，“木”“涂”“附”“属”，使得后文的结论仿佛理所当然、顺理成章。而《大雅·板》是劝诫厉王的诗歌，这一组议论讲到众人、诸王和宗族等都是国家的屏障。“‘价人’，所谓元勋硕辅，为国威重，如一层籓篱然。‘师’，即‘殷之未丧师’之师，国所与立，惟民是赖，如城之有墙然。城之所以立也，大邦诸侯，如树之以为障蔽者，故曰‘维屏’。大宗强族，如垣墙之桢干然，藉之以为羽翼者，故曰‘维翰’。”[②]作者将其拆开一一作比，“篱笆”“内墙”“外墙”等词仿佛在读者心中围成一个铁桶般的江山，一方面给厉王以感觉上的仪式和信心，另一方面也给厉王以巨大的心理压力，“无俾城坏，无独斯畏”。可见此数句也是靠气势和心理图像的堆积达到说服的目的。《诗经》议论的博喻可以说是开楚辞之先河了。

《诗经》中的以赋体议论，多以善恶的对比为架构，使得议论的情绪强而力度大；而以比兴为议论的，多结合图像与情境，使得议论活泼而鲜明。

---

① 孔颖达：《毛诗正义》（十三经注疏本），北京大学出版社1999年版，第903页。

② 李光地：《榕村语录》卷十三，中华书局1995年版，第238页。

四、方位词语的价值

《诗经》还常常在一些文化细节中有意无意地呈示其价值判断。我们以方位词的使用为例，试解析之。

《孔子家语·辩乐》:“昔者舜弹五弦之琴，造《南风》之诗。”[①]诗云:

> 南风之熏兮，可以解吾民之愠兮；南风之时兮，可以阜吾民之财兮。

又《文心雕龙·祝盟》舜之《祠田辞》云:

> 荷此长耜，耕彼南亩，四海俱有。

一言“南风”，一言“南亩”，而二诗皆喜悦之辞。《史记·乐书》曰:“舜歌《南风》而天下治，《南风》者，生长之音也。舜乐好之，乐与天地同，意得万国之欢心，故天下治也。”《困学纪闻》卷十《诸子》“舜祠田渔雷泽”条载:“《尸子》曰:舜兼爱百姓，务利天下。其田也，荷彼耒耜，耕彼南亩，与四海俱有其利。”南风可以解愠阜财，南亩使得四海获利。这是偶然吗?

《诗经》中也有“南风”和“南亩”。“凯风自南，吹彼棘心。棘心夭夭，母氏劬劳”，郑玄笺注说:“兴者以凯风喻宽仁之母”，徐徐的南风，像母亲的爱意，这是温暖的感觉。“南亩”如:

> 有略其耜，俶载南亩，播厥百谷。实函斯活，驿驿其达。有厌其杰，厌厌其苗，绵绵其麃。载获济济，有实其积，万亿及秭。(《载芟》)

> 畟畟良耜，俶载南亩。播厥百谷，实函斯活。……获之挃挃，

① 陈士珂:《孔子家语疏证》，上海书店1987年版，第206页。

积之栗栗。其崇如墉，其比如栉。（《良耜》）

这两首诗都写得喜气洋洋。因为田地里的谷子长得非常好，“实函斯活”“既庭且硕”，生机勃勃，挺拔又健壮，“驿驿其达”，绿油油的一大片；谷子长得好，就有望有个丰收的年成，“载获济济，有实其积，万亿及秭”，收获的谷子堆积起来像山一样，多得数都数不完。可以说南亩是丰收的田地。除此之外，还有“南山”。《诗经》中直接提到“南山”的诗有十首，它们分别是《召南·草虫》《召南·殷其雷》《齐风·南山》《小雅·天保》《小雅·蓼莪》《曹风·侯人》《小雅·节南山》《小雅·信南山》《小雅·南山有台》和《小雅·斯干》。跟“南山”有关的诗还包括《周南·樛木》《周南·汉广》《召南·采蘋》《秦风·终南》等。在这一类诗中我们发现，南山上或南水边，往往草木丰茂，植被繁盛，是采摘植物的好所在。例如：

陟彼南山，言采其蕨。（《草虫》）

秩秩斯干，幽幽南山。如竹苞矣，如松茂矣。（《斯干》）

于以采蘋？南涧之滨。于以采藻？于彼行潦。（《采蘋》）

南山上有供食用的蕨菜，还有丛生的竹子、茂密的松树；山边的小溪上，可以打捞浮萍和水藻。这真是清幽、可爱的地方。“南”似乎和植物的茂盛生长有着直接的对应。但“南”字在诗经中还不止如此，它还给人一种崇高、伟岸、被尊敬的感觉。比如《小雅·节南山》：“节彼南山，维石岩岩。赫赫师尹，民具尔瞻”，这不是“高山仰止”的感觉吗？孔颖达注解说：“节然高峻者，彼南山也。山既高峻，维石岩岩然，故四方远望而见之”，用人们对雄奇的南山的仰望，来比拟对师尹的瞻仰。又如《天保》：“如月之恒，如日之升。如南山之寿，不骞不崩”，这不是一个永不崩塌、永远挺立的与

日、月并立的伟岸形象吗？

若细理其中关系，则首先需要指出的是，南方是直面太阳的方向，越往南走，气候越暖。《春秋繁露·五行相生》说："南方者，火也"，《素问·异法方宜论》说："南方，天地所长养，阳之所盛处也"，所以"南"是个温暖的、充满阳刚的方向。前文已经提过，太阳是被古人所推崇的星体，阳光是让人喜悦的射线，温暖是保证生命延续的美好感觉。所以古人像喜爱东方一样，也喜爱南方，你看《小雅·信南山》写道，"畇畇原隰，曾孙田之。我疆我理，南东其亩"，孔颖达解释说："于土之宜，须纵须横，故或南或东也"，朱子《诗集传》引长乐刘氏语说，"其遂东入于沟，则其亩南矣；其遂南入于沟，则其亩东矣"，然而不管怎样，实际上有南必有北，有东必有西，但言"南东其亩"，而不言"西北其亩"者，则与古人对"东"和"南"的偏爱有关。

其次，南与养。"南方主长养"（《白虎通·五行》），南方因为阳光充足，四季温暖，所以是动植物生长的好所在。《白虎通·礼乐》："南之为言任也"，任是什么意思呢？《广雅》："壬，任也"，任与壬同音同义；壬又与妊相通，《释名》云："壬，妊也。阴阳交，物怀妊。"阴阳相交，孕育、萌生万物，所以"任"的意思也是养。古人常将任养并用：

"太阳者，南方。南，任也。阳气任养万物。"（《汉书·律历志》）

"南方者，任养之方，万物怀任也。"（《白虎通义·五行》）

因为"南"是利乎万物生长的"任养之方"，自然很受欢迎。你看《诗经》中的南山都是那么苍翠，《诗经》中的南亩都是那么绿油油。

《诗经》中南亩诗，大多是祭祀诗，就是希望"南"这个温暖的、长养的方位能给自己的庄稼带来好运，能让自己的田地有个好的收成。在祭祀中，“南”似乎已经成为一个咒语，被一遍一遍地诵读着。它好像有一种巨大的魔力，能让各种作物快快成长，五谷丰登。以至于从南方吹来的“南风”，也颇受嘉奖。

“南风，长养之风也”（《礼记·乐记》“昔者舜作五弦之琴以歌南风”注）

“南风，恺乐之风”（《淮南·诠言》“而歌南风之诗以治天下”注）

所以《凯风》：“凯风自南”，凯风，也就是“恺风”，和乐温暖之风。

再次，南与男。南方与男性都是阳刚、阳气、阳性的象征，所以在某种程度上它们的意义互相接近。《左传》“昭公十三年”：“郑伯，男也”，《国语·周语》中“男”写作“南”。《孔子家语·正论》注：“南，左氏作男，古字作男，亦多有作此南。”因此王念孙《广雅疏证》卷五认为“男与南亦同声同义”。又，《广雅》云：“男，任也”。而“任”又与“南”通，所以南、男相通无疑也。男性在古代是被尊重的，地位要崇于女性。因而“男”往往被附有尊贵、重要的含义。《大戴礼·本命篇》云：“男者，任也；子者，孳也。男子者，言任天地之道而长万物之义也，故谓之丈夫。丈者，长也；夫者，扶也。言长万物也。”“南”与“男”的亲密关系，使得“南”拥有了一种威武雄壮、伟岸崇高的男子气概。李子卿在他的《昆明池石鲸赋》中将南山与北斗对偶成句，描绘出一种雄壮的气势：“雷隐南山，云生北斗，鼓怒波击，崩腾水走。势则汹汹，有类阳侯之振；声乃虓虓，宛是蒲牢之吼。”朱载堉用他的诗人的想象解读《殷其雷》：“殷殷户外忽闻雷，雷在南山绕不开”，南山伟岸得连风雨雷电都要在它身下匍匐。直到现在我们祝福老人高寿还要用南山来做

比喻，因为南山在我们的印象中是高大、久长、雄伟的。这就大概可以解释为什么《殷其雷》《节南山》《天保》中的南山带有那样强烈的豪气，为什么《诗经》中的跟“南”有关的诗歌和意象都丝毫不带女子气。

最后，南与尊。南方因为和太阳的关系，因为和长养的关系，因为和男性的关系，被从古到今赋予“尊重”的含义。《易经·说卦》：“圣人南面而听天下，向明而治”；《吕氏春秋·士容》：“南，南面君也”；贾谊《过秦论》：“秦并海内，兼诸侯，南面称帝”。圣人是文化界的最高代表，帝君是政治界的最高代表，只有政治上的最高统治者和文化上的最高领袖才有资格称南，可见“南”在方位中的崇高地位。

至此我们又大致明白：《诗经》与谣谚中都只有“南亩”，不是因为西边、北边没有土地。“南亩”只是一个类似咒语的词语，它指代着农人的所有土地。“南”在先秦时代，已经隐隐约约地包含了“阳性”“男性”和“尊贵”的价值判断。

再论“东”。秦《石鼓诗》其五云：

> 我来自东，凄凄零雨。奔流逆涌，盈盈渫隰。君子既涉，我马流汧。

此诗与《豳风·东山》极为相似：“我来自东，零雨其濛。我东曰归，我心西悲。”又《艺文类聚》引《穆天子谣》云：“予归东土，和治诸夏。万民平均，吾顾见女。比及三年，将复而野。”又《吕氏春秋·贵直篇》引《狐援辞》云：“吾今见民之洋洋然，东走而不知所处。”这两首歌谣的共通之处是都向东而行。

《诗经·郑风》有《出其东门》一篇：“出其东门，有女如云。虽则如云，匪我思存。”《郑风》又有《东门之墠》，《陈风》中有《东门之枌》《东门之杨》。《诗经》中从未出现“西门”或“南门”，也少有“北门”，总是要“出其东门”，为何如此呢？已经有不少学者做过讨论，比如陈奂认为：“郑城西南溱洧之所经流，唯城东门无水耳，故城东门皆民人所居。”①王先谦也同意这样的说法。②当代还有些学者从建筑学的角度考证出，周代各国的建筑大多是仿照当时洛阳的建制，西边为小城，东边为大郭。小城中为王室和贵族们的居住地，大郭是一般百姓的居住场所。城市的布局是东西向，东门为正门。③因为百姓们主要居住在城市的东部区域，出入自然是以东门为主了。但我们还是想问：为什么五首东门诗无一例外的都写的是爱情？为什么《卫风·硕人》中“东宫之妹”的东宫住着太子，而不是西宫？为什么“采葑采葑”，要在“首阳之东”，而不在首阳之西？“东”究竟有什么魅力，让我们直到现在还把主人家叫东道主，把好女婿叫东床快婿，把请客叫做东？

《诗经》对“东”显然是带有美好的感情与判断的，“爰采葑矣？沬之东矣。云谁之思？美孟庸矣”（《鄘风·桑中》），“东门之池，可以沤麻。彼美淑姬，可以晤歌”（《陈风·东门之池》），是美人也；“东门之杨，其叶肺肺”（《陈风·东门之杨》），“东有甫草，驾言行狩”（《小雅·车攻》），是美木也；“我来自东，零雨其濛”（《豳风·东山》），“奄有龟蒙，遂荒大东”（《鲁颂·閟宫》），是美景也。三百零五篇中，“东”字一共出现了64次，大致如此。

可见此时的方位词“东”已不再只表示方向，而是隐隐约约的带着某种文化判断的印记。虽然它还仍然准确地为我们指引着某个方向，但在无意识中我们已经把它和某种价值、某种表情、某种情绪挂上了钩。

首先，东与太阳。太阳在古代人的心目中是个神圣的事物，“万

---

① 陈奂：《诗毛氏传疏》，中国书店1984年版，第425页。

② 王先谦：《诗三家义集疏》，中华书局1987年版，第367页。

③ 杨宽：《中国古代都城制度史研究》，上海古籍出版社1993年版，第43—58页。

物由之以煦，万象由之以显”（《管子·枢言》），它给世间万物带来了温暖、光明和成长。在以农业为主要产业的古代中国，太阳更是对我们有重要意义，因为阳光是否充足直接决定了年成的好坏。《东君》中对太阳神的赞颂，夸父逐日的传说，都显示出中国古代人对太阳的喜爱和崇拜。而东方正是太阳升起的地方，“东者日之初”（《素问·五运行大论》），古人早早就意识到“东”是太阳升起的方向，甚至以为东方本身就代表着太阳。《九歌·东君》开篇就写道：“暾将出兮东方，照吾槛兮扶桑”，东君就是太阳。《广雅·释天》云：“东君，日也。”古人崇拜太阳，东方又是太阳升起的地方。其实，又何止是太阳，日月星辰似乎都生长在东方。尘世间的一切光明，无论是最微弱的星光，还是最灿烂的太阳，都来自东方。所以在古人心底，东方自然是个尊贵、神圣而温暖的方向。

其次，东与动。《广雅·释诂》云：“东，动也”，“阳气始动，万物始生也”（《白虎通义·五行》）。东方是太阳初升、阳气初起的地方，《白虎通·情性》说：“东方者，阳也”，而阳是动态的象征，《周易》中代表全阳的乾卦的文言说，“天行健”，乾是六十四卦中唯一一个六爻全阳的卦，而它正象征着蓬勃的动态，由此可见，阳是动态的。万物萌动，阴阳交泰，阴阳交泰方生出新事物。文王八卦方位中，震在东方，《周易·既济》虞注：“震为东”，《程氏易传》解释震卦说：“震之为卦，一阳生于二阴之下，动而上者，故为震。震，动也，不曰动者，震有动而奋发震惊之义。乾坤之交，一索而成震，生物之长也，故为长男。”震为东，又为东，故“东”与“动”音近而义相通，“东”包含动的内涵。作物的生长繁荣，六畜的成长肥壮，人类的繁衍扩大，都与“东”这个方位有着说不清、道不明却又千真万确、千丝万缕的联系。

再次，东与春。春天是万物蠢动、万象更新的季节。《广雅》云：“东、风，动也。”“东”因为“动”，和春天发生了关系。春天是一年中的清晨，“一年之计在于春，一日之计在于晨”，清晨是一日之中阳气初起的时候，而春天正是一年之中阳气初起的时候。阳气渐渐升起，点亮了清晨，也孵化了春天。“东”因为“阳”，和春天发生了关系。春天来了，中华大地上刮起了从东边吹来的暖风，“东风破早梅”，“东风夜放花千树”，吹开了花朵，也吹醒了万物。《淮南览冥》一书中的注说：“东风，木风也”，是它吹开树木百草；“东风解冻，蛰虫始振”，是它惊醒了鸟兽鱼虫。东风当然不止是在春天，但在中国文化中，东风似乎只代表春天。所以，“东”因为“风”，和春天发生了关系。“少阳者，东方。东，动也，阳气动物，于时为春。春，蠢也。物蠢生乃动运”，《汉书·律历志》对它们之间的友谊作了最好的诠释。“东”和“春”有着如此千丝万缕的联系，以至于古代帝王在祭祀时也不忍分开它们。“立春之日，天子亲率三公九卿、诸侯大夫，以迎春于东郊。还反，赏公卿、诸侯大夫于朝”（《礼记·月令》）。祭春，总是在东郊，因为它们天然联系着。

最后，东与情。春天是爱情的季节。从古至今，春天总和爱情难舍难分。《诗经》中的爱情很多都发生在春天，比如《郑风·野有蔓草》：“野有蔓草，零露漙兮”，郑笺云：“零，落也。蔓草而有露，谓仲春之时，草始生霜为露也。”显见《野有蔓草》这首动人的爱情诗写的也是春天的故事。例子还有很多，不一一列举了。郑玄认为春天是结婚的季节，虽然对于这个问题毛郑意见并不统一，但春天为恋爱的盛季却并无任何分歧。[①]《礼记·地官司徒·媒氏》记载，“中春之月，令会男女。于是时也，奔者不禁”，可见政府也能体察民心，鼓励在春天恋爱。因为与“蠢动”的关系、与春天的关系，“东”也与爱情有了密切的联系。古人爱情的最重要目的是繁衍后代，而“东”是万物始生的地方，而代表东方的震卦，更是“主生

① 孔颖达:《毛诗正义》(十三经注疏本),北京大学出版社1999年版,第90页。

长”的卦象①，因此东方对人类的生育、繁衍具有重要的象征意义。《吕氏春秋·季春》高诱注说：“天子城门十二，东方三门，王气所处，尚生育”。由于“东”包含着生育、生长的深层内蕴，在极其注重生命繁衍的古代社会，它自然是爱情的最佳场所。我们也就不难理解为什么东门诗总是与爱情有关了。

通过以上阐释，我们大概能明了：东是个充满阳光和温暖的方向，东是一个洋溢着活力和春光的方向，所以东边的土地总让人向往。我们再回头看《穆天子谣》的“东归”和《狐援辞》的“东走”，就可能有新的理会了。

再论“北”。《逸周书·太子晋解》引《峤诗》云：“何自南极，至于北极。绝境越国，弗愁道远。”以南、北两极喻距离之遥远。“北”在《诗经》中也被比喻为遥远的流放之地。“彼谮人者，谁适与谋？取彼谮人，投畀豺虎。豺虎不食，投畀有北。有北不受，投畀有昊！”（《小雅·巷伯》）且北是背阴的方位。《论衡·说日》：“北方，阴也”，《白虎通·五行》说：“北方者，阴气在黄泉之下”，所以北与阴相关。阳常常表现为温暖、热烈，阴则表现为寒冷、蛰伏：

“北风其凉，雨雪其雱。”（《邶风·北风》）

《毛传》说：“北风，寒凉之风也”，北方是冰冷的地方，是寒气的源头。《小雅·巷伯》中诗人要把造谣生事的恶人“投畀豺虎”“投畀有北”“投畀有昊”，这三者显然是递进的关系，可见在诗人心目中，北方比豺狼虎豹还恐怖。因为北方有着以上的特点，因此“北”与忧惧、忧伤又取得了联系。“北”甚至就直接标志着失败：

① 素朴散人《周易阐真·文王后天八卦》：“震得乾之初阳，初阳主生长，故居正东木旺之方。”

“北，幽阴之处，古文谓退败奔走者为北。”（《汉书·高帝纪》“项羽追北”注）

“北者，败也。”（《史记·乐书》）

为什么“北”就意味着失败，古人有两种解释：第一种解释是“北”之所以与失败联系在了一起，是与它的本字“背”有关。“北者，乖背之名，故以败走为北也”（《荀子·议兵》“遇敌处战则必北”注）。第二种解释认为，人们讨厌阴、冷就如同讨厌失败一样，所以在四方中“北”就标志着失败，而“南”则标志着胜利。《后汉书·臧宫传》注：“人喜阳而恶阴，北方，幽阴之地，故军败者谓之北。第一种解释把失败同“北”字紧密沟通，第二种解释甚至认为整个“北方”都与失败相关。总之“北”是和“失败”“忧伤”相表里。所以《诗经》中与“北”有关的诗歌，大多含消极的情绪：

出自北门，忧心殷殷。终窭且贫，莫知我艰。已焉哉！天实为之，谓之何哉！（《邶风·北门》）

鴥彼晨风，郁彼北林。未见君子，忧心钦钦。如何如何，忘我实多！（《秦风·晨风》）

陟彼北山，言采其杞。偕偕士子，朝夕从事。王事靡盬，忧我父母。（《小雅·北山》）

北风其凉，雨雪其雱。惠而好我，携手同行。其虚其邪？既亟只且！（《邶风·北风》）

《北门》是写一个小官吏诉说自己的苦楚；《晨风》是写一个女子疑心要遭丈夫的抛弃而发出的怨叹；《北山》是写一位士子因为大夫分配工作劳役不均而产生怨恨；《北风》写卫国人民不堪虐政，共同逃亡，朱熹评价此诗“气象愁惨”。消极情绪是其共同特征。

再论“四方”。《尚书大传》载祭辞曰：“维某年某月上日，明光

于上下，勤施于四方。旁作穆穆，惟予一人某敬拜迎于郊，以正月朔日迎日于东郊。”刘邦《大风歌》云：“大风起兮云飞扬，威加海内兮归故乡，安得猛士兮守四方。”皆是君王抚国之辞。《诗经》中的“四方”也是如此：

尹氏大师，维周之氐；秉国之钧，四方是维。（《小雅·节南山》）

追琢其章，金玉其相。勉勉我王，纲纪四方。（《大雅·棫朴》）

全《诗经》出现“四方”这个词有31次，而这31次的“四方”的意思都大同小异，大抵上都可以换做另外一个词——“天下”。试看，“天下是维”“纲纪天下”“天下无以侮”“天下来贺”，本意不变。除了“四方”外，还有另外一个词也颇受《诗经》作者们的青睐，这个词是“四国”。

无竞维人，四方其训之。有觉德行，四国顺之。（《大雅·抑》）

“四国”出现了13次。意思相当于“四方”。“国，谓诸侯之国”（《孟子·离娄上》赵岐注），四国，是以四方的诸侯国代指天下所有国家。《公羊·昭公十八年传》注曰：“四国，天下象也”，也可以替换作“天下”。这表明，首先，诗经时代已经有了大一统思想的萌芽。虽然有的学者否认大一统思想在诗经时代已经形成，但我们认为在此时已经萌生这种意识则大抵不会错。《小雅·北山》的著名诗句：“溥天之下，莫非王土；率土之滨，莫非王臣”，虽然本意并非称颂君王和统一，但其内心的“大天下”意识却的的确确存在，不能抹杀。最早的地理书《尚书·禹贡》已经将当时之地称为“九州”，这已是初步的天下思维；《春秋》开篇就说：“元年春，王正月”，《公羊传》解释说“大一统也”，认为孔子有大一统的想法。“天子唯能一同天下之义，是以天下治也”（《墨子·尚同》），墨子告诉我们统治者要能让天下的思想保持统一，才能治理好天下；“事在四方，要在中央”（《韩非子·扬权》），这是韩非子告诉我们的治国之道——只有中央集中最核心的职权，抓住最重要的部位，才能很好地巩固天下，让地方各得其所。荀子说，“四海之内若一家”（《荀子·王制》）。他们不但提出了大一统的理想，还提出了自己的方案，已经具有完备的大一统体系了。墨子、韩非子、荀子都是春秋战国时代的人，已经具有这么系统的想法，那么我们推测大一统意识更早一点出现应该是合理的。其次，诗经时代的“大天下”思维，主要存在于贵族之中。我们所统计的包含“四方”和“四国”的诗，全都出自《雅》和《颂》，而《雅》和《颂》则主要出自士大夫和尸祝之手，他们都是贵族阶层的一部分。一般百姓首先要照顾到自己的生存需要、个人情感的需要等，只有这些得到满足，才有心思去放眼国家和天下。而满足温饱和血脉的续存，对于劳动人民来说已不是件易事，在那个时代则更是这样。“仓廪足而知礼节，衣食具而知荣辱”，只有那些已经衣食无忧的贵族才有心思去关心政治，去观望、思索天下之事。所以我们大概可以得出这样的推论：“大天下”思维首先在贵族中产生。这样，我们所谓的“诗经时代”大概也可以定得更准确些，那就是雅颂时代，主要是两周时期。

《诗经》这么推重“天下”，而对“国家”却似乎丝毫不感兴趣。《诗经》中的“国”字，要么与“四”连用表示天下，要么泛指国家或者某个地方，例如《魏风·硕鼠》：“逝将去女，适彼乐国。乐国乐国，爰得我直”，“乐国”就是“乐土”。而另外一个表示国家的词“邦”，则常常与“万”连在一起，表示“天下万国”，例如《六月》：“文武吉甫，万邦为宪”，《皇矣》：“万邦之方，下民之王”等。中国人的国家观念并不强，而常常让自己的思维超脱于国家之上。《诗

经·节南山》疏曰："言国者，诸侯之辞"，不是广大民众所关心的。有些智者甚至反对"国家思维"，提倡天下一家（如《荀子·王制》篇）。顾炎武《日知录》指出：

> 有亡国，有亡天下。亡国与亡天下奚辨？曰：易姓改号，谓之亡国；仁义充塞，而至于率兽食人，人将相食，谓之亡天下。……知保天下然后知保其国。保国者，其君其臣肉食者谋之；保天下，匹夫之贱与有责焉耳矣。

顾炎武也一定程度上批评了国家主义，而强调了"天下"意识。而这种意识，在《诗经》中已经有了萌芽，一直贯穿了整个中国的历史。

综合言之，"情理相交"，故论出自然；"显豁豪宕"，故不刻意雕琢；"就事务实"，故不事矫揉。以善恶对比为议论，故能彰其喜恶；以比兴为议论，也大多强烈而鲜明。这些特质共同组成了《诗经》的议论传统。

而这个议论传统的核心部位，一言以蔽之，曰"本于性情"。本于性情，故不事造作。无意出之，而非刻意为论。王夫之谓："盖诗立风旨，以生议论，故说诗者于兴、观、群、怨而皆可。若先为之论，则言未穷而意已先竭。在我已竭，而欲以生人之心，必不任矣。以鼓击鼓，鼓不鸣；以桴击桴，亦槁木之音而已。"[①]议论须立根于"风旨"。所谓"风旨"，源自《毛诗序》，概有二义：一曰缘情，所谓"情动于中而形于言""变风发乎情""发乎情，民之性也"。一曰风化，"上以风化下，下以风刺上""吟咏情性，以风其上"是也。王夫之云："诗虽一技，然必须大有原本，如周公作诗云：'于昭于天'正是他胸中寻常茶饭耳，何曾寻一道理如此说。"[②]又云："《大

① 王夫之：《船山全书》第十四册，岳麓书社2011年版，第702页。

② 王夫之：《船山全书》第十四册，岳麓书社1996年版，第1170页。

雅》中理语造极精微，除是周公道得，汉以下无人能嗣其响。陈正字、张曲江始倡《感遇》之作，虽所诣不深，而本地风光，骀宕人性情，以引名教之乐者，风雅源流，于斯不昧矣。朱子和陈、张之作，亦旷世而一遇。此后唯陈白沙为能以风韵写天真，使读之者如脱钩而游杜蘅之沚。”[①]“于昭于天”是《大雅·文王》的首句。《大雅·文王》虽多理语，但“三章理语无尘障，三代圣贤之所以异于宋儒处”[②]。王夫之认为此诗之所以有理语而无理障，正在于其源自周公“胸中寻常茶饭”，从性情中来，而非刻意“寻一道理”。而《大雅》中理语之所以造极精微，亦是如此。陈子昂、张九龄等之所以能继轨《大雅》，乃是因为其“本地风光”——这是禅宗对“自性”的代称。陈白沙称“作诗须将道理就自己性情上发出来”，亦是《三百篇》之嗣响。诗中议论源发乎性情，方可能于读者有兴、观、群、怨之力量。反之，若为文而文，为论而论，则是无根之议论，言穷而义竭，无力兴发他人之志意。沈德潜称“议论须带情韵以行”[③]，刘熙载谓：“诗或寓义于情而义愈至，或寓情于景而情愈深，此亦《三百五篇》之遗意也。”[④]这也是严羽所谓“以议论为诗”者所需要效法的。

第二节　体有因革：论楚辞中的议论语

楚辞向来是被视为继轨《诗》篇者。淮南王安《叙离骚传》，以“《国风》好色而不淫，《小雅》怨悱而不乱，若《离骚》者，可谓兼之”。《文心雕龙·辨骚》开篇即云：“自风雅寝声，莫或抽绪，奇

① 王夫之:《船山全书》第十五册,岳麓书社1996年版,第839页。
② 方玉润:《诗经原始》,中华书局1986年版,第475页。
③ 沈德潜著,王宏林笺注:《说诗晬语笺注》,人民文学出版社2013年版,第384页。
④ 刘熙载:《艺概》,上海古籍出版社1978年版,第51页。

文郁起，其《离骚》哉！固已轩翥诗人之后，奋飞辞家之前。”[①]又《通变》篇称“楚之骚文，矩式周人”。《事类》篇曰：“屈原属篇，号依《诗》人。”《诠赋》篇曰：“殷人辑颂，楚人理赋，斯并鸿裁之寰域，灵均唱《骚》，雅文之枢辖也。”语殊意同，皆谓其体现于《诗经》。若细绎之，则“陈尧舜之耿介，称禹汤之祇敬：典诰之体也。讥桀纣之猖披，伤羿浇之颠陨：规讽之旨也。虬龙以喻君子，云蜺以譬谗邪：比兴之义也。每一顾而掩涕，叹君门之九重：忠怨之辞也”。此四事，概不违诗人之志者。

一、同于经典

若专于“理语”这一角度而言，同乎《风》《雅》者可以申述为三点：

其一，本于性情。与《诗》中理语一样，《楚辞》的议论也是从性情中发出。司马迁称“屈平正道直行，竭忠尽智以事其君，谗人间之，可谓穷矣。信而见疑，忠而被谤，能无怨乎？”[②]王逸《离骚经序》云：“屈原执履忠贞，而被谗邪，忧心烦乱，不知所诉，乃作离骚经。”《楚辞》中理语也是因境而生，自然而发。莫友棠《屏麓草堂诗话》载朱熹论诗语曰：“灵均之骚，靖节、子美之诗，痛愤忧切，皆自其肺腑流出，故可传也。”[③]即便是被视作哲理诗的《天问》[④]，其逻辑问难中也带有人情的温度，而非冰冷的理性推理。王逸说：

① 范文澜：《文心雕龙注》卷一，人民文学出版社1962年版，第45页。

② 司马迁：《史记》，中华书局1959年版，第2482页。

③ 莫友堂：《屏麓草堂诗话》，张寅彭辑：《清诗话三编》第七册，上海古籍出版社2014年版，第4946页。

④ 参见刘文英：《奇特而深邃的哲理诗》，《文史哲》，1978年第5期；萧兵：《楚辞神话与原始社会史研究》，《楚辞与神话》，江苏古籍出版社1987年版，第545页。

天问者，屈原之所作也……屈原放逐，忧心愁悴，彷徨山泽，经历陵陆，嗟号昊旻，仰天叹息。见楚有先王之庙及公卿祠堂，图画天地山川神灵，琦玮僪佹，及古贤圣怪物行事。周流罢倦，休息其下，仰见图画，因书其壁，呵而问之，以渫愤懑，舒泻愁思。[①]

可见屈原是带着忧愁痛苦的感情进入这首诗的写作的，“以发掘其胸中所多不可解之愤懑”[②]：“不任汩鸿，师何以尚之？佥曰何忧？何不课而行之？鸱龟曳衔，玄何听焉？顺欲成功，帝何刑焉？永遏在羽山，夫何三年而不施？”不是在呵责怀王任人而不信，甚而让自己放流他乡吗？“彼王纣之躬，孰使乱惑？何恶辅弼，谗谄是服？比干何逆，而抑沈之？雷开阿顺，而赐封之？”这不是在讽刺怀王听信谗言，远离贤能，如同桀纣吗？所以王夫之说：“至于《天问》，一皆讽刺之旨。”[③]除了在诗中痛快地融入自己的生活经历和情感外，屈原还愿意以普通人的心意来忖度所谓的圣人之心：

惟浇在户，何求于嫂？何少康逐犬，而颠陨厥首？女歧缝裳，而馆同爰止；何颠易厥首，而亲以逢殆？

舜闵在家，父何以鱞？尧不姚告，二女何亲？

在屈原的心中，圣人亦血有肉、有爱有恨，并非神坛上的雕像。他用自己的感情去体味圣贤的真实心境，这也是《天问》拥有人性温度的表现。司马迁说：“余读《离骚》《天问》《招魂》《哀郢》，悲其志”[④]，《天问》与《离骚》一样，让人为之感慨悲伤。

即便是看似冷寂的天地自然之理，在屈原笔下也不离性情。洪兴祖《楚辞补注·天问序》注云：“盖曰遂古以来，天地事物之忧，

① 洪兴祖：《楚辞补注》，中华书局1983年版，第85页。

② 钱澄之：《屈诂·自引》，姜亮夫：《楚辞书目五种》，中华书局1961年版，第94页。

③ 王夫之：《楚辞通释·序例》，《楚辞通释》，中华书局1975年版，第3页。

④ 司马迁：《史记》，中华书局1959年版，第2503页。

不可胜穷。欲付之无言乎？而耳目所接，有感于吾心者，不可以不发也。欲具道其所以然乎？而天地变化，岂思虑智识之所能究哉？天固不可问，聊以寄吾之意耳。楚之兴衰，天邪人邪？吾之用舍，天邪人邪？国无人，莫我知也。知我者其天乎？”[①]或感吾之心，或寄吾之意，而非单纯的逻辑演绎。清沈德潜在《说诗晬语》曰：“《天问》一篇杂举古今来不可解事问之，若己之忠而见疑，亦天实为之，忠而不得，转而为怨，怨而不得，转而为问，问君问他人不得，不容不问之天也，此屈原大夫无可奈何处。”[②]洪兴祖所谓“不可以不发”、沈德潜所谓“无可奈何”，皆《毛诗序》“情动于中而形于言，言之不足，故嗟叹之，嗟叹之不足，故咏歌之”之意。因而有学者认为《天问》的叙问结构下实际上隐藏着一层隐形的抒情结构，“从宇宙天地的空惘之问，到历史人事的愤懑之问，再到对身国命运的绝望之问，是《天问》全诗的叙问层次；而这一显层形式所意指的则是诗人的内心意绪，它们指向了否定天命、感怀家国、悲叹自我的深层抒情内容及怀疑、愤懑与悲叹的个体感情”[③]。这是非常有道理的。

其二，同乎讽谏。《诗》兼美、刺之旨，“《大雅》言王公大人德逮黎庶，《小雅》讥小民之得失，其流及上，所言各殊，其合德一也”。晁补之认为《诗》亡而后楚骚继之，“古诗讽刺所起，战国时皆散矣，至原而复兴，则列国之风雅，始尽合而为《离骚》”[④]。楚骚的规讽之旨在汉代便已经被确认了，刘安谓其“上称帝誉，下道齐桓，中述汤武，以刺世事。明道德之广崇，治乱之条贯，靡不毕

---

① 洪兴祖：《楚辞补注》，中华书局1983年版，第85页。

② 沈德潜：《说诗晬语》，王夫之等撰：《清诗话》下，上海古籍出版社1978年版，第529页。

③ 倪晋波：《论〈天问〉的叙问特征和抒情结构》，《海南大学学报》（人文社会科学版），2003年第2期。

④ 晁补之：《变离骚序上》，《鸡肋集》卷三十六，清《文渊阁四库全书》本。

见”[①]。司马迁谓：“屈平疾王听之不聪也，谗谄之蔽明也，邪曲之害公也，方正之不容也，故忧愁幽思而作《离骚》。”又云“屈平既嫉之，虽放流，眷顾楚国，系心怀王，不忘欲反，冀幸君之一悟，俗之一改也。其存君兴国，而欲反复之，一篇之中，三致志焉。”又云“作辞以讽谏，连类以争义，《离骚》有之。”[②]王逸《楚辞章句》：“屈原履忠被谮，忧悲愁思，独依诗人之义而作《离骚》，上以讽谏，下以自慰。”[③]皆称指其讽谏之义。

其三，忠厚之志。刘安称屈原“其志洁”“其行廉”，与孔子所称“一言以蔽之，曰‘思无邪’”的《诗三百》有一脉相承之义。司马迁、王逸等人的论述也与刘安相类。然而汉代也有持异见者，如班固《离骚序》云：

> 《关雎》哀周道而不伤，蘧瑗持可怀之智，宁武保如愚之性，咸以全命避害，不受世患，故《大雅》曰：“既明且哲，以保其身。”斯为贵矣。今若屈原，露才扬己，竞乎危国群小之间，以离谗贼。然责数怀王，怨恶椒兰，愁神苦思，强非其人，忿怼不容，沉江而死，亦贬絜狂狷景行之士。多称昆仑冥婚宓妃虚无之语，皆非法度之政、经义所载。谓之兼《诗》风、雅，而与日月争光，过矣！

班固认为屈原露才扬己、责数怀王、忿怼不容，与《诗经》“乐而不淫，哀而不伤”“止乎礼义”之义相悖，非法度之所存。然而班固之论偏谬处有二：一曰固。“固”是板滞僵化，不能设身处地，因境生解，林云铭《楚辞灯》云：“读《楚辞》要先晓得屈子位置，以宗国而为世卿，义无可去。缘被放之后，不能行其志，念念都是忧

① 司马迁：《史记》卷八十四，中华书局1982年版，第2482页

② 司马迁：《史记》卷一百三十一，中华书局1982年版，第3314页。

③ 洪兴祖：《楚辞补注》，中华书局1983年版，第48页。

国忧民。故太史公将楚见灭于秦，系在本传之末，以其身之死生关系于国之存亡也。后人动解作失位怨怼，去把一部忠君爱国文字，坐其有患得患失肝肠，以致受露才扬己、怨刺其上之讥。”[①]责王之事、怨怼之状，皆应放在楚国当下来看，而不应空里评文、梦中说梦。二曰浅。“浅”是只见皮相不见风骨。朱熹《楚辞集注·序》云：

> 窃尝论之：原之为人，其志行虽或过于中庸而不可以为法，然皆出于忠君爱国之诚心。原之为书，其辞旨虽或流于跌宕怪神、怨怼激发而不可以为训，然皆生于缱绻恻怛、不能自已之至意。……使世之放臣、屏子、怨妻、去妇，抆泪讴吟于下，而所天者幸而听之，则于彼此之间，天性民彝之善，岂不足以交有所发，而增夫三纲五典之重！[②]

怨怼发乎至情，责难出于忠爱之诚心，班固读楚骚而未及此意，不过是买椟还珠罢了。朱熹认为楚辞与《诗经》在根本上是一致的。有些学者更是突破了文学的范畴，将楚辞与经学或儒学相比附：

> 《诗》亡而《春秋》作，其事则齐桓、晋文，其书王也，以其无王也，存王制以惧夫乱臣贼子之无诛者也。以迄周亡，至战国时，无《诗》无《春秋》矣。而孟子之教又未兴，足迹接乎诸侯之境者，谏不行，言不听，则怒，悻悻然去君，又极之于其所往。君臣之道微，寇敌方兴，而原一人焉，以不获乎上而不怨，犹眷顾楚国，系心怀王不忘，而望其改也，夫岂曰‘是何足与言仁义也’云耳。则原之敬王，何异孟子？（晁补之《续离骚序》）[③]

① 林云铭：《楚辞灯·凡例》，《四库全书存目丛书》集部第二册，楚辞类，齐鲁书社1997年版，第160页。

② 朱熹：《楚辞集注》，上海古籍出版社1979年版，第3页。

③ 晁补之：《鸡肋集》卷三十六，清《文渊阁四库全书》本。

此一段喻不得于君，而欲广求贤人与之共济也。……《书》云：“若涉大川，予往暨汝。”繭其济然。而高丘无女，是则可哀伤楚国上位之无人也。……《周礼》春会男女游春宫者，冀群女于是聚也。下女喻贤人之在下者。……又若以求女况求君，则恐地道、妻道有谬经指，中间碎义多所难通。（李光地《离骚经注》）①

《离骚》以执中为宗派，以主敬为根柢。自叙学问本领，陈述帝王心法、治法，都与四子书相表里，谅非诵法孔子不及此，而书中无道孔子语。昔曾子责子夏设教西河使人疑汝于夫子，是则屈原之罪也。虽然，律以西河之罪，原固无词。谓原非北方之学，则亦未闻舍执中主敬而别有所谓周公仲尼之道也。（林仲懿《读〈离骚〉管见》）②

晁补之认为屈原楚辞是继辄《诗经》与《春秋》之作，“《诗》虽亡，至原而不亡矣”，而其仁义之心与孟子无异。李光地更是将楚辞与《尚书》《周礼》等相牵合，并言“《离骚》之篇，陈古义、剀治道，三代名臣，何以加兹”③，仿佛是九流十家之类了。林仲懿更是以周公仲尼之道、执中主敬之义来阐释屈原的思想。虽不免牵强附会之嫌疑，但亦可以显露楚辞文能宗经、不违三代之旨。

二、异乎经典

而楚辞的理语，亦有不同于《诗经》者。《文心雕龙·辨骚》曰：“至于托云龙，说迂怪，丰隆求宓妃，鸩鸟媒娀女，诡异之辞

① 李光地：《离骚经注》，《四库全书存目丛书》集部第二册，楚辞类，齐鲁书社1997年版，第249页。

② 林仲懿：《读〈离骚〉管见》，《四库全书存目丛书》集部第二册，楚辞类，齐鲁书社1997年版，第301页。

③ 李光地：《九歌注·后叙》，《四库全书存目丛书》集部第二册，楚辞类，齐鲁书社1997年版，第259页。

也；康回倾地，夷羿彃日，木夫九首，土伯三目，谲怪之谈也；依彭咸之遗则，从子胥以自适，狷狭之志也；士女杂坐，乱而不分，指以为乐，娱酒不废，沉湎日夜，举以为欢，荒淫之意也：摘此四事，异乎经典者也。”其中“狷狭之志”“荒淫之意”与理语直接相关。除此之外，楚辞理语较《诗经》的演递，主要呈示为理性深度与表现形式上的嬗变。此外，与《诗经》集体创作不同，楚辞以屈原个人的作品为主体，所以风格要相对统一。主要有以下几点值得注意：

其一，出位之思。楚辞的议论同《诗经》相比，实用性与针对性相对减弱，其于就事论事以外，常常能超越于现实事务，作出一些带有普遍性意义的“出位之思”。上古之诗向来被褒扬其“饥者歌其食，劳者歌其事”，但反过来说，其悲喜往往也总纠缠于这“食”与“事”之中，不能跳脱出来。楚辞则异于此，如《离骚》“日月忽其不淹兮，春与秋其代序”之句，朱熹虽然把它解释为“以比臣子之心，唯恐其君之迟暮，将不得及其盛时而事之也”①。但毫无疑问，此中已有了对世界运行和人生命运的普遍感慨，王逸解释这句说：“言日月昼夜常行，忽然不久，春往秋来，以次相代。言天时易过，人年易老也。”②又如《九歌·少司命》曰“悲莫悲兮生别离，乐莫乐兮新相知”，乃是作者对其生命经验的一种描述和总结，然已经不再是仅就某事而发的议论了，也不须局限或依赖于《少司命》之语境，正如王逸所释“人居世间，悲哀莫痛与妻子生别离，伤己当之也”“言天下之乐，莫大于男女始相知之时也”。是可以契应于古今一切人类生命的一种整体性思考与表述。《九章·抽思》“善不由外来兮，名不可虚作”之句，汪瑗曰：“承上章末二句而言。善者，吾性之所固有，而人心之所同具者也，非外铄我者也。孔子曰

① 朱熹：《楚辞集注》，上海古籍出版社2001年版，第8页。

② 洪兴祖：《楚辞补注》，中华书局1983年版，第6页。

‘君子去仁，恶乎成名？’此名不可以虚作也。”再如《远游》：

道可受兮，不可传；其小无内兮，其大无垠；无滑而魂兮，彼将自然；一气孔神兮，于中夜存；虚以待之兮，无为之先；庶类以成兮，此德之门。

“道可受兮”句源自《庄子·大宗师》“夫道有情有信，无为无形，可传而不可受，可得而不可见”。“其小无内”句源自《庄子·天下篇》“至大无外，谓之大一；至小无内，谓之小一”，及《淮南子·俶真》“深闳广大，不可为外；析毫剖芒，不可为内”。“一气孔神”句源自《老子》“专气致柔，能婴儿乎”、《列子》“心合于气，气合于神也”，及《孟子》“梏之反复，则其夜气不足以存，夜气不足以存，则其违禽默不远矣”。“虚以待之”句本《老子》“无为”之说及《庄子》“气者虚而待物者也”之论。“庶类以成”句本《老子》“玄之又玄，众妙之门”之说。朱熹谓：“此言道妙如此，人能无滑乱其魂，则身心自然，而气之甚神者，当中夜虚静之时，自存于己，而不相离矣。如此则于应世之务，皆虚以待之于无为之先，而庶类自成，万化自出。”可见其形同庄老之论道了。再如《卜居》末数句：

夫尺有所短，寸有所长；物有所不足，智有所不明；数有所不逮，神有所不通。用君之心，行君之意，龟策诚不能知此事。

朱熹《楚辞集注》解释说：“尺长于寸，然而为尺而不足，则有短者矣；寸短于尺，然而为寸而有余，则有长者矣。物有所不足，天倾西北，地不满东南之类也。智有所不明，尧、舜知不遍物，孔子不如农圃之类也。数有所不逮，如言日月之行，虽有定数，然既是动物，不无赢缩之类是也。神有所不通，惠迪者未必吉，从逆者

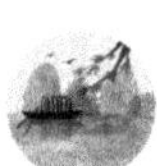

未必凶，伯夷饿死首阳，盗跖寿终牖下之类是也。”[①]《卜居》作者不再只针对现实中“体忠贞之性而见嫉妒”[②]这一情形作论，而是跳脱此境地，作出带有普泛意义的思考，朱熹所说的“……之类也”就是对这种普遍意蕴的概括。

从个人的遭遇中超脱出来，进入对人类生命甚至对宇宙规律的思索，这是楚辞的议论对《诗经》议论的重要发展。在这一方面表现得最突出的篇章是《天问》：

> 《天问》之作，其旨远矣。盖曰遂古以来，天地事物之忧，不可胜穷。欲付之无言乎？而耳目所接，有感于吾心者，不可以不发也。欲具道其所以然乎？而天地变化，岂思虑智识之所能究哉？天固不可问，聊以寄吾之意耳。楚之兴衰，天邪？人邪？吾之用舍，天邪？人邪？国无人，莫我知也，知我者其天乎？此《天问》所为作也。[③]

《天问》全诗374句，提出一百七十多个问题。“举凡天地间一切现象事理以为问，犹今人曰自然界一切之问题云尔……而天统万物，无所不包，一切天文地理人事的纷然杂陈，变幻莫测的现象，都可以统摄于天象天道之中，所以名曰《天问》。”[④]它主要关注三个方面：一是宇宙起源，二是古代神话，三是历史兴亡。作为第一首几乎全篇写理的长诗，它彰显了以下的特色：

一是强烈的怀疑精神。陈远新释《天问》题意曰：“天即理也。理有可信，亦有可疑。理可疑，故有问。疑而问，即以问而使人悟，

---

① 朱熹：《楚辞集注》，上海古籍出版社2001年版，第113页。

② 洪兴祖：《楚辞补注》，中华书局1983年版，第176页。

③ 洪兴祖：《楚辞补注》，中华书局1983年版，第85页。

④ 游国恩：《天问题解》，《游国恩学术论文集》，中华书局1989年版，第118—119页。

故举曰‘天问’也。”[①]鲁迅谓“怀疑自遂古之初，直至百物之琐末，放言无惮，为前人所不敢言”[②]，凡是前人认为本来如此、理所当然的事情，他都要挑战一番，并且挑得铿锵有力，深具启发：

日月安属？列星安陈？出自汤谷，次于蒙汜；自明及晦，所行几里？夜光何德，死则又育？厥利维何，而顾菟在腹？女岐无合，夫焉取九子？伯强何处？惠气安在？何阖而晦？何开而明？角宿未旦，曜灵安藏？

九州安错？川谷何洿？东流不溢，孰知其故？

理路清晰，思维深入，以孩童般的目光觑量这个在世人眼中庸常的世界。别人毫不关注的物象，他却久久寓目；别人习以为常的见解，于他都可以怀疑。所以郭沫若称此诗“那种怀疑精神，文学的手腕，简直是前无古人而后无来者”，直是“空前绝后的第一等奇文字”[③]。《天问》是后世的翻案文学的滥觞。

二是强大的逻辑黏性。这种黏性一方面表现在作者提出的这些问题前后相因、环环相套。“《天问》的结构，虽然似乎漫无边际，但它在总体上，分明是有经有纬、有伦有次的：从天地宇宙、四方神怪，转向鲧禹治水、商汤灭夏；由商纣之昏败、周文之创业，转入幽厉荒淫、齐桓匡会；最后问及吴楚之争，由此转到诗人自身‘伏匿穴处’‘薄暮雷电’中的无限忧思。”[④]一个问题自然联出下一个问题，在思维上毫不凝滞，在气势上一气呵成。另外一方面，全诗都以问句的形式呈现，完全不作解答、不予解决，这本身就是一种巧妙的设置。因为相对于塞给读者答案来说，给他们问题更容易

① 陈远新：《屈子说志》，《楚辞文献丛刊》第六十一册，国家图书馆出版社2014年版，第313页。

② 鲁迅：《摩罗诗力说》，《鲁迅全集》第一卷，人民文学出版社1973年版，第62页。

③ 郭沫若：《郭沫若全集》，人民出版社1984年版，第29页。

④ 潘啸龙：《〈天问〉的渊源与艺术》，《中国社会科学》，1988年第6期。

引起兴趣，就给了读者相对较大的思维空间。“作者打破了单一而封闭的思维模式，而以开放型的、辐射型的诗学思维方式，思考问题，提出问题，并以相应的各种手法表现之，使其‘形’散而‘神’不散，似‘无序’而实‘有序’，且能做到：全诗的章法有序，有板有眼，不失当行本色。”[①]

其二，关注自我。即议论的焦点由外物转向自身。《诗经》的议论如果简单概括的话，大概不出“美”“刺”二字，而美刺的对象往往都是外在的人或者事。楚辞固然也寓涵美刺之意，然而同《诗经》相比，已开始将目光移转入自身。班固之所以批评屈原“露才扬己”，在某种程度上是屈原对自我的关注突破了班氏功用主义的文学观。“鸷鸟之不群兮，自前世而固然”“纷吾既有此内美兮，又重之以修能”“不吾知其亦已兮，苟余情其信芳”（《离骚》），描述自己鹤立鸡群的内在品质；“何琼佩之偃蹇兮，众薆然而蔽之”（《离骚》），“忠何罪以遇罚兮，亦非余心之所志”（《惜诵》），“何贞臣之无罪兮，被离谤而见尤”（《惜往日》），质疑君子何以每每无端受难；“世混浊而嫉贤兮，好蔽美而称恶”（《离骚》），“故众口其铄金兮，初若是而逢殆”（《惜诵》），“众谗人之嫉妒兮，被以不慈之伪名”（《哀郢》），申讨众小人对自己之嫉害；“老冉冉其将至兮，恐修名之不立。日月忽其不淹兮，春与秋其代序”（《离骚》），“岁曶曶其若颓兮，时亦冉冉而将至”（《悲回风》），“时不可兮再得”（《湘君》），“时不可兮骤得”（《湘夫人》），感慨年华之老去。试看以上议论语，几乎都是指向自己。林云铭评《天问》云：“全为自己抒胸中不平之恨耳。篇中点出妹喜、妲己、褒姒，以为郑袖写照；点出雷开为子兰、上官、靳尚写照；点出伊尹、太公、梅伯、箕、比，为自己写照。”[②]屈原在诗篇中讨论自己的品德、理想、

① 殷光熹：《〈天问〉结构的独特性》，《云南大学学报》（社会科学版），2003年第2期。

② 林云铭：《楚辞灯》卷二，广文书局1961年版，第45页。

灾难、生命的短暂等，自然而然，而这一切在《诗经》中却是奢侈的。《诗经》的议论多留给必要的部位，它还没出现较为自由和广阔的空间交给议论来占领。所以《诗经》的议论还只是走马观花，只是偶尔瞥到的车窗外的风景，而楚骚已经愿意停下脚步，窥察一下世界、打量一下自己了。有了这个空间，再加上屈原抒发自我愤懑的强烈需求，诗歌的议论开始由讨论外物向讨论自我转变。这种转变不可小觑，它是中国诗歌的议论从关注外在人事到关注内在人生的过渡。

其三，涵情委曲。《诗经》中议论语是非常直接和强烈的，楚辞大体亦然。然而楚辞中也有一些理语融织了相对复杂、幽微而有层次的情感意蕴，而这是《诗经》中相对缺乏的。张耒《张耒集·上曾子固龙图书》云："屈平之仁，不忍私其身，其气狷，其趣高，故其言反复曲折，初疑于繁，左顾右挽，中疑其迂，然至诚恻怛于其心，故其言周密而不厌。考乎其终，而知其仁也，愤而非怼也，异而自洁而非私也，彷徨悲嗟，卒无有省之者，故剖志决虑以死自显，此屈原之忠也。"[①]张氏所言"反覆曲折""左顾右挽""彷徨悲嗟"数语，正是对屈赋幽微曲折情感的概括。试看《涉江》的议论片段：

> 忠不必用兮，贤不必以。伍子逢殃兮，比干菹醢。与前世而皆然兮，吾又何怨乎今之人！余将董道而不豫兮，固将重昏而终身！

此段议论语中，一方面当然有对"信而见疑，忠而被谤"的愤怒，另外一方面又有对自己的愤怒的迟疑：前贤都是如此，为什么独我如此多牢骚埋怨？黄文焕评释曰："既已自哀，并哀古人。既哀古人，又何怨今人？南夷应尔，不必斥之以为夷矣。溷浊皆是，不必斥之以为浊矣。向之自负，奇服异佩，至是无所用于世。祇一昏昧重叠之况而已。愿奢则曰齐光，意失则曰重昏，无光之可矜矣。

① 张耒:《苏门六君子文粹》卷十九,中华书局1990年版,第844页。

意得而岁月增荣，则曰天地比寿，意失而余生何益，则曰重昏终身，无寿之可喜矣。甚哉，原之深于悲也！”“‘固将愁苦而终穷’，‘固将重昏而终身’，又一复用取整，‘重昏’二字，自道切至，非敢怨激而求死也。但觉日痴一日，以没世而已。思慕一念，魂神离魄，岂能知其所以然？”这种自我责难当中显然包含着困惑、无奈与妥协。这种包含曲折幽微感情的议论在《诗经》是几乎见不到的。

楚辞中还有这样的议论：作者化身为两个人，分别持不同的观点来说服对方，比如《卜居》和《渔父》，洪兴祖曰：“《卜居》《渔父》，皆假设问答以寄意耳。而太史公《屈原传》、刘向《新序》、嵇康《高士传》，或采《楚辞》《庄子》《渔父》之言，以为实录，非也。”[①]不管洪兴祖的判断是否准确，但这两个人的话语都带着作者自己的感情，应该是毋庸置疑的：

> 屈原曰：“举世皆浊我独清，众人皆醉我独醒，是以见放。”
>
> 渔父曰：“圣人不凝滞于物，而能与世推移。世人皆浊，何不淈其泥而扬其波？众人皆醉，何不哺其糟而啜其釃？何故深思高举，自令放为？”
>
> 屈原曰：“吾闻之，新沐者必弹冠，新浴者必振衣。安能以身之察察，受物之汶汶者乎？宁赴湘流，葬于江鱼之腹中。安能以皓皓之白，而蒙世俗之尘埃乎？”
>
> 渔父莞尔而笑，鼓枻而去。乃歌曰：“沧浪之水清兮，可以濯吾缨；沧浪之水浊兮，可以濯吾足。”遂去，不复与言。

作者安排两主人公互相辩论，而至末尾亦未给出一确凿的回答，只留给读者一个意味深长的背影。我们相信屈原是非常期望洁身自好、珍惜自己的羽毛的，然而，屈原又何尝不明白，渔父所说的不是一种并不丑恶的、可以尝试的人生哲学？况且，扬波汩泥与洁身

① 洪兴祖：《楚辞补注》，中华书局1983年版，第179页。

自爱也并非完全对立，“不凝滞于物”而“大隐隐于市”也并非没有可能，何况要想有所成就先要得到世俗的力量的支撑。从字里行间，我们也可以看出他对渔父的态度，他并非一味批判，而是施以深情地叙述。可以看得出，作者的心中也是有所困惑的，这也是后世知识分子的整体困惑。他把这种困惑真实地留给了读者，牵动着读者的感情。试观古人的两则解读：

余观渔父告屈原之语曰：“圣人不凝滞于物，而能与世推移。”又云：“众人皆浊，何不淈其泥而扬其波；众人皆醉，何不哺其糟而啜其醨。”此与孔子和而不同之言何异？使屈原能听其说，安时处顺，置得丧于度外，安知不在圣贤之域！而仕不得志，狷急褊躁，甘葬江鱼之腹，知命者肯如是乎！故班固谓露才扬己，忿怼沉江。刘勰谓依彭咸之遗则者，狷狭之志也。扬雄谓遇不遇命也，何必沉身哉？孟郊云：“三黜有愠色，即非贤哲模。”孙郃云：“道废固命也，何事葬江鱼。”皆贬之也。而张文潜独以谓：“楚国茫茫尽醉人，独醒唯有一灵均。哺糟更使同流俗，渔父由来亦不仁。”①

屈子申纪渔父歌罢，遂鼓枻远去，而已不复得与之言也。渔父因上章屈子之言，而知独行之志决不肯变，故不复再言，于是笑歌而去，自适其适也。屈子之意亦自谓各行其志云耳，复何言哉。夫渔父独歌沧浪之曲者，何也？瑗按：沧浪之歌，说见《孟子·离娄上》篇，其来远矣，其旨明矣。盖讽屈子见放实自取之也。其所以讽其自取者，非讽其自取见放也，讽其既见放矣，道既不行矣，则容与山林可也，浮游江湖可也，又何必抑郁无聊之甚，以至憔悴枯槁其身哉。此则渔父之意也。虽然，渔父之意未可尽非，而实出于爱惜屈子之至情。要之屈子念君忧国之心有不容自已者，其心事之幽深微婉，固非渔父之所能到，亦非渔父之所能知也。呜呼！观渔

① 葛立方：《韵语阳秋》卷八，《历代诗话》本，上海古籍出版社1984年版，第109页。

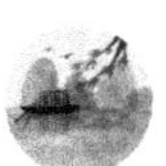

父遇屈子之初，始则怪而问之，中则宽以解之，终则歌以讽之，眷恋恳切而不忍遽去，其爱屈子之心亦已至矣。屈子既答其由，再表其志，而又申言其详，从容反复，而不肯轻扼，其待渔父之意亦已厚矣。①

两则解释中多感慨感叹语，如葛立方"安知不在圣贤之域""知命者肯如是乎""何必沉身哉"数语，汪瑗"复何言哉""以至憔悴枯槁其身哉""呜呼"之叹皆是。从二人的阐释中我们明显可以感受到，其心情亦随屈原、渔父之言而徘徊抉择。这种两难性的议论留予读者极大的空间，且能带动有感情地思考，是极其可贵的。

《卜居》也是与《渔父》类似的结构，它们开了后来汉赋问答体的先河，洪景庐云："自屈原辞赋假为渔父、日者问答之后，后人作者悉相规仿。司马相如《子虚》《上林》以子虚、乌有先生、亡是公，扬子云《长杨赋》以翰林主人、子墨客卿，班孟坚《两都赋》以西都宾、东都主人，张平子《两京赋》以凭虚公子、安处先生，左太冲《三都赋》以西蜀公子、东吴王孙、魏国先生，皆改名换字，蹈袭一律，无复超然新意稍出于规矩矩法度者。愚观此言，则知词赋之作莫不祖于屈原之骚矣。"②但《子虚》《长杨》《两都》《二京》与《卜居》《渔父》不相同的是，它们都太轻易地给了读者答案，使读者失去了自己选择的机会，失去了徘徊的思维快感，仅凭这一点，问答体的汉大赋就逊于《卜居》《渔父》。

其四，引类喻理。楚辞的议论也好用譬喻，但其结合了更明丽、更渊富且有系列的意象，因而更具感染力，且凝固成为诗学之传统，作范后来。《诗经》的比喻多是"个体户"，彼此间往往并不相关涉，而楚辞的比喻之间是有同气联声的，因而连成了体系，使得楚辞的

① 汪瑗:《楚辞集解》卷十六《渔父》,明万历汪文英刻本。

② 吴景旭:《历代诗话》卷十,中华书局1958年版,第111页。

比喻有了“象征”意味：

昔三后之纯粹兮，固众芳之所在；杂申椒与菌桂兮，岂维纫夫蕙茝。（《离骚》）

兰芷变而不芳兮，荃蕙化而为茅。何昔日之芳草兮，今直为此萧艾也？（《离骚》）

惟兹佩之可贵兮，委厥美而历兹。芳菲菲而难亏兮，芬至今犹未沫。（《离骚》）

芳与泽其杂糅兮，孰申旦而别之？何芳草之早夭兮，微霜降而下戒。谅聪不明而蔽壅兮，使谗谀而日得。自前世之嫉贤兮，谓蕙若其不可佩。（《惜往日》）

“申椒”“菌桂”“兰芷”“荃蕙”等构成一个喻体系统，同美好、高尚相联系；“萧艾”等构成另外一个喻体系统，与前一个系统相对，代表着丑恶、小人等。用王逸的话说就是“引类譬喻”，他说：“故善鸟香草以配忠贞，恶禽臭物以比谗佞，灵修美人以媲于君，宓妃佚女以譬贤臣，虬龙鸾凤以托君子，飘风云霓以为小人。”由于作者广泛和大量使用这两类意象，它们逐渐固结为一种艺术符号，形成了所谓“香草美人”的诗学传统。学者将楚辞的象喻系统类比作《庄子》的寓言系统。如胡应麟云：“‘餐秋菊之落英’，谈者穿凿附会，聚讼纷纷，不知三闾但托物寓言。如‘集芙蓉以为裳’，‘纫秋兰以为珮’，芙蓉可裳，秋兰可珮乎？”①又林云铭云：“读楚辞止要得其大旨，若所引典实，有涉神怪者，惟以《庄子》所谓寓言视之，省却许多葛藤。且天地之大、古今之远，何所不有。夫子止是不语，亦未尝言其必无神、必无怪也。屈子生于秦火之先，安知前此记载，

① 胡应麟：《诗薮》，上海古籍出版社1979年版，第5页。

非厄于灰烬而不传乎？见骆驼谓马肿背，切勿陷入宋人窠臼。”[①]《文心雕龙》所谓“怪诞之旨”，可以从这个层面理解。此外，由于这些意象带有极强的画面美感，使得议论不再是灰色，而是色彩纷呈，跟整个篇章融合在一起，亲密无间。

与这两个象喻系统相关，楚辞比喻中的对比性特别强烈，比《诗经》的对比更加鲜亮，黑与白、美与丑、善与恶、悲与喜等，情感极其浓烈，也极富说服力：

> 变白以为黑兮，倒上以为下。凤皇在笯兮，鸡鹜翔舞。（《怀沙》）
>
> 蝉翼为重，千钧为轻；黄钟毁弃，瓦釜雷鸣；谗人高张，贤士无名。（《卜居》）

上下黑白，凤皇鸡鹜，判然易知，而至于变倒；蝉翼千钧，黄钟瓦釜，最为彰明，而至于错乱。这样强烈的对比造成巨大的心理冲击，让读者不自觉地投入更多的感情，也因此增加了对作者观点的信任。从这些应接不暇的、排比式的对比轰击中，我们可以感觉到，楚辞的比喻也非以委婉或缓和情绪为目的，而是要痛快淋漓地发泄出来。这一点与《诗经》类似，而其相比《诗经》更讲求气势与美感。

楚辞的议论融进了美丽的画面、复杂而浓烈的情感，使得激情、理性和美感惊人地统一在一起，正如李泽厚先生所说：“《离骚》把最为生动鲜艳、只有在原始神话中才能出现的那种无羁而多义的浪漫想象，与最为炽热深沉、只有在理性觉醒时刻才能有的个体人格和情操，最完满地溶化成了有机整体。”[②]

---

① 林云铭：《楚辞灯·凡例》，《四库全书存目丛书》集部第2册，楚辞类，齐鲁书社1997年版，第160页。

② 李泽厚：《美的历程》，生活·读书·新知三联书店2017年版，第63页。

若以一言以概《诗》《骚》之理语，则是：多依现实而发，往往情理相融，少涉人生与哲理，大多褒贬鲜明。

第三节　继诗之德：先秦谣谚与理语

除《诗经》与楚辞外，先秦还有不少歌谣和谚语，其性质与诗歌类似。《说文》释“谣”为“徒歌”，《韩诗章句》亦谓“有章曲曰歌，无章曲曰谣。”《说文》释“谚”为“传言”，《宋本广韵》释为“俗言也”。杜文澜《古谣谚·凡例》云：“谣训徒歌，歌者咏言之谓。咏言即永言，永言即长言也。谚训传言，言者直言之谓。直言即径言，径言即捷言也。长言主于咏叹，故曲折而纡徐；捷言欲其显明，故平易而疾速。此谣、谚所由判也。然二者皆系韵语，体格不甚悬殊。故对文则异，散文则通。可以彼此互训。”[①]因而古今很多集子都将谣、谚并收，例如杨慎《古今谣谚》、杜文澜《古谣谚》、逯钦立《先秦汉魏晋南北朝诗》等皆是如此。本节也循此例，谣、谚并论。

先秦谣谚中，以议论为主者占很大的比重。郭绍虞论谚语云：“谚是人的实际经验之结果，而用美的言词以表现者，于日常谈话可以公然使用，而规定人的行为之言语。”[②]朱介凡《中国谚语论》也称：“谚语是风土民性的常识，社会公道的议论，深具众人的经验和智慧，精辟简白，喻说劝讽，雅俗共赏，流传纵横。”可见谚语本身便以议论为主体。而歌谣中也颇多议论性，例如《左传》《国语》中所引的不少政论类歌谣，又如朱自清《中国歌谣》一书所列“劝诫歌”一类，大都属此。

① 杜文澜:《古谣谚》,中华书局1958年版,第3页。

② 郭绍虞:《谚语的研究》,商务印书馆1925年版。

一、模块与套语

谣谚主要以口头传播为主。“谣谚之兴，其始止发乎语言，未著于文字。”[①]刘师培《论文杂记》说：

> 上古之时，先有语言，后有文字。有声音，然后有点画；有谣谚，然后有诗歌。谣谚二体皆为韵语。“谣”训“徒歌”，歌者永言之谓也。“谚”训“传言”，言者直言之谓也。盖古人作诗，循天籁之自然，有音无字，故其起源甚古。观《列子》所载，有尧时谣，孟子之告齐王，首引夏谚，而《韩非子·六反篇》或引古谚，或引先圣谚，足徵谣谚之作先于诗歌。[②]

口头传播文学有其自身的特点，先秦的理谣和理谚亦是如此。申之如下：

其一，模块结构。口头传播中，记忆是关键。章太炎《文学说例》：“古者文字未兴，口耳之传，久则忘失，缀以韵文，则便于吟咏，而记忆为易。”[③]谣谚不但都以口传，且皆不配乐，都可以说是“徒歌”。顾颉刚《论诗经所录全为乐歌》一文论“徒歌”曰：

> 徒歌是民众为了发泄内心的情绪而作的：他并不为听众计，所以没有一定的形式。他如因情绪的不得已再三咏叹以至有复沓的重句时，也没有极整齐的格调。
>
> 乐歌是乐工为了职业而编制的，他看乐谱的规律比内心的情绪更重要；他为听者计，所以需要整齐的歌词而奏复沓的乐调，他的复沓并不是他的内心情绪必要。他再三咏叹乃是出于奏乐时的不

① 杜文澜:《古谣谚·凡例》,中华书局1958年版,第6页。

② 刘师培:《论文杂记》,人民文学出版社1959年版,第110—111页。

③ 章太炎:《文学说例》三,《新民丛报》第15号,第49—50页。

得已。[①]

按照顾颉刚的说法，则《吕氏春秋·古乐篇》所载"葛天氏之乐"也不能算作"徒歌"了："昔葛天氏之乐，三人操牛尾投足以歌八阕：一曰《载民》，二曰《玄鸟》，三曰《遂草木》，四曰《奋五谷》，五曰《敬天常》，六曰《达帝功》，七曰《依地德》，八曰《总万物之极》。"此八首歌虽也未配乐，但三人同时歌唱，应有唱有和；又操牛尾投足，恐怕本就有统一、固定之节奏。所以不算真正意义上的"徒歌"。

徒歌的记忆，较乐歌更为困难。因而先秦的谣谚中常常形成某种模式化的言辞结构，以便于记忆和传播。口头诗学理论的创始人洛德曾说：

> 我们有某种理由可以这样认为，只有当某一特定套语以其基本模式贮藏于歌手心中之时，这一套语本身才是重要的。而当歌手达到了这种境地，他就越来越不依赖于记诵套语，而是越来越依赖于套语模式中的替换程序。[②]

口头诗学理论的另一创始人帕里认为口头诗人的创作依赖于"常备的片语"（stock phrases）和"习用的场景"（conventional scenes）。[③]

这种模式化在先秦理谣理谚中表现为节奏上的某种共通规律性。例如：

① 顾颉刚:《古史辨》第三册,中华书局2006年版。

② [美]王靖献:《钟与鼓——诗经的套语及其创作方式》,四川人民出版社1990年版,第19页。

③ [美]约翰·迈尔斯·弗里(John Miles Foley),朝戈金译:《口头诗学:帕里—洛德理论·中译本前言》,社会科学文献出版社2000年版,第3页。

1. 首字相重。例如：

众心成城，众口铄金。（《国语·周语下》）

不厚其栋，不能任重。（《国语·鲁语上》）

为人子者，患不从，不患无名，为人臣者，患不勤，不患无禄。（《国语·晋语一》）

以书御者不尽马之情，以古制今者不达事之变。（《史记·赵世家》）

2. 一、三字相重。如：

为臣必臣，为君必君。（《国语·周语中》）

疑事无功，疑行无名。（《战国策·赵二》）

从善如登，从恶如崩。（《国语·周语下》）

主忧臣辱，主辱臣死。（《史记·范雎蔡泽列传》）

家有常业，虽饥不饿；国有常法，虽危不亡。（《韩非子·饰邪》）

3. 一、三、五字相重。如：

佐饔者尝焉，佐斗者伤焉。（《国语·周语下》）

借车者驰之，借衣者被之。（《战国策·赵策一》）

4. 二、三字相重。例如：

抚我则后，虐我则仇。（《周书·泰誓下》）

兽恶其网，民恶其上。（《国语·周语中》）

仁有置，武有置。仁置德，武置服。（《国语·晋语二》）

善人在患，弗救不祥；恶人在位，不去亦不祥。（《国语·晋语八》）

仁不轻绝，智不轻怨。（《战国策·燕策三》）

厚者不损人以自益，仁者不危躯以要名。（《战国策·燕策三》）

不踬于山，而踬于垤。（《韩非子·六反》）

卑不谋尊，疏不谋戚。（《史记·魏世家》）

5.三、四字相重。例如：

非宅是卜，唯邻是卜。（《左氏·昭公三年》）

道而得神，是谓逢福；淫而得神，是谓贪祸。（《国语·周语上》

拱木不生危，松柏不生埤。（《国语·晋语八》）

家贫则思良妻，国乱则思良相。（《史记·魏世家》）

6.顶针格。例如：

于安思危，危则虑安。（《战国策·楚四》）

死者复生，生者不愧。（《史记·赵世家》）

处大教小，处小事大，所以御乱也。（《国语·鲁语上》）

7.虚字格套。例如：

人无于水监，当于民监。（《周书·酒诰》）

武不可觌，文不可匿。（《国语·周语中》）

直不辅曲，明不规暗。（《国语·晋语八》）

室于怒，市于色。（《左传·昭公十九年》）

宁为鸡口，无为牛后。（《战国策·韩策一》）

论不修心，议不累物，仁不轻绝，智不简功。（《战国策》）

以书为御者，不尽马之情。以古制今者，不达事之变。（《战国策·赵策二》）

骐骥之衰也，驽马先之；孟贲之倦也，女子胜之。（《战国

策·齐策五》）

当断不断，反受其乱。（《史记·春申君列传》）

谣谚的模式化片语结构，在《诗经》中其实也被部分地使用。例如先秦谣谚有不少是“有”字结构的：

山有木，工则度之。宾有礼，主则择之。（《左传·隐公十一年》）

我有子弟，子产诲之；我有田畴，子产殖之。子产而死，谁其嗣之？（《左传·襄公三十年》）

仁有置，武有置。（《国语·晋语二》）

善有章，虽贱赏也；恶有衅，虽贵罚也。（《国语·鲁语上》）

尺有所短，寸有所长。（《史记·白起王翦列传》）

日月有常，星辰有行。（《尚书大传》载《帝载歌》）

便可以与《诗经》中“摽有梅”“江有汜”“墙有茨”“山有枢”“园有桃”“南有樛木”“南有乔木”“匏有苦叶”“山有扶苏”“野有蔓草”“维鹊有巢”“南山有台”“隰桑有阿”等句参看。又如“不A不B”的结构：

不聪不明，不能为王。不瞽不聋，不能为公。海与山争水，海必得之。（《慎子》逸文）

这种结构模式出现较早，金文文献中便出现了“不帛（白）不□（骍）、不濼（鑠）不彫”“不諐不忒”“余不畏不差，惠于政德”这样的句子。[①]《诗经》中则更多：

不忮不求，何用不臧。（《邶风·雄雉》）

不稼不穑，胡取禾三百廛兮？不狩不猎，胡瞻尔庭有县貆兮？

① 张亚初：《殷周金文集成引得》，中华书局2001年版，第8、9、50页。

彼君子兮，不素餐兮。（《魏风·伐檀》）

如南山之寿，不骞不崩。（《小雅·无羊》）

矜矜兢兢，不骞不崩。（《小雅·天保》）

烨烨震电，不宁不令。（《小雅·十月之交》）

既坚既好，不稂不莠。（《小雅·大田》）

不戢不难，受福不那。（《小雅·桑扈》）

不识不知，顺帝之则。（《大雅·皇矣》）

不坼不副，无灾无害。（《大雅·生民》）

不愆不忘，率由旧章。（《大雅·假乐》）

不僭不贼，鲜不为则。（《大雅·抑》）

不留不处，三事就绪。……不测不克，濯征徐国。（《大雅·常武》）

不吊不祥，威仪不类。（《大雅·瞻卬》）

不吴不敖，胡考之休。（《周颂·丝衣》）

烝烝皇皇，不吴不扬。不告于讻，在泮献功。（《鲁颂·泮水》）

不亏不崩，不震不腾。（《鲁颂·閟宫》）

不竞不絿，不刚不柔。……不震不动，不戁不竦。（《商颂·长发》）

不僭不滥，不敢怠遑。（《商颂·殷武》）

且《大雅·烝民》称“人亦有言”：“不侮矜寡，不畏强御”，正是谣谚。美籍学者王靖献《钟与鼓——诗经的套语及其创作方式》一书专就《诗经》中的套语问题进行了整理和研究，此处不再赘论。[①]

模式化的片语，在节奏上常常带有某种重复性。以上所列句中

①［美］王靖献：《钟与鼓——诗经的套语及其创作方式》，四川人民出版社1990年版。

文字的相重，是一种重复；押韵，也是一种声音的重复。口头传播，使得接受者无法返回重新阅读，因而传达者须通过反复重复与强调以使别人理解与记忆。而这种节奏上的重复，正是文学修辞的开端。阮元《文言说》："《左传》曰：'言之无文，行之不远。'此何也？古人以简册传事者少，以口耳传事者多；以目治事者少，以口耳治事者多，故同为一言，转相告语，必有愆误。是必寡其词，协其音，以文其言，使人易于记诵，无能增改，且无方言俗语杂于其间，始能达意，始能行远。……不但多用韵，抑且多用偶。……于物两色相偶而交错之，乃得名曰文。"

同时，重复性的结构会自动形成一个语言框架，使所有议论在此框架下运行；议论或是以对立、或是以类比的形态呈示，但由于框架的限制，大多论断果决、色彩鲜明，少有模糊的空间。

除了套语结构外，"以数记言"也是便于记诵的一种手段。阮元《数说》："《论语》以数记文者，如一言、三省、三友、三乐、三戒、三畏、三愆、三疾、三变、四教、绝四、四恶、五美、六言、六蔽、九思之类。"阮元认为除了"有韵有文之言"外，"以数记言"也是便于记诵的手段。[①]这在谣谚中也屡见不鲜：

> 一国三公，吾谁适从。（《左传·僖公五年》）
> 臣一主二。（《春秋左传·昭公十三年》）
> 行百里者，半于九十。（《战国策·秦策》）
> 千金不死，百金不刑。（《尉缭子·将理篇》）
> 黄金累千，不如一贤。（《初学记》十七引《吕氏春秋》）
> 乐兮乐兮，四牡跷兮，六辔沃兮。（《韩诗外传》）
> 千羊之皮，不如一狐之腋。（《史记·赵世家》）
> 三代之际，非一代之智也。（《史记·刘敬叔孙通传》）

① 阮元：《数说》，《研经室集》卷二，中华书局1993年版，第606页。

百足之虫，三断不蹶。（《文选》注引鲁连子引）

尧舜千钟，孔子百觚。子路嗑嗑，尚饮十榼。（《孔丛子·儒道篇》）

四时从经，万姓允诚。（《尚书大传》载《帝载歌》）

百里奚，五羊皮。忆别时，烹伏雌。（《乐府诗集》）

数字在议论中或表示次序或程度，如“臣一主二”“千金不死，百金不刑”“尧舜千钟，孔子百觚”；或以大、小之数作为对比，如“黄金累千，不如一贤”“千羊之皮，不如一狐之腋”。前者为语句增加了理性的秩序感和逻辑的推进感，后者以悬殊的数量差，增加了论述的力度。

其二，切身之理。有限的传播资源只能放在最有用、最有价值的信息之上，因此，理谣理谚大多讨论的是最必需、最贴近生活和人生现实的话题，且都有其针对性。由于存世的上古文献多为“公文”性质，与政治相关，因而依托于文献传世的先秦谣谚也多与政治相关。但我们相信，当时闾巷间流传的谣谚，多与切身之事相关。宋姜夔《白石道人诗说》称：“通乎俚俗曰谣。”刘勰《文心雕龙》云：“谚者，直语也。……廛路浅言，有实无华。”从现存的一些谣谚中我们仍然可以看出这一点：

非宅是卜，唯邻是卜。（《左传·昭公三年》）

我有圃，生之杞乎！从我者子乎，去我者鄙乎，倍其邻者耻乎！已乎已乎，非吾党之士乎！（《左传·昭公十二年》）

无过乱门。（《左传·昭公十九年》）

唯食忘忧。（《左传·昭公二十八年》）

觥饭不及壶飧。（《国语·越语下》）

三折肱知为良医。（《左传·定公十三年》）

既定尔娄猪，盍归吾艾豭。（《左传·定公十四年》）

其父析薪，其子弗克负荷。（《左传·哀公七年》）

兄弟谗阋，侮人百里。（《国语·周语中》）

祸不好，不能为祸。（《国语·周语下》）

不厚其栋，不能任重。（《国语·鲁语上》）

古之嫁者，不及舅姑，谓之不幸。（《国语·鲁语下》）

黍稷无成，不能为荣。黍不为黍，不能蕃膴。稷不为稷，不能蕃殖。（《国语·晋语四》）

这些谣谚虽大都被用作比拟政事，但都属“赋诗言志”之类，取其言外之意。而就其本意而论，这些谣谚所讨论的不过衣食住行、兄弟邻里关系等。它们是普通民众生活经验的总结，如朱自清先生所说“是一人的机锋，多人的智慧”，具有现实生活的指导意义。它们的“哲理”，往往是生活的哲理，并不涉及过分抽象的、形而上的命题，也不触乎生命的追索。

其三，语辞的非稳定性。口耳相传容易在相互转告中发生信息的变形，从而导致用语的非稳定性，清人阮元《文言说》称：“同为一言，转相告语，必有愆误。”[①]这不仅缘于记忆的误差所致，还由于口头传播往往视场景、对象、氛围、目的等种种因素而在表述上有所调整。《吕氏春秋·察传》中说，“夫得言不可以不察，数传而白为黑，黑为白”，便是这些因素所导致的较为极端的情况。现存的先秦谣谚都是文本化了的谣谚，其语辞基本都已经固定下来了。但我们相信，每首谣谚在当时的传播中都有种种的版本。至今我们仍然能找到一些例子来呈示这一点。如《鸜鹆谣》，《左传·昭公二十五年》作“鸜之鹆之，公出辱之，鸜鹆之羽，公在外野，往馈之马。鸜鹆跦跦，公在乾侯，徵褰与襦，鸜鹆之巢，远哉遥遥，稠父丧劳，宋父以骄，鸜鹆鸜鹆，往歌来哭”。《史记·鲁世家》作“鸜鹆来巢，

① 阮元：《研经室集》卷二，中华书局1993年版，第605页。

公在乾侯。鸜鹆入处，公在外野”。唐白居易《白孔六贴》作“鸜之鹆之，公出辱之。鸜鹆之巢，远哉遥遥。鸜鹆跦跦，公在乾侯。鸜鹆鸜鹆，往歌来哭”。语汇大体相同，主要是句数的差异。又如：

> 人而无恒，不可以作巫医。（《论语·子路》）
> 人而无恒，不可以为卜筮。（《礼记·缁衣》）

“巫医”与“卜筮”意义与韵脚都相近，故而相混。又如：

> 无过乱门。（《左传·昭公十九年》）
> 无过乱人之门。（《国语·周语下》）
> 唯乱门之无过。（《左传·昭公二十二年》）

“乱门”与“乱人之门”的差异可能是前后语境下节奏的需要。前者是君与臣言：“寡君与其二三老曰：‘抑天实剥乱是，吾何知焉？谚曰‘无过乱门”，民有乱兵，犹惮过之，而况敢知天之所乱？”言语坚定有力，重在“无过”二字。后者是臣与君言：“人有言曰：‘无过乱人之门。’又曰：‘佐饔者尝焉，佐斗者伤焉。’……王又章辅祸乱，将何以堪之。”言语温恭有礼，虽亦劝谏其“无过”，但又举出“乱人”二字警醒，表达的重心与前者已是不同了。而“唯乱门之无过”承前文“君臣日战”而说的，突出“乱门”一义。其他例子如：

> 知臣莫若君。（《左传·僖公七年传》）
> 择臣莫若君，择子莫若父。（《国语·晋语七》）
> 选子莫若父，论臣莫若君。（《战国策·赵策二》）

> 千羊之皮，不如一狐之腋。（《史记·赵世家》）
> 千金之裘，非一狐之腋也；台榭之榱，非一木之枝也；三代之

际，非一代之智也。(《史记·刘敬叔孙通传》)

众心成城，众口铄金。(《国语·周语下》)

众口铄金，三人成虎。(《邓析子·转辞篇》)

群轻折轴，众口铄金。(《战国策·魏策一》)

理谣理谚的语境色彩强烈。因而不同的情境，导致不同的语义偏向和情感褒贬。同时，转述人的声调、表情、姿态、动作等补充语境也都影响表达的效果。

二、诗亡而谣继

《尚书》云“诗言志”，孟子曰：“王者之迹熄而《诗》亡，《诗》亡然后《春秋》作。”焦竑说：

窃意《王制》有曰：“天子五年一巡狩，命太师陈诗以观民风。”自昭王胶楚泽之舟，穆王迴徐方之驭，而巡狩绝迹，诸侯岂复有陈诗之事哉？民风之善恶既不得知，其见于《三百篇》者，又多东迁以后之诗，无乃得于乐工之所传诵而已。至夫子时，传诵者又不可得，益不足以尽著诸国之民风之善恶，然后因鲁史以备载诸国之行事，不待褒贬而善恶自明，故《诗》与春秋，体异而用则同。①

焦竑认为“诗亡”，主要是“陈诗之事”亡，因而民风善恶不得而知。陈诗采诗制度虽不存了，但民间歌谣不会间断，因而《诗》亡而谣谚不亡。焦氏认为《诗》与春秋体异而用同，谣谚亦能当之。

谣谚亦可言志。何谓“志”，说法不一。王树民先生曾考证《左传》中有关《志》的佚文，分析其内容，认为“大致早期的《志》，

① 焦竑：《焦氏笔乘》，卷四“诗亡辨”，上海古籍出版社1986年版，第145页。

以记载名言警句为主”[①]。名言警句，不正是理谣理谚的主要内容？《古谣谚・序》曰：“此以知古人谣谚，本不啻言志之诗。而编次成书，即不啻公之言志。信足以阐扬诗教，而主持风雅之盟矣。”[②]

孔子称《诗》可以“兴观群怨”，理谣理谚大体亦能当此论。

谣谚亦可以观。明郭子章《六语・谣语序》云：“《周礼》：太师陈诗，瞽矇讽诵诗，以知民风之厚薄。而行人巡行天下，录成五书，以反命于王，以周知天下之故。乃知古人于风谣里歌，未尝不欲周知而后乃屑越之也。”[③]《古谣谚・序》云：“盖谣谚之兴，由于舆诵。为政者酌民言而同其好恶，则刍荛葑菲，均可备询，访于輶轩。故昔之观民风者，既陈诗，亦陈谣谚。”又云：“可以达下情而宣上德。”[④]皆论其观风之旨。“宣上德”者如《帝舜歌》：“股肱喜哉，元首起哉，百工熙哉。”（《尚书・益稷》）“达下情”者如《邺民谣》：“邺有圣令，时为史公，决漳水，灌邺旁，终古舄卤，生之稻粱。”（《吕氏春秋》）又如《左传・襄公三十年》所载《郑舆人诵》：

取我衣冠而褚之，取我田畴而伍之。孰杀子产，吾其与之！

此是针对子产对郑国的改革而唱诵的，“使都鄙有章，上下有服，田有封洫，庐井有伍；大人之忠简者，从而与之；泰侈者因而毙之”[⑤]。后来，子产的改革产生了成效，舆人又诵曰：“我有子弟，子产诲之；我有田畴，子产殖之。子产而死，谁其嗣之？”这一讽一诵中正可以观民心之向背与政策之得失。正是因为谣谚有这样的功能，所以国君才常常要“听舆人之诵”以了解舆情。

① 王树民：《释志》，《文史》三十二辑，中华书局1990年版。
② 刘毓崧：《古谣谚・序》，杜文澜编：《古谣谚》，中华书局1958年版，第2页。
③ 郭子章：《六语・谣语序》，《四库全书存目丛书》子部二五一，齐鲁书社1995年版。
④ 刘毓崧：《古谣谚・序》，杜文澜编：《古谣谚》，中华书局1958年版，第1—2页。
⑤《春秋左传正义》，《十三经注疏》本，北京大学出版社1999年版，第1122页。

谣谚亦可以怨。关于谣谚的发生理论，学界有所谓“怨谤”之说。此说最早出自班固《汉书·五行志》：

“言之不从”，从，顺也。“是谓不乂”，乂，治也。孔子曰：“君子居其室，出其言不善，则千里之外违之，况其迩者乎？”《诗》云：“如蜩如螗，如沸如羹。”言上号令不顺民心，虚哗愦乱，则不能治海内，失在过差，故其咎僭。僭，差也。刑罚妄加，群阴不附，则阳气胜，故其罚常阳也。旱伤百谷，则有寇难，上下俱忧，故其极忧也。君炕阳而暴虐，臣畏刑而柑口，则怨谤之气发于歌谣，故有诗妖。①

班固认为上位者不得民心，民间怨气滋生，发为歌谣，因而有“诗妖”之说。所谓“诗妖”，王充《论衡·纪妖篇》云：“世间童谣，非童所为，气导之也。”《订鬼篇》云：“天地之气为妖者，太阳之气也。妖与毒同，气中伤人者谓之毒，气变化者谓之妖。世谓童谣，荧惑使之，彼言有所见也。荧惑火星，火有毒荧，故当荧惑守宿，国有祸败。火气恍惚，故妖象存亡。……《鸿范》‘五行’二曰火，‘五事’二曰言。言、火同气，故童谣、诗歌为妖言。言出文成，故世有文书之怪，世谓童子为阳，故妖言出于小童。”②王充认为世间所谓“童谣”并非童子所为，而是妖气荧惑所致。而这所谓妖气，与家国之祸败、民之怨愤相关。怨气弥甚，出于小童，故为童谣。其实不止童谣，很多谣谚都生于怨。何休注《春秋公羊传》云“男女有所怨恨，相从而歌。饥者歌其食，劳者歌其事。”如《左传·襄公四年》所载《朱儒诵》：“臧之狐裘，败我于狐骀，我君小子，朱儒是使，朱儒朱儒，使我败于邾。”便是鲁人对臧纥的无能及国君的识人不明的赤裸裸讽刺。《史记·孔子世家》所载孔子《去鲁

① 班固：《汉书》，中华书局1964年版，第1376—1377页。

② 黄晖：《论衡校释》，中华书局1990年版，第923、941—944页。

歌》："彼妇之口，可以出走，彼妇之谒，可以死败，优哉游哉，维以卒岁"，显然是表达了他对于国君的失望以及自己的无奈。"防民之口，甚于防川"，谣谚正是民怨的出口之一。

而《诗经》本身也引用了不少前人和时人的谣谚，大半都是议论性的。如：

人亦有言："靡哲不愚。"（《大雅·抑》）

人亦有言："柔则茹之，刚则吐之。"（《大雅·烝民》）

人亦有言："德輶如毛，民鲜克举之。"（《大雅·烝民》）

人亦有言："颠沛之揭，树叶未有害，本实先拔。"（《大雅·汤》）

先民有言："询于刍荛。"（《大雅·板》）

人亦有言："进退维谷。"（《大雅·桑柔》）

细绎此数则谣谚，多为比体。传世的谣谚中也多有比体，如"羝羊触藩，不能退，不能遂"（《周易·大壮》），"匹夫无罪，怀璧其罪"（《左传·桓公七年》），"辅车相依，唇亡齿寒"（《左传·僖公五年》），"从其有皮，丹漆若何"（《左传·宣公二年》），"虽鞭之长，不及马腹"（《左传·宣公十五年》），"长袖善舞，多钱善贾"（《韩非子·五蠹》），"见兔而顾犬，未为晚也。亡羊而补牢，未为迟也"（《战国策·楚策四》）等等皆是。比体使得议论之辞生出画面感，在《诗经》中多出现在《国风》的理语中。而此数则谣谚皆为《大雅》所引用，使其易于接受。宋玉《对楚王问》载："客有歌于郢中者，其始曰《下里》《巴人》，国中属而和者数千人。其为《阳阿》《薤露》，国中属而和者数百人。其为《阳春》《白雪》，国中有属而和者，不过数十人。引商刻羽，杂以流徵，国中属而和者，不过数人而已。是其曲弥高，其和弥寡。"从某种意义上说，是《大雅》借谣谚以兴观群怨、风天下而正夫妇了。

可见，谣谚与《诗经》之间有着承继和共生的关系，决不能因其俚俗而轻视之。《国语·周语中》载单襄公论郤至佻天之功之事云：

> 人有言曰："兵在其颈"，其郤至之谓乎！……且谚曰："兽恶其网，民恶其上。"《书》曰："民可近也，而不可上也。"《诗》曰："恺悌君子，求福不回。"在礼，敌必三让，是则圣人知民之不可加也。

将谣谚与《诗经》《书经》之语陈列于一处，是知古人不鄙薄谣谚。因而《文心雕龙·书记》称："《大雅》云'人亦有言''惟忧用老'，并上古遗谚，《诗》《书》可引者也。……夫文辞鄙俚，莫过于谚，而圣贤《诗》《书》，采以为谈，况逾于此，岂可忽哉！"

第二章　汉魏诗歌与议论

汉魏有乐府诗与文人诗。《汉书·艺文志》记："自孝武帝立乐府而采歌谣，于是有赵、代之讴，秦、楚之风，皆感于哀乐，缘事而发，亦可以观风俗，知薄厚云。"宋郭茂倩《乐府诗集》将乐府分为12大类，而汉代主要有郊庙歌辞、相和歌辞、鼓吹曲辞、杂曲歌辞四类。文人诗中，《古诗十九首》之时代问题争议颇多，有学者认为成于东汉安、顺、桓、灵间（梁启超），有学者认为成于后汉章和之际（铃木虎雄），或汉末建安时代（徐中舒、古直）等，大体未出东汉。本章将《古诗十九首》作为汉末诗讨论，应当无大出入。

第一节　两汉诗议论的新面貌

钟嵘《诗品》说"自王、扬、枚、马之徒，词赋竞爽，而吟咏靡闻。从李都尉迄班婕妤，将百年间，有妇人焉，一人而已。诗人之风，顿已缺丧。东京二百载中，惟有班固咏史，质木无文"。钟嵘言自辞赋盛行以后，汉代文人崇赋而轻诗，据《汉书·艺文志》所辑，有赋七十八家，一千零四篇，歌诗二十八家，三百一十四篇。但因诗赋当时已经"颇散亡"，实际数量应远超此数。班固《两都赋

序》云："至于武、宣之世，乃崇礼官，考文章。内设金马、石渠之署，外兴乐府、协律之事，以兴废继绝，润色鸿业。是以众庶悦豫，福应尤盛，白麟、赤雁、芝房、宝鼎之歌，荐于郊庙。神雀、五凤、甘露、黄龙之瑞，以为年纪。"又据桓谭《新论》载："昔余在孝成帝时为乐府令，所典领倡优伎乐盖有千人。"可见是时歌诗亦颇盛。据逯钦立《先秦汉魏晋南北朝诗》所辑，现存汉代歌诗计六百三十八首。

汉代在律法上承继秦朝，在文化上欲图继轨周人，《汉书·陆贾传》载：

> 贾时时前说称《诗》《书》。高帝骂之曰："乃公居马上得之，安事《诗》《书》?"贾曰："马上得之，宁可以马上治乎？且汤武逆取而以顺守之，文武并用，长久之术也。昔者吴王夫差、智伯极武而亡，秦任刑法不变，卒灭赵氏。乡使秦以并天下，行仁义，法先圣，陛下安得而有之?"高帝不怿，有惭色。

因此汉代诗歌中颇有继承先秦雅颂"宣德"传统者，例如《安世房中歌》十六、十七章：

> 孔容之常，承帝之明。下民之乐，子孙保光。承顺温良，受帝之光。嘉荐令芳，寿考不忘。
>
> 承帝明德，师象山则。云施称民，永受厥福。承容之常，承帝之明。下民安乐，受福无疆。

这两章中便沿袭雅颂中不少的套语。如"下民之乐""下民安乐"句，《小雅·十月之交》有"下民之孽，匪降自天"，《大雅·荡》有"荡荡上帝，下民之辟"。"子孙保光"句，《周颂·烈文》有"惠我无疆，子孙保之"，《周颂·天作》有"彼徂矣，岐有夷之行。子孙保之"。"寿考不忘"句，《小雅·蓼萧》有"其德不爽，寿考不忘”，《秦风·终南》有“佩玉将将，寿考不忘”。“承帝明德，师象山则”句，《大雅·皇矣》有“不识不知，顺帝之则”，《大雅·皇矣》有“帝迁明德，串夷载路”，又有“帝谓文王：予怀明德”。“永受厥福”句，《大雅·既醉》有“君子万年，永锡祚胤”，《周颂·载见》有“永言保之，思皇多祜”，《商颂·殷武》有“命于下国，封建厥福”。“受福无疆”句，《大雅·假乐》有“受福无疆，四方之纲”，《商颂·烈祖》有“来假来飨，降福无疆”。因而清陈本礼《汉诗统笺》引刘元城语称其“格韵高严，规模简古，骎骎乎商周之颂”。沈德潜《古诗源》也称其“古奥中带和平之音，不肤不庸，有典有则，是西京极大文字”。皆是彰明此点。不但艺术上如此，内容上也继承了先秦的雅乐精神，明唐汝谔《古诗解》称“若唐山夫人之作，其于形容圣德之中，序次详悉，义有儆戒，犹有商周《雅》《颂》遗风”。已有学者对此作出了讨论，兹不赘论。①

汉诗中亦有秉持《诗经》“美刺”传统者，其议论具有极强的现实针对性。此类诗歌最为典型的是在汉代初期与末期，此两段时期社会最不稳定，人民多历经苦难，压抑的情绪很容易就宣泄为批判性的诗作。

汉初的文人诗以韦孟为代表，而他的诗歌常常带有讽喻性质，因此古代诗评家们常常都认为他绍承了《诗经》讽谏之义。刘熙载《艺概》评价他的诗歌“质而文，直而婉，雅之善也。汉诗风与颂多，而雅少。雅之义，非韦傅《讽谏》，其孰存之?”②认为韦孟是汉代诗歌中“雅”的精神的唯一留存。《文心雕龙》明诗篇也有类似的看法，“汉初四言，韦孟首倡。匡谏之义，继轨周人”③。而胡应麟则从他诗歌的风格出发，认为他的诗“典则淳深”，是“商周之遗轨

① 赵敏俐:《汉代诗歌史论》，吉林教育出版社1995年版，第42—43页。

② 刘熙载:《艺概》，上海古籍出版社1978年版，第52页。

③ 范文澜:《文心雕龙注》，人民文学出版社1958版，第66页。

也”[①]。所谓“继轨周人”，所谓“商周之遗轨也”都指的是对《诗经》中的“雅”的精神的追摹。且看韦孟的《讽谏诗》中的一段：

如何我王，不思守保。不惟履冰，以继祖考。邦事是废，逸游是娱。犬马繇繇，是放是驱。务彼鸟兽，忽此稼苗。烝民以匮，我王以媮。所弘非德，所亲非俊。唯囿是恢，唯谀是信。睮睮谄夫，咢咢黄发。如何我王，曾不是察。既藐下臣，追欲从逸。嫚彼显祖，轻兹削黜。

《汉书·韦贤传》说韦孟“为楚元王傅，傅子夷王及孙王戊。戊荒淫不遵道，孟作诗风谏”[②]。他与《大雅·抑》中卫武公刺厉王有着相同的动机和勇气。诗中接连两个“如何我王”，继而是一连串的否定句式，尽数王戊的种种不是：不知谨慎、不理政事、不顾人民、不亲贤能等；而“如何……不……”是反问的句式，带有强烈的情感，且有质问的口气。沈德潜《古诗源》：“肃肃穆穆，汉诗中有此拙重之作，去变雅未远。”刘熙载《艺概》称：“汉诗，风与颂多，而雅少。雅之义，非韦傅《讽谏》，其孰存之？”此等讽谏之义，源于《大雅》，而其急切之情更胜《大雅》。

除了文人诗以外，汉初的民间谣谚亦有“继轨周人”者：

萧何为法，讲若画一。曹参代之，守而勿失。载其清靖，民以宁壹。（《画一歌》）

一尺布尚可缝。一斗粟尚可舂。兄弟二人不相容。（《民为淮南厉王歌》）

《汉书》记载：“汉兴之初，反秦之敝，与民休息，凡事简易，禁罔疏阔，而相国萧、曹以宽厚清静为天下帅，民作‘画一’之

---

① 胡应麟：《诗薮》，上海古籍出版社1979年版，第8页。

② 班固：《汉书》，中华书局1964年版，第3101页。

歌”[①]。《画一歌》是针对汉初萧何、曹参二位丞相治国的功勋而发表的赞美。而第二首的议论也是有其现实针对性，《史记》记载，淮南厉王刘长废法不轨，而文帝不忍置之于法，后来刘长不食而死，老百姓即针对此事而作此歌。如此就事论事的针对性议论句，亦是师范《诗经》之作。这种形式的民间刺诗贯穿于有汉一朝，《汉书·五行志》当中便有很多的记载，像灵帝末年京都的童谣“侯非侯，王非王，千乘万骑上北芒”等。

汉末文人刺诗以赵壹的《疾邪诗》为代表：

势家多所宜，咳唾自成珠。被褐怀金玉，兰蕙化为刍。贤者虽独悟，所困在群愚。且各守尔分，勿复空驰驱。哀哉复哀哉，此是命矣夫！

河清不可俟，人寿不可延。顺风激靡草，富贵者称贤。文籍虽满腹，不如一囊钱。伊优北堂上，抗脏倚门边。

此二首诗与屈骚颇有可类比之处，皆是一边赞美自己，一边控诉小人。贤能、学问、真理、正义统统被遗弃，“势”与“富贵”成为人才评价之标准，这种反常的社会现状是作者的批判对象。而批判的猛烈性是通过强烈的对比以及沉痛的语气来实现的。咳唾成珠与兰蕙化刍，贤者独悟与困在群愚，文籍满腹与一囊钱，伊优北堂上与抗脏倚门边，作者运用这些极富戏剧性与画面感的对比，表达了自己无边的愤懑。“哀哉复哀哉，此是命矣夫”，这是无奈到极点的叹息，“河清不可俟”又是近乎绝望的口气，这种沉痛表情与不公的对比相结合，也成为这首诗批判力量的重要来源。赵壹的这种对自己命运和社会不公的怨叹，在五言诗来说是有着重要意义的：

这种愤世嫉俗的不平之鸣、托物喻志的兴寄之作，不仅开魏晋

① 班固：《汉书》，中华书局1964年版，第3623页。

阮籍《咏怀》诗和左思《咏史》诗的先声，而且从此确立了二千年来文人诗咏叹不绝的一大主题。类似赵壹《疾邪诗》和郦炎《见志诗》的五言述志诗在汉末尚很少见，但它们的出现标志着五言诗已从言情之作上升为叙志之作，并被文人确认为可与四言、骚体一样表现严肃内容的重要形式。①

赵壹《疾邪诗》和郦炎《见志诗》是五言诗中言志作品的始祖。从此以后，议论便越来越多地在五言诗中出现，到东晋的玄言诗达到了顶峰。

此外，值得一提的是梁鸿的《五噫歌》，它发展了从《诗经》而来的"美刺"传统：

陟彼北芒兮，噫！顾瞻帝京兮，噫！宫阙崔嵬兮，噫！民之劬劳兮，噫！辽辽未央兮，噫！

这首诗的最后两句是直接议论，其中有对剥削劳动的统治阶级的批判之意，亦有对人民的同情之心。较深一层的批判性埋藏在"宫阙崔嵬兮"和"民之劬劳兮"这两句的承接之间。陈祚明《采菽堂古诗选》卷四谓"五句中不可断，间以'噫'字随声发叹，悲感更深"。张玉穀《古诗赏析》称"无穷悲痛，全在五个'噫'字托出，真是创体"。更有趣的是，这五个相同的"噫"字，却赋予了每句诗完全不同的语气，使得诗歌的感情一波三折。如此一来，就使得向来直截了当的批判变得有了柔软的弯度，使得"批判"——这一向来简单的议论样式，具有了更丰富的表情。另外，作者批判的强度，很大程度在这些语气中呈现，而这些语气的表情、强弱都需要读者自己去读解。这就无形中给了诗歌很多空间，这些空间造成了批判的蕴藉性。这是梁鸿对诗歌议论中"美刺"传统的一种发展。

① 葛晓音:《八代诗史》,陕西人民出版社1989年版,第23页。

而他在诗歌中对语气词的巧妙运用，也被后来的陶渊明、杜甫、韩愈等大诗人所学习。

总之，诗骚批判传统在汉代的诗歌中有所传承，而且形成了不同的路数，韦孟继承了正统的雅颂之义，赵壹在批判的感情强度上达到高峰，而梁鸿则开拓了批判的蕴藉性，都为中国诗歌议论形式的发展作了一定的贡献。

以上所论主要是继承《诗》《骚》者。然而两汉诗歌之议论的内涵与形式较前代也有所发展，申之如下：

其一，先秦诗歌中的议论语，多就事论事，在诗歌中的作用并不十分突出，出现的位置往往并不显要，篇幅也不太可观。而汉代很多诗歌中的议论语不再只是诗歌的附庸，而是成为该诗关键的部位。有些诗歌的议论语成为整首诗歌的核心：

茕茕白兔，东走西顾。衣不如新，人不如故。（《古艳歌》）

去者日以疏，生者日已亲。出郭门直视，但见丘与坟。古墓犁为田，松柏摧为薪。白杨多悲风，萧萧愁杀人。思还故里闾，欲归道无因。（《古诗十九首》其十四）

前诗的议论在末尾，后诗的议论在发端。而发端与结尾都是一首诗重中之重的位置，前者往往奠全诗之基调，后者往往总括一篇之精神。更重要的是，这两首诗的议论都是整篇诗歌的核心：第一篇的“茕茕白兔，东走西顾”是“兴”，“兴”是“先言他物以引起所咏之辞”，所以其后所要表达的“衣不如新，人不如故”的意思才是核心所在。清人多认为此诗与窦玄妻事有关，《艺文类聚》卷三十云：“后汉窦玄形貌绝异，天子以公主妻之。旧妻与玄书别曰：‘弃妻斥女敬白窦生：卑贱鄙陋，不如贵人。妾日已远，彼日已亲。何所告诉，仰呼苍天。悲哉窦生！衣不厌新，人不厌故。悲不可忍？怨不自去。彼独何人，而居是处。’”依此，则该诗还有批判义。第

二首诗一开头就以苍茫的笔调道出人世中悲欢离合之真理，一“去”一“来”、一实一虚异常奇崛地道出了人事变化的流动性，是作者对整首诗歌情感的理性概括，后面的所有诗句都绕不开前两句的笼罩，仿佛都是用画面在注解首二句之义。刘履论此诗大旨曰：“此诗大概语与前篇相类，而此则客游遐远，思还故里，日与生者相亲而不可得，故其悲愁感慨，见于词气，有不能自已者焉。”吴淇论此篇旨意云：“此首人多以为与前首相似，不知此首宜与下首参看。下首是说向日亲边去，为生者说法；此首是说向日疏边去，借去者为生者说法。”又云“‘去者以疏’说得怕人，又逼以‘来者日亲’一句，更怕人。‘欲归无因’，见日亲中再无我分，那得不日疏？”所论虽有歧别，然而皆不离首二句立论。

另外，不少谣谚类全篇都在作议论，比如写淮南厉王的诗谣“一尺布尚可缝，一斗粟尚可舂，兄弟二人不相容”。又比如写有关于金钱的诗谣“虽有千黄金，无如我斗粟。斗粟自可饱，千金何所直”（《汉末洛中童谣》）以及“虽有神药，不如少年。虽有珠玉，不如金钱”（汉代古谚）等，这种全篇议论的诗歌在先秦是比较少见的。总之汉乐府议论的分量较之先秦诗歌有所加重。

其二，议论的重心从先秦的人事转向人生，更贴近生命，也增加了诗歌的哲理性。先秦诗歌的议论多围绕一人一事，做针对性的讨论。屈原的议论，尤其是《天问》，已经对个体现象有所超越，但大多也还是跳脱不出人事和现象的范畴，论宇宙，论历史，论政治，偏偏就是较少论及人生。而汉代诗歌已经开始了对人生的紧切关注：

> 青青园中葵，朝露待日晞。阳春布德泽，万物生光辉。常恐秋节至，焜黄华叶衰。百川东到海，何时复西归。少壮不努力，老大徒伤悲。（《长歌行》）

“少壮不努力，老大徒伤悲”已经与某件事情无关，也不只是因为要劝诫某个懒散的人，而发出这样的劝诫。这样的议论，针对的是整个人生，也横跨了整个人生。所以陈祚明《采菽堂古诗选》称其为“劝学之语，千古至言”。

这样的对人生的关怀，在先秦大多还存在于少数哲人的表述中，并没有被一般诗人所注意。而到了汉代，汉初黄老之学的盛行和武帝后的独尊儒术，使得道家和儒家哲学得以在民间流行，进入人们的思维，融入人们的感情和生活，从而渗透到诗歌中。而显然，儒家更重视人事，而道家更关注人生：

> 天地之道，近在胸臆。呼噏精神，以养九德。渴不求饮，饥不索食。避世守道，志洁如玉。卿相之位，难可直当。岩岩之石，幽而清凉。枕块寝处，乐在其央。寒凉固回，可以久长。（《引声歌》）

把广漠无垠的大道纳入人生，专注于自己的生命，而对外界的名利，甚至是正常人所依赖的衣食住行都不去在乎，而得以乐在其中。这完全是道家的观念，无怪乎有人把它当做庄周的诗作①，庄周的时候虽然已经有了这样的哲学，却并不太可能出现这样成熟的哲理诗，当是汉人所作无疑。

尤其是汉代诗人对生死的关注、对人生无常的悲伤。忧生之嗟自《诗经》便已有滥觞，刘熙载《艺概》称“大雅之变，具忧世之怀；小雅之变，多忧生之意”。王国维曰：“‘我瞻四方，蹙蹙靡所骋’，诗人之忧生也；‘昨夜西风凋碧树。独上高楼，望尽天涯路’似之。‘终日驰车走，不见所问津’，诗人之忧世也；‘百草千花寒食路，香车系在谁家树’似之。”然而到了汉代，诗歌中的生命意识有了巨大发展。不少学者谈到这个问题，往往都是从汉末和《古诗十

---

①“引声歌”一作“庄周独处吟”，见逯钦立：《先秦汉魏晋南北朝诗》，中华书局1983年版，第314页。

九首》谈起，其实这种风气从汉代初期就出现了端倪。

薤上露，何易晞。露晞明朝更复落，人死一去何时归。（《薤露》）

秋风起兮白云飞，草木黄落兮雁南归。兰有秀兮菊有芳，怀佳人兮不能忘。泛楼船兮济汾河，横中流兮扬素波。箫鼓鸣兮发棹歌，欢乐极兮哀情多。少壮几时兮奈老何！（《秋风辞》）

欲久生兮无终，长不乐兮安穷。奉天期兮不得须臾，千里马兮驻待路。黄泉下兮幽深，人生要死，何为苦心。何用为乐心所喜，出入无悰为乐亟。蒿里召兮郭门阅，死不得取代庸，身自逝。（《广陵王歌》）

《薤露》一诗，崔豹《古今注》曰："薤露、蒿里，并丧歌也。出田横门人。横自杀，门人伤之，为之悲歌。言人命如薤上之露，易晞灭也。亦谓人死魂魄归乎蒿里，故有二章。……使挽柩者歌之，世呼为挽歌。"[①]概出于高祖时期。《秋风辞》出自汉武帝，《广陵王歌》是武帝的儿子刘胥所作。而这三首也都不约而同地表现出对生命无常的哀叹。可见这种生命意识并非汉末才突然兴起，而是贯穿汉代始终的。从秦始皇、汉武帝的对延长寿命的不懈追求，从司马迁记载的秦、汉方士的兴盛，我们可以窥见一斑。追求长生和哀悼无常实际上是一体之两面，河北满城汉墓的铜镜铭文表达了汉代贵族的这种集体愿望：

千秋万岁。
与天相寿，与地相长。

---

① 崔豹：《古今注》，商务印书馆1937年版，第10页。

延年益寿辟不羊。①

这不仅仅是贵族们奢侈的愿望，也是当时整个民族所有民众的普遍追求。对“一般思想史”或者说“普通人的思想史”有深入研究的葛兆光先生，在他的《中国思想史》一书中通过对出土文物的考察，得出这样的结论：

秦汉人看来是相信人可以不死的，不过也相信人之永恒是极其困难的，如果说铜镜铭文、帛画、画像中的神仙内容及秦汉方士的求仙寻药炼金活动，其背后都反映了人对生命的期望和想象。那么，他们也极其努力地探索过人体的奥秘与医疗的技术，张家山汉简中的《引书》《脉书》，马王堆帛书中的《五十二病方》《导引图》《却谷食气》，双包山汉墓出土的针炙经脉漆木人形，其背后都反映了人们的焦虑和忧患。古代中国人正是在这种期望和想象、焦虑和忧患中，逐渐形成了他们的生死观念。②

由上面的论述可知，汉代诗歌中呈现的这种整体性忧虑由来已久而且异常普遍，所以从汉代诗歌诞生之初就受到这种思想的影响，无论是文人还是民间的创作。中间虽受到“独尊儒术”的国家意识形态的影响，然则实际生活中，儒家精神对诗歌创作的影响并不一定如想象中那般巨大。有些学者过分估计了儒家思想对诗歌创作的消极作用，而忘记了一点：儒家思想的影响再普遍，也无法超越人类整体所激发的生命意识；儒家思想的影响再深刻，也代替不了人们对自身生命的渴望和焦虑。此外，汉代实行的经济制度，在一定

① 张政烺：《满城汉墓出土金银鸟虫书铜壶（甲）释文》，见朱东润、李俊民、罗竹风主编：《中华文史论丛》第3辑，上海古籍出版社1979年版；范祥雍：《满城汉墓铜壶释文商榷》，见朱东润、李俊民、罗竹风主编：《中华文史论丛》第3辑，上海古籍出版社1980年版。

② 葛兆光：《中国思想史》，复旦大学出版社2000年版，第229页。

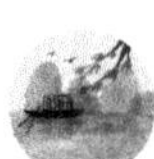

程度上削弱了儒家对文学的影响。赵敏俐先生在他的《汉代诗歌史论》中提到，汉代新兴的封建地主经济实际上破坏了宗法制度，而在一定程度上解放了人性：

> 正是这种经济政治上对封建宗法制度的破坏，也带来了一定程度上的人的个性，培养起社会各阶层相对独立和自由的情感。另外，这种封建地主制经济相对于农奴经济来说，由于人身依附性的减少，有利于解放生产力，也有利于商品经济发展。而商品经济又促进了社会的分工，分工增强了人与人的协作关系，也培养了人的个性——地主阶级的个性和封建农民的个性。这种个性逐渐渗透到个人的主观意识之中，使人的思想发生极大的变化，那就是宗法制观念的突破，在伦理道德观上也有了不同于前人之处。……在这种情况下，乐府抒情诗必然要突破儒家修齐治平的伦理观，更多地表现个人一己的喜怒哀乐。[①]

可见，汉代乐府诗并未因为儒学的兴盛而泯灭个性，尤其是到了汉末，社会动乱和生活的艰辛给人们强烈的刺激，儒家思想也已广泛受到怀疑，这种“生命的悲歌”便被无数次唱响：

> 人生天地间，忽如远行客。（《古诗十九首》其三）
>
> 人生寄一世，奄忽若飙尘。（《古诗十九首》其四）
>
> 盛衰各有时，立身苦不早。人生非金石，岂能长寿考。（《古诗十九首》其十一）
>
> 浩浩阴阳移，年命如朝露。人生忽如寄，寿无金石固。万岁更相送，贤圣莫能度。（《古诗十九首》其十三）

“人生如朝露这个思想，即一切都是幻灭的思想，充斥着整部

① 赵敏俐：《汉代诗歌史论》，吉林教育出版社1995年版，第167页。

《古诗》”[①]，“他们唱出的都是这同一哀伤，同一感叹，同一种思绪，同一种音调”，而“在表面看来似乎是如此颓废、悲观、消极的感叹中，深藏着的恰恰是他的反面，是对人生、生命、命运、生活的强烈地欲求和留恋”[②]。这实际上是人们生命意识和自我意识的开始觉醒，也是文学的觉醒的肇端。而人的觉醒的过程，也是诗歌的议论逐渐关注人生的过程。

其三，议论的对象从先秦的专注于褒贬善恶，转而专注于忧喜苦乐。善恶褒贬总是比较直接和鲜明，而忧喜苦乐则往往摇荡和徘徊。所以汉诗中出现了一些情感细腻、韵味悠长的议论：

悲歌可以当泣，远望可以当归。（《悲歌》）
欢日尚少，戚日苦多。何以忘忧，弹筝酒歌。（《善哉行》）
去者日以疏，生者日已亲。（《古诗十九首》其十四）

这些议论中包含的情感，不再像《诗经》和楚辞那样激烈和鲜明，而变得温和、柔软、绵长、摇摆，不再放声痛哭，而是“悲歌当泣”“弹筝酒歌”；即便是生死离别，诗人的伤感也不会像楚辞那样激烈，而是包围在重重叠叠的理性里面，慢慢从字里行间透出，而没有一气说尽。此外，这三句议论都非常富有画面感，比如“悲歌”“远望”“弹筝酒歌”“去者”“生者”“泣”“归”等，我们可以与先秦诗歌中有画面的议论句作对比：

蛇蛇硕言，出自口矣。巧言如簧，颜之厚矣。（《巧言》）
凤皇在笯兮，鸡鹜翔舞。同糅玉石兮，一概而相量。（《怀沙》）

① [法]桀溺：《牧女与蚕娘》，见钱林森编：《牧女与蚕娘——法国汉学家论中国古诗》，上海古籍出版社1990年版，第154页。

② 李泽厚：《美的历程》，生活·读书·新知三联书店2017年版，第82页。

同这两句的画面相比，汉诗议论语的画面塑造显得多么的温和与无害。它们不再像《诗经》和楚辞那么明亮和犀利，而是变得更缓慢、更悠长、更可以想象、更有韵味。

再比如同样是对生死的讨论，我们比较一下屈赋和汉诗表达的差异：

> 时缤纷其变易兮，又何可以淹留。（《离骚》）
> 岁曶曶其若颓兮，时亦冉冉而将至。（《悲回风》）
> 老冉冉兮既极。（《大司命》）
> 时不可兮再得。（《湘君》）
> 人生天地间，忽如远行客。（《古诗十九首》其三）
> 人生寄一世，奄忽若飙尘。（《古诗十九首》其四）
> 生年不满百，常怀千岁忧。（《古诗十九首》其十五）
> 天道悠且长。人命一何促。（《怨诗行》）

汉诗总愿意将自身生命放置到浩瀚的时空中去度量，一方面凸显个体生命的微不足道，另一方面，短暂的生命一旦遭遇浩渺的时空，仿佛也沾染上了些许洪荒和伟大之感，使得作者的悲伤瞬间染上了壮丽的美感。伟大和渺小的悬殊对比，使得读者隐约感受到生命的觉醒力量。汉诗的对比蕴藉出了这样绵长宏阔的感情，与《诗经》、楚辞的激烈对比划出疆界，这也是中国诗歌的议论自觉追求韵味的开始。

第二节　礼与形的交融：天马诗中的政治论述

对艺术的发展规律，有两种主要的论述。以李格尔（Alois Riegl）、沃尔夫林（Heinrich Wolfflin）为代表的形式主义艺术史观认为，艺术有其自身发展的规律，即所谓“自律论”；沃克内格尔

（Martin Wackernagal）、豪泽尔（Arnold Hauser）认为艺术史在政治、文化中生长，故与社会、文化之因素关系甚深，即所谓“他律论”。本章的第一部分是从“自律论”的角度探讨汉代诗歌议论的形式嬗变。而本节希望从“他律论”的角度讨论汉代的政论诗。

一、作为政治符号的天马

汉魏乐府中，郊庙歌辞、燕射歌辞、舞曲歌辞三类，其议论多雍容揄扬，以宣上德。试看下面几首乐府诗：

> 后皇嘉坛，立玄黄服。物发冀州，兆蒙祉福。沇沇四塞，假狄合处。经营万意，咸遂厥宇。（汉郊庙歌辞《后皇》）
>
> 思皇烈祖，时迈其德。肇启洪源，贻燕我则。我休厥成，聿先厥道。丕显丕钦，允时祖考。（魏郊庙歌辞《太庙颂歌》）
>
> 于赫明明，圣德龙兴。三朝献酒，万寿是膺。敷佑四方，如日之升。自天降祚，元吉有徵。（晋燕射歌辞《上寿酒歌》）
>
> 于铄皇晋，配天受命。熙帝之光，世德惟圣。嘉乐大豫，保佑万姓。渊兮不竭，冲而用之。先帝弗违，虔奉天时。（晋舞曲歌辞《大豫舞歌》）

雷同祖构，辞趣一揆。何以会如此呢？本节试图以汉武帝的两首郊庙歌辞《天马诗》为例，分析此类政治论理诗。

《史记·乐书》曰：“又尝得神马渥洼水中，复次以为《太一之歌》。歌曲曰：‘太一贡兮天马下，霑赤汗兮沫流赭。骋容与兮跇万里，今安匹兮龙为友。’后伐大宛得千里马，马名蒲梢，次作以为歌。歌诗曰：‘天马来兮从西极，经万里兮归有德。承灵威兮降外国，涉流沙兮四夷服。’”[①]这两首诗在《汉书·礼乐志》中的记载稍有不同：

① 司马迁：《史记》，中华书局1959年版，第1178页。

太一况，天马下，霑赤汗，沫流赭。志俶傥，精权奇，躡浮云，晻上驰。体容与，泄万里，今安匹，龙为友。（其一）

天马徕，从西极，涉流沙，九夷服。天马徕，出泉水，虎脊两，化若鬼。天马徕，历无草，径千里，循东道。天马徕，执徐时，将摇举，谁与期？天马徕，开远门，竦予身，逝昆仑。天马徕，龙之媒，游阊阖，观玉台。（其二）[①]

这两首诗皆咏“天马”，而实际上所咏的对象并非同一个。《史记·大宛传》载：“及汉使乌孙，若出其南，抵大宛、大月氏相属，乌孙乃恐，使使献马，愿得尚汉女翁主为昆弟。天子问群臣议计，皆曰‘必先纳聘，然后乃遣女’。初，天子发书《易》，云‘神马当从西北来’。得乌孙马好，名曰‘天马’。及得大宛汗血马，益壮，更名乌孙马曰‘西极’，名大宛马曰‘天马’云。”[②]可见第一首中“天马”指的是乌孙马，第二首的“天马”指大宛马。由此可见，“天马”一词的象征性的、符号性的意义，远大于其指代性的意义。

那么，“天马”作为一个符号，具有哪些意涵呢？总结古今学者的说法，大抵有四个方向：

其一，“天马”寄托了汉武帝求仙的志愿。《汉书》文颖注曰：“言武帝好仙，常庶几天马来，当乘之往发昆仑也”，清人陈本礼亦称：“《天马》二歌，……其词若夸耀天马，其意则重在欲效穆满之游昆仑，而觞王母于瑶池之上也。”[③]当代学者多赞同此观点，例如叶岗先生也认为：“在五首颂祥瑞的诗中，入诗题材是天马（渥洼马和大宛汗血马）……。武帝这种刻意以祥瑞象征王者天命的意趣，

① 班固：《汉书》，中华书局1964年版，第1060—1061页。

② 司马迁：《史记》，中华书局1959年版，第3170页。

③ 陈本礼：《汉诗统笺》“郊祀歌辞”，中国社科院文学所图书资料室藏清嘉庆年间裛露轩刻本。

反映出他渴望在身死之前预先跻身于神仙之列的虚妄。”[①]

其二，“天马”寄寓着武帝对实际军事力量增强的渴望。《后汉书·马援传》说“马者，兵甲之本，国之大用，安宁则以别尊卑之序，有变则济远近之难”。可见在冷兵器时代，马对于战争的重要性。而汉朝的马相对于北方少数民族来说，在品种上缺乏优势，晁错《言兵事疏》曰：“今匈奴地形、技艺与中国异。上下山阪，出入溪涧，中国之马弗与也；险道倾仄，且驰且射，中国之骑弗与也。”因此古今很多学者都认为“改良马政”是汉武帝在太初元年到太初四年两次发动大宛战争的主要原因。[②]

其三，“天马”寄托着武帝“征服四夷”的愿望。武帝的《郊祠泰畤诏》中有云：

> 渥洼水出马，朕其御焉。战战兢兢，惧不克任，思昭天地，内惟自新。《诗》云：“四牡翼翼，以征不服。”亲省边垂，用事所极。[③]

武帝得到渥洼的天马后，“战战兢兢，惧不克任”，希望能驾驭它。可见此“天马”在武帝心目中便代表着同样难以驯服的北方少数民族，尤其是匈奴。又引《诗》曰：“四牡翼翼，以征不服。”《小雅·采薇》中有“四牡翼翼，象弭鱼服。岂不曰戒，玁狁孔棘”。毛传曰：“玁狁，北狄也”，郑玄笺云：“北狄，今匈奴也。”武帝引用“以征不服”之句，显见也是表达征服匈奴之意。而何以能征服匈奴呢？便需要“四牡翼翼”。孔颖达疏《礼记》云：“诗云‘四牡騑騑’，下又云‘四牡翼翼’，皆是马之行容貌；‘翼翼’、‘騑騑’，皆

① 叶岗：《汉〈郊祀歌〉与谶纬之学》，《文学评论》，1996年第4期。

② 李开元：《论汉伐大宛和汉朝的西方政策》，《西北史地》，1985年第1期。

③ 班固：《汉书》卷六《武帝纪》，中华书局1964年版，第185页。

是马之严止。”[①]可见对“天马”的盼望正是对征服边陲的愿望。《史记·乐书》所载的第二首中“承灵威兮降外国，涉流沙兮四夷服”更是极为明朗地表达了武帝这一想法。

其四，“天马”作为一种祥瑞，也包藏着一种帝王统治应乎天意的政治暗示。刘师培对汉代谶纬之学的批评也可以给我们启发：“夫谶纬之书，虽间有资于经术，然支离怪诞，虽愚者亦察其非。而汉廷深信不疑者，不过援纬书之说，以验帝王受命之真，而使之服从命令耳。”[②]祥瑞亦复如是。赵沛霖先生《汉〈郊祀歌·天马〉与祥瑞观念、神仙思想》一文认为，“天马的出现被看作国祚兴盛、天下太平和得道成仙、与神仙同游这两个方面的吉兆，作为汉武帝统治合乎天意的证明，其政治功利性十分明显。”[③]

二、国家意志与个体焦虑

如果分析上面四种意涵的话，大概可以分成两大类。求仙是武帝个人的志愿，后三者代表着国家的意志。这两者之间其实是有着相当大的矛盾的：个人的志愿可以消极、隐遁，国家的意志必须积极、事功；个人的志愿可以感性、疯狂，国家的意志必须理性、谨慎。陆贾批评求仙活动影响现实政治：“苦身劳形，入深山，求神仙，弃二亲，捐骨肉，绝五谷，废《诗》《书》，背天地之宝，求不死之道，非所以通世防非者也。”[④]《汉书·艺文志》也认为神仙之学与王道政教有极大的距离：“神仙者，所以保性命之真，而游求于

① 郑玄注，孔颖达疏：《礼记疏》附释音礼记注疏卷第三十五，清嘉庆二十年南昌府学重刊宋本十三经注疏本。

② 刘师培：《国学发微》，《仪征刘申叔遗书》第四册，广陵书社2014年版，第1046页。

③ 赵沛霖：《汉〈郊祀歌·天马〉与祥瑞观念、神仙思想》，《励耘学刊》文学卷，2008年第1期。

④ 王利器：《新语校注·慎微》，中华书局1986年版，第93页。

其外者也。聊以荡意平心，同死生之域，而无怵惕于胸中。然而或专以为务，则诞欺怪迂之文弥以益多，非圣王之所教也。”白居易有一首《八骏图》专门针对“天马”游仙之事作出批评：

穆王八骏天马驹，后人爱之写为图。背如龙兮颈如象，骨竦筋高脂肉壮。日行万里速如飞，穆王独乘何所之？四荒八极踏欲遍，三十二蹄无歇时。属车轴折趁不及，黄屋草生弃若遗。瑶池西赴王母宴，七庙经年不亲荐。璧台南与盛姬游，明堂不复朝诸侯。《白云》《黄竹》歌声动，一人荒乐万人愁。周从后稷至文武，积德累功世勤苦。岂知才及四代孙，心轻王业如灰土。由来尤物不在大，能荡君心则为害。文帝却之不肯乘，千里马去汉道兴。穆王得之不为戒，八骏驹来周室坏。至今此物世称珍，不知房星之精下为怪。八骏图，君莫爱。

白居易认为“个人之仙道”与“王者之政道”是相害而不相存的。所谓“瑶池西赴王母宴，七庙经年不亲荐”，指的是世务与求仙之间的矛盾；“一人荒乐万人愁”，指的是个人与国家之间的矛盾。“穆王得之不为戒，八骏驹来周室坏”，即便个人能借之升仙，而家国社稷则受到破坏性影响。所以，如果君王要真正地追求神仙之事，则需要冒着政治崩坏的极大危险，甚至如同周穆王一样，放弃一切，纵身远游。这当然并非汉武帝所愿。

从另一个角度说，汉武帝在求仙的同时，也不愿放弃对天下的责任，或者说他不愿放弃他掌管天下的权力。赵沛霖先生分析说：

应当说，摆脱世俗的利禄和人间的纷扰，到另一个世界与神仙同游，尽享仙界的清静和自由，确是怀有神仙思想的人的最高追求和信仰。但对统驭万民的人间至尊汉武帝来说，这一切不过是说说而已……这就是说，汉武帝的帝王身份和统驭天下的权势与他所向

> 往的神仙世界是格格不入的。所以，尽管《天马》中极力表现他对于追求神仙世界的虔诚和向往，但那不过是祭祀时的咏唱而已，与付诸实践完全是两回事。①

郭璞的《游仙诗》其六称“燕昭无灵气，汉武非仙才”，也正是从这个意义上说的。司马相如作为内臣，是能洞察汉武帝的内心的。如果我们考察其《大人赋》，就会发现司马相如所描写的“大人”虽在仙界，却依旧享有类似人间帝王的排场和尊荣：

> 悉征灵圉而选之兮，部署众神于瑶光。使五帝先导兮，反太一而从陵阳。左玄冥而右含雷兮，前陆离而后潏湟。厮征北侨而役羡门兮，属岐伯使尚方。祝融惊而跸御兮，清雰气而后行。屯余车而万乘兮，綷云盖而树华旗。
>
> 时若暧暧将混浊兮，召屏翳诛风伯而刑雨师。西望昆仑之轧芴洸忽兮，直径驰乎三危。排阊阖而入帝宫兮，载玉女而与之归。

赋中还有“历唐尧于崇山兮，过虞舜于九疑”之句，可见《大人赋》有意无意之间将尧舜治理之道与大人求仙之道融合在了一起，将享国之尊荣与享寿、自由的游仙之境界结合成一体，故而“天子大悦，飘飘有凌云之气，似游天地之间”。

而如何同时呈示国家和个人两方面的意志，如何解决世务和生死两方面的焦虑，“天马”正是象征性的、“白日梦”式的达成手段。

首先，汉武帝通过“太一”作为纽带，将政道与仙道结合在“天马”符号之中了。《天马歌》其一曰：“太一贶，天马下”，将天马作为“太一”的使者。张宏先生说：“因此武帝想成仙，也必须与太一天帝联系起来，让太一神派龙马下来，接武帝去游昆仑、玉台。

---

① 赵沛霖：《汉〈郊祀歌·天马〉与祥瑞观念、神仙思想》，《励耘学刊》文学卷，2008年第1期。

这就是《郊祀歌》中著名的《天马歌》，又叫《太一之歌》。”[①]元狩五年（前118年），天子病鼎湖甚，病愈之后，“大赦天下，置寿宫神君。神君最贵者太一，其佐曰大禁、司命之属，皆从之。”可见武帝时人们认为太一能掌管人的生死。

贾谊《惜誓》云：“攀北极而一息兮，吸沆瀣以充虚。飞朱鸟使先驱兮，驾太一之象舆。……驰骛于杳冥之中兮，休息虖昆仑之墟。”[②]太一常居于北斗，因而一般的汉墓的壁画中常常有北斗七星图，表示升仙。

而《搜神记》称“南斗主生，北斗主死”，也可见太一与生死、升仙的关系。而另一方面，“北斗”在古代也有着传统的政治意涵，《易纬乾凿度》郑玄注：“太一者，北辰之神名也。居其所曰太一。”[③]《论语》有“为政以德，譬如北辰”之说，即代表着现实政治的核心。《史记》记载：“亳人薄诱忌奏祠泰一方，曰：‘天神贵者泰一，泰一佐曰五帝。古者天子以春秋祭泰一东南郊，用太牢具，七日，为坛开八通之鬼道。’于是天子令太祝立其祠长安东南郊，常奉祠如忌方。其后人有上书，言‘古者天子三年一用太牢具祠神三一：天一，地一，泰一’。天子许之，令太祝领祠之忌泰一坛上，如其方。”而天一、地一、太一之中，“天一是阳神，地一是阴神；泰一更是在阴阳之前，为阴阳所从出，所以谓之最贵”[④]。王钟陵先生称：“秦始皇、汉高祖、汉文帝时期同样尊崇传说中五方帝的做法，不再符合现实政治的需要，一个新的至高的上帝神——‘太一’被

① 张宏：《汉代〈郊祀歌十九章〉的游仙长生主题》，《北京大学学报》（哲学社会科学版），1996年第4期。

② 洪兴祖：《楚辞补注》，中华书局1983年版，第227—228页。

③［日］安居香山、中村璋八辑：《纬书集成》（上），河北人民出版社1994年版，第32页。

④ 顾颉刚：《秦汉的方士与儒生》，上海古籍出版社1998年版，第16页。

塑造了出来。”[①]这种从五方帝到“太一”的进化，反映在政治上就是从分封制度向君主集权制度的转化。在南阳麒麟岗汉墓画像中，太一的形象已经与现世帝王无二了。[②]《史记·封禅书》正义云：“泰一，天帝之别名也。”[③]可见当时社会中已经存在升仙的观念。所以，“天马”作为通往“太一”的工具，象征性地同时满足了权力和自由两方面的愿望，也象征性地同时解决了现世与来世两方面的焦虑。

汉武帝对于封禅的态度也证明了这一点。所谓封禅，唐张守节说“天命以为王，使理群生，告太平于天，报群神之功”，是国家性的政治活动，而武帝却愿意将之与求仙交叠在一起。大渊忍尔认为，汉武帝的求仙与秦始皇的不同之处在于：汉武帝是通过“黄帝登仙说”的影响，在成仙不死的观念里加入了飞升天上的观念。[④]《史记·孝武本纪》载：“少君言于上曰：‘祠灶则致物，致物而丹砂可化为黄金，黄金成以为饮食器则益寿，益寿而海中蓬莱仙者可见，见之以封禅则不死，黄帝是也。’”封禅而成仙的黄帝也有天马，名曰“乘黄”，《山海经·海外西经》：“白民之国在龙鱼北，白身披发。有乘黄，其状如狐，其背上有角，乘之寿二千岁。”《汉书》应劭注：“乘黄，龙翼马身，黄帝乘之而上仙者。”

其次，将“天马歌”纳入“郊庙”歌曲。所谓郊庙歌辞，《乐府诗集·郊庙歌辞》题解曰：“郊乐者，《易》所谓‘先王以作乐崇德，殷荐上帝。’宗庙乐者，《虞书》所谓‘琴瑟以咏，祖考来格。’《诗》云：‘肃雍和鸣，先祖是听’也。”郊庙之歌用于祭祀天地神明和祖先的郊祀大典，遴选极严，即便天子也不能随意选置。因此汉武帝

---

① 王钟陵：《中国前期文化·心理研究》，上海古籍出版社2006年版，第374页。

② 王煜：《汉代太一信仰的图像考古》，《中国社会科学》，2014年第3期。

③ 司马迁：《史记》，中华书局1959年版，第1290页。

④ 刘屹：《敬天与崇道》，中华书局2005年版，第461页。

把《天马诗》放入郊祀歌时，就引起大臣的反对。《史记·乐书》载：“中尉汲黯进曰：‘凡王者作乐，上以承祖宗，下以化兆民。今陛下得马，诗以为歌，协于宗庙，先帝百姓岂能知其音邪？’上默然不悦。”汲黯认为王者作乐，要代表宗庙和人民的声音，而武帝的“天马”之诗抒发的是个人求仙的志愿，而非宗庙国家的意志，因此他反对以此诗入郊庙。

《文心雕龙·乐府》篇对此事也做过评论：“暨武帝崇礼，始立乐府；总赵代之音，撮齐楚之气……河间荐雅而罕御，故汲黯致讥于《天马》也。”刘勰认为汲黯之所以批评武帝，是因为此事是以新声坏乱雅声。《宋书·乐志》云：“汉武帝虽颇造新声，然不以光扬祖考，崇述正德为先，但多咏祭祀见事及祥瑞而已。商周雅颂之体缺焉。”黄侃《文心雕龙札记》亦云：“彦和此篇大旨，在于止节淫滥。盖自秦以来，雅音沦丧，汉代常用，皆非雅声。魏晋以来，陵替滋甚，遂使雅郑混淆，钟石斯缪。彦和闵正声之难复，伤郑曲之盛行，故欲归本于正文。”雅者，正也，言王政之所由废兴也（《毛诗序》）。汉武帝将所创新声纳入雅声，实际上便意味着将个人志愿变成国家意志。

总之，汉武帝通过“天马”一诗，将个人求仙与国家祭祀融为一体，因而使得其事功与求仙、现世和来世的追求同时进行。

三、崇礼精神与巫鬼思维

汉武帝的“求仙”意志，通过乐府“郊庙歌辞”的演奏，也引起了巨大的社会推广效应。“人们开始相信，成仙并不只是那些具有超凡智慧的哲人和拥有巨量财富的帝王所专有的追求，一介凡夫俗子的灵魂同样可以进入西王母的天堂，成为不死的仙人。比起人间的任何地方，灵魂在天堂或仙境中可以享受到更大的幸福。在这种

氛围中，汉代人对死后升仙的追求达到了前所未有的高度。”[①]天马作为升仙的工具，也大量出现在汉代的画像石、画像砖之中。而这些画像石也往往继承了武帝《天马诗》中对于求仙和现实的双重表达。画像石、画像砖中的马多是升仙导引之用，图1左边是西王母，墓主的灵魂正驾着天马之舆通过升仙之门。图2中，画像的右半部分是西王母所处的空间，左半部分的车马正载着墓主的灵魂奔向西王母的方向。马的头颈的夸张的弧度和比例造成了画像昂扬向上、奋勇直前的上升感；简洁的、写意的线条，使得马的造型与右方的龙的造型有很多共通之处。《周礼·夏官·廋人》有言：“马八尺以上为龙，七尺以上为騋，六尺以上为马。”[②]宋人朱震《汉上易传》亦云：“马八尺以上曰龙，世传大宛、余吾之马，出于龙种。”[③]在此图中有形象的表现。

图1　驾舆升仙图

（［东汉］合江4号石棺石刻，摘自《中国画像石全集》第7卷144页）

① ［美］巫鸿：《礼仪中的美术：巫鸿中国古代美术史文编》，生活·读书·新知三联书店2005年版，第176页。

② 贾公彦：《周易注疏》，阮元校刻《十三经注疏》，中华书局影印本1980年版，第861页。

③ 朱震：《汉上易传》，《四部丛刊初编》第四册，上海书店1989年版，第19页。

图2　西王母车马

（［东汉］画像砖，横44厘米纵28厘米，摘自《巴蜀汉代画像集》图372）

除了升仙这一意义之外，这些导引的车马还具有另外一种意义，即对现实世界权位和财富的期盼。不少学者认为，画像石墓主人大多是没有显赫身份和地位的中下层士人。20世纪60年代，日本学者林巳奈夫便考察了画像石中车马出行图像的组成，指出了图像规格与墓主身份的不对等性，因而认为这些车马图像并非墓主现实身份地位的真实反映。[①]张道一先生和李银德先生在统计分析了徐州地区画像石墓的情况后发现，“原墓中以中、小型居多，估计墓主人没有显赫的身份和地位”[②]，“徐州画像石墓墓主人的身份是封爵在列侯以下，俸秩在二千石以下的中下层官吏、商贾富绅以及较为贫困的平民”[③]。罗伟先先生在统计大量画像石墓后指出：“使用这种艺术形式的画像石墓主之社会地位基本上局限于上自二千石官吏，下至一般富豪士民的大跨度中间阶层的范围内。”[④]

巫鸿认为汉代墓葬中的车马出行图有一部分是对想象中灵魂出

① [日]林巳奈夫:《后汉时代的车马行列》,《东方学报》京都版,1964年版,第183—226页。

② 张道一:《徐州汉画像石》序言,江苏美术出版社1985年版。

③ 李银德:《徐州汉画像石墓墓主身份考》,《中原文物》,1993年第2期。

④ 罗伟先:《汉墓石刻画像与墓主身份等级研究》,《四川文物》,1992年2期。

行图像的描绘。安徽宿县褚兰胡元壬祠基石车马的图像中（图3），四幅图合在一起是一幅完整的车骑出行图。第二幅中的首辆的驷马轩车为主车，车辕上龙首高昂，主车前有两名弓弩手护卫；第一幅图中有伍伯、骑吏和三辆双驾轺车，是主车的前导；第三、第四幅图中的九辆车为属僚的从车。王步毅先生认为：“按汉制规定，像这样车乘队伍，是符合四百石县令或与之相当的官吏出行规格的。”而有龙首高昂的主车，颇类张衡《东京赋》中“龙輈华轙”的描写，恐怕是帝王显贵的规格了。而胡元壬为无官职的平民，因而图像中的场景显然是在表达一种美好的愿望。[①]在他的墓志中有“人马皆食太仓，腰带朱紫，金银在怀，何取不得”之句，显然是祝愿墓主在仙界能衣食丰足，金银在怀，并得享高官厚禄。巫鸿说：“一方面，这种艺术反映了人们对超乎日常物质世界的不朽仙界的向往；另一方面，这种艺术又往往把死后的世界描绘成死者原有生活的延续，或表现为对现实生活的理想升华。按照这后一种理想，在艺术中，死亡使人们获得生前所不曾拥有过的一切：死者可以在装饰华美的厅堂上受到仆从的服侍，享用山珍海味的盛筵，观赏五光十色的表演。……所有这些丧葬艺术的内容都体现了人们现世的企盼。”[②]

---

① 王步毅:《安徽宿县褚兰汉画像石墓》,《考古学报》,1993年第4期。

② [美]巫鸿:《礼仪中的美术:巫鸿中国古代美术史文编》,生活·读书·新知三联书店2005年版,第178页。

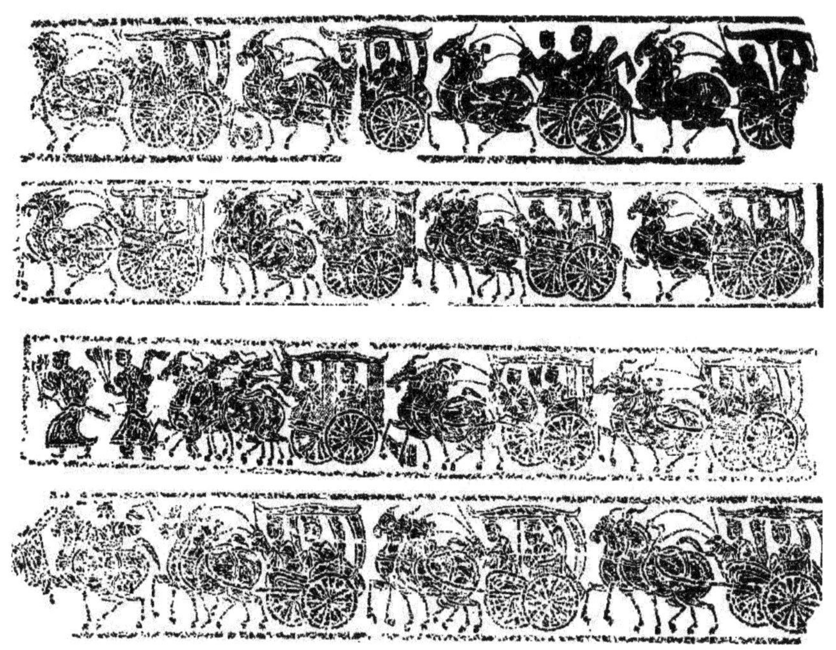

图3　胡元壬祠基石车马图像

（［东汉］画像石，摘自《考古学报》1993年第4期544页）

武帝的这种将政道与仙道的结合，看似是其个人的行为，实际上在很大程度上也是汉代继承的两种文化相互交织、融合的产物。这两种文化是以法家、儒家为代表的理性文化，和以神仙、巫鬼为代表的感性文化。前者以祖先崇拜和国家祭祀为主要的信仰；后者则以神仙、巫鬼、方术为主要信仰形式。前者相对理性、现实、事功、集权，以秦国文化为代表，秦人“对鬼神的认识，缺乏丰富的想象；对鬼神的形象、功能的描述，也缺少大胆的夸张与渲染。秦人心目中的鬼神有浓厚的世俗气息，而超人的力量和怪异的浪漫主义色彩则比较薄弱”①。后者感性、浪漫、富有想象力、自由，以齐、楚文化为代表。而齐、楚文化中，以楚为主导，《吕氏春秋·异宝》曰：“荆人畏鬼而越人信禨。”《列子·说符》曰：“楚人鬼，越

① 李晓东、黄晓芬：《从〈日书〉看秦人鬼神观及秦文化特征》，《历史研究》，1987年第4期。

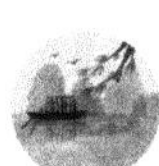

人禨。"《汉书·地理志》曰："楚地……信巫鬼，重淫祀。"王逸《楚辞·九歌序》曰："昔楚南郢之邑，沅湘之间，其俗信鬼而好祀。"而"战国中期楚国的势力早已发展到泗水流域，燕齐间的求仙风气，当是由楚国求仙的热浪波及而成"[①]。

《天马诗》和天马图像中这两种文化的交融，前文我们已经从内容的层面作出了一定的分析：天马的诗歌和图像中呈现了崇礼的精神、大一统的思维与巫鬼的思维、求仙的志愿的统一，体现了现世需求和来世愿望的统一。

四、天马文图与秦楚文化融合

从形式方面来分析，"天马"的诗文和图像也都受到了这两种不同的文化的影响。我们先看《天马诗》。首先，汉武帝的两首《天马诗》都是以楚声的节奏完成的。汉代的楚歌的基本节奏是三字句，其句式一般都是由两个三字句中间加上语气词连接而成的，例如"大风起兮云飞扬""力拔山兮气盖世"等。《史记》和《汉书》都载有"天马诗"，有些学者认为"《史》《汉》相较，《史记》所载更可能是汉武帝原作"[②]。而《史记·乐书》所记载的《天马歌》就完全是楚诗的样式了："太一贡兮天马下，沾赤汗兮沫流赭。骋容与兮跇万里，今安匹兮龙为友"；"天马来兮从西极，经万里兮归有德。承灵威兮降外国，涉流沙兮四夷服"。其次，《天马诗》的一些意象很有想象力，颇有楚人之风。比如"涉流沙，九夷服"，《楚辞·招魂》有"魂兮归来！西方之害，流沙千里些"之句。"虎脊两"，颜师古引应劭注曰："马毛色如虎脊有两也。""化若鬼"，颜师古解为"言其变化若鬼神"。还有"蹑浮云，晻上驰。体容与，迣万里"等句，

① 赵辉：《楚辞文化背景研究》，湖北教育出版社1995年版，第84页。

② 刘兆云：《汉武帝〈天马歌〉纵横谈》，《新疆大学学报》（哲学社会科学版），1993年第2期。

皆描写夸张，想象奇特，颇有《九歌》遗意。另一方面来讲，《天马诗》虽然是楚歌，但又不同于一般的楚歌。一般楚歌的音乐风格是比较悲凉的，从屈原的《离骚》到刘邦、项羽的悲歌，大抵如此。武帝自己的《秋风辞》《瓠子歌》也都颇有悲伤之情；其《思奉车子侯歌》更是写得无限悲哀："嘉幽兰兮延秀，蕈妖淫兮中溏。华斐斐兮丽景，风徘徊兮流芳。皇天兮无慧，至人逝兮仙乡。天路远兮无期，不觉涕下兮沾裳。"逯钦立《先秦汉魏晋南北朝诗》云："《类聚》五十六引《武帝集》曰：'奉车子侯暴病，一日死。上甚悼之，乃自为歌诗。'……又《文心雕龙·哀吊》篇曰：'暨武帝封禅，而霍子侯暴亡，帝伤而作诗，亦哀辞之类也。'"楚歌的氛围大抵如是。而这两首《天马歌》不同，气势雄壮，情绪高昂。"太一贶，天马下，沾赤汗，沫流赭"，唐庚《天马歌赠朱廷玉》化此句云："贰师城中天马驹，眼光掣电汗流朱。""体容与，迣万里，今安匹，龙为友"之句，宋无的《天马歌》化写此句为："天马天上龙，驹生天汉间。两目夹明月，蹄削昆苍山。元气饮沆瀣，跃步超人寰。""天马徕，龙之媒"，李庭《送孟待制驾之》化句云"渥洼龙媒天马子，堕地一日能千里"，宋无《天马歌》云"天马来，云雾开，天厩騕里鸣龙媒，龙媒不鸣鸣驽骀"，唐人胡直钧《获大宛马赋》云："昔孝武痦善马，驾英才，穷二师于海外，获汗血之龙媒，于是宛卒大北，神驹尽来，驵骏奇状，超摅逸材，走追风于马邑，嘶逐日于云堆。"这些诗文接受了《天马诗》的影响，皆是一派雄壮之气，也可以看出《天马诗》对于楚歌氛围的革新。

再看"天马图"。邓以蛰先生《辛巳病余录》云："世人多言秦汉，殊不知秦所以结束三代文化，故凡秦之文献，虽至始皇力求变革，终属于周之系统也。至汉则焕然一新，迥然与周异趣者，孰使之然？吾敢断言其受楚风之影响无疑。汉赋源于楚骚，汉画亦莫不原于楚风也。何谓楚风？即别于三代之严格图案式，而为气韵生动之作风也。”如果对比秦朝的兵马俑与汉代的马的雕塑和画像，就大概可以感觉到这两种文化的交融。

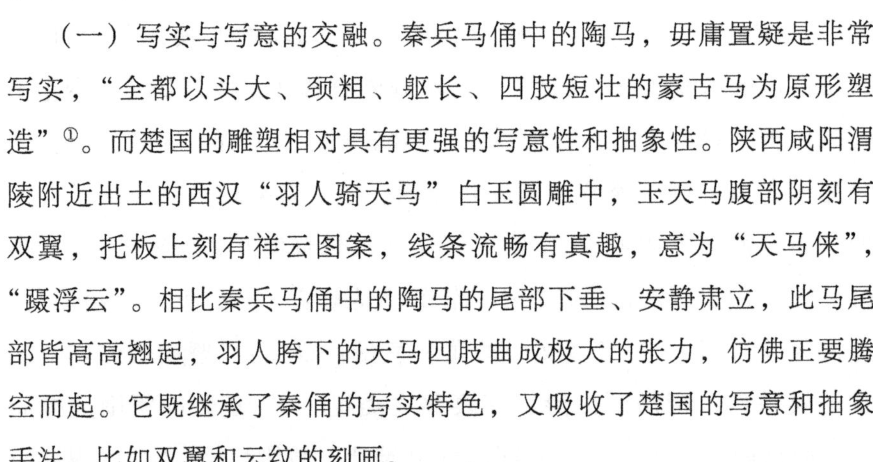

（一）写实与写意的交融。秦兵马俑中的陶马，毋庸置疑是非常写实，“全都以头大、颈粗、躯长、四肢短壮的蒙古马为原形塑造”①。而楚国的雕塑相对具有更强的写意性和抽象性。陕西咸阳渭陵附近出土的西汉“羽人骑天马”白玉圆雕中，玉天马腹部阴刻有双翼，托板上刻有祥云图案，线条流畅有真趣，意为“天马徕”，“蹑浮云”。相比秦兵马俑中的陶马的尾部下垂、安静肃立，此马尾部皆高高翘起，羽人胯下的天马四肢曲成极大的张力，仿佛正要腾空而起。它既继承了秦俑的写实特色，又吸收了楚国的写意和抽象手法，比如双翼和云纹的刻画。

甘肃武威出土的“马踏飞燕”，是我国经典的天马造型。就其写实性来说，它处处都体现出《相马经》中叙述良马的规范，长沙马王堆汉墓出土《易经·系辞》载“是故良马之类，广前而圆后”，《伯乐相马经》曰：“马头为王欲得方，头欲得高峻，如削成。……尾骨高而垂。”有学者考察后认为，“良马特征处处合辙，几乎没有不符合的”②。还有学者将相马的各项标准在铜奔马上标示出来，做成一个图，以说明二者相合程度之高。③就其写意性来说，一方面，“马踏飞燕”的艺术构思本来就具有浪漫意象性，给人以劲健的、强烈的速度感。另一方面，奔跑中的马腿的姿态显然具有夸张的成分，与其较为端直的上身来讲，马腿的弧度有点过大。此是兼顾平衡、工艺、美感而虚构的艺术形象。所以它一方面非常写实，同时又灵动、飘逸，富有艺术想象力。

---

① 周本雄:《武威雷台东汉铜奔马三题》,《考古》,1998年第5期。

② 顾铁符:《奔马·“袭乌”·马式——试论武威奔马的科学价值》,《考古与文物》,1982年第2期。

③ 胡平生:《“马踏飞鸟”是相马法式》,《文物》,1989年第6期。

学者吴为山评价江苏泗阳出土的汉代木雕马说："这些木雕带着隐蕴于民族心理深层的理性精神与朴素的浪漫主义而生成意象的原型，这原型不是原始抽象本能中的几何形，也不是蛮荒时代的空间恐惧，它带着先秦写实遗风和艺术家对生活的敏感、敏锐，在主体精神上达到了自由与自在。"①

（二）静穆和动态的结合。与秦俑陶马的庄严静穆相比，楚国的动物图像往往充满了原始的活力和生命的骚动。汉代的天马图像也结合了这两种艺术的力量，给人更强的感染力。故宫博物院所藏的汉代青玉天马，两肋塑有双翼，标明其与龙为友的身份。俯卧于地，四腿蜷在身下，看似静穆；而其已昂起的头颅，张开的口颚，撑起的鼻孔，高高翘起的尾部，使得这个雕像具备了一种康定斯基所谓的"具有倾向性的张力"，产生了内在的运动感和节奏感，因而形成了作势欲起的内孕性力量。

霍去病墓前的"跃马"雕塑与故宫博物院所藏的汉代青玉天马有异曲同工之妙。石马的上半身的刻画是清晰的，但是其蹄足部分却是混沌一片，仿佛是要从石块里把自己拔出来一般，仿佛要跃出石头本身的束缚一般，极好地诠释了米开朗基罗的名言："雕塑，是解放囚禁在大理石中的生命。"前部的体量很大，使得重心偏向上前方。康定斯基曾说："简单的曲线实际上是通过不断从两端施加压力，改变了直线的方向而形成的——这种压力越大，偏离直线的角度就越大，形成的向外张力也就越大，最后达到自我圆满。"石马倔强的颈部和背部连成一条直线，而它那蜷曲着的后腿，和扭曲得变了形的下半身，仿佛压抑着巨大的能量、冲天的速度。静止之中蕴藏着强大的动能，节制中包孕着原始的冲动，无声中压抑着惊天的咆哮。让我们不禁想到温克尔曼在其《古代艺术史》中对"拉奥孔"的描述："肌肉运动已达到极限。它们像一座座小山丘相互紧密毗

① 吴为山：《雕塑的诗性》，南京大学出版社2007年版，第238页。

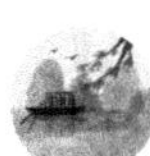

连，表现出在痛苦的反抗状态下的力量与极度紧张。”

山东泗水县汉墓的西汉木雕马，眼突齿露，脖颈的弧度蕴藏着强韧的力度。线条并不过分细腻，而自然的、纯朴的、野性的力量似要喷薄而出。吴为山所说：“这些木雕……在表现上则贯通着中国人与生俱来的那种高屋建瓴统摄客体的思维和实践方式。具体说来是混沌法与模糊法。这两者的最根本特点是只求与事物本质相关的形，或说只为表现本质而炼形，因此它的外部特质表现在木雕上是圆厚而浑然的。”

李泽厚评价汉代的石雕说：“唐的三彩马俑尽管何等鲜艳夺目，比起汉代古拙的马，那造型的气势、力量和运动感就相差很远。天龙山的唐雕尽管如何肌肉突出、相貌吓人，比起汉代笨拙的石雕，也仍然逊色。宋画像砖尽管如何细微工整，面容姣好，羞涩纤细，比起汉代来，那生命感和艺术价值距离很大。”[①]

（三）雄浑壮美的气势和柔和优美的线条的统一。秦国的造型质重、实际，轻幻想，不擅线条，以气势见长；楚国偏原始艺术，多以线条为基本的造型手段，线条艺术自由、丰富，尤以曲线见长。[②]张正明说：“最受楚人偏爱的几何形纹是菱形纹……这些菱形变化多端，或有曲折，或有断续，或相套，或相错，或呈杯形，或与三角形纹、六角形纹、S形纹、Z形纹、十字纹、工字纹、八字纹、圆圈形纹、塔形纹、弓形纹以及其他不可名状的几何形纹相配，虽奇诡如迷宫，而由菱形统摄，似乎楚人有意要把折线之美表现到无以复加的程度。”[③]

汉代的天马造型传承了秦楚两地的艺术特点，体型饱满厚重，

---

① 李泽厚：《美的历程》，生活·读书·新知三联书店2017年版，第77页。

② 陈龙海：《论原始艺术的“线”性特征》，华中师范大学学报（人文社会科学版），2002年第3期。

③ 张正明：《楚文化史》，上海人民出版社1987年版，第173—174页。

线条粗犷而不呆板，精心而不纤巧，使得雄浑的气势和精美的线条并行而不悖。其雄浑阳刚的气势，首先表现在其视觉上的体量感。“‘体量感’是指形体的体积大小和分量轻重等给人造成的心理感受，大体量的视觉艺术，具有强大、沉雄、恢宏、壮阔的阳刚之气，具有壮美感和崇高感。”[①]新津崖墓石函的翼马高55厘米，宽62厘米，气势惊人。而其线条生动，每一个部位的弧度都有所修饰，造型夸张，视觉张力大，也颇有楚风。1990年四川绵阳出土的东汉大铜马，高1.23米，长1.15米，是旁边牵马俑人的两倍高度。昂首阔步，张口露齿而鸣，“志倜傥，精权奇”，颇有气宇轩昂、“赳赳武夫”之气象。而其与俑人之间的夸张比例，过分洒脱不羁的脚步，过度延伸的脖颈，浮夸的嘴唇，又显示出楚风的渗透力量。体量感的另一个表现是马身的肥硕壮美，山东嘉祥武氏祠堂扶桑树与天马画像石中的天马膨胀饱满的臀部、粗壮的脖颈，构成了厚重雄浑的美感。河南洛阳龙门博物馆藏的天马画像砖用简单的线条勾勒出一个朴拙的天马形象，其胸部过度发达，背部过度平直，不合正常的比例和美感，但正因为此，使得这个天马在稳定中充满了力量感。它吸收了秦俑造型中的静穆因子和楚造型文化中的夸张因素，而扬弃了楚国繁杂的线条，改以清晰、简单的粗线条。

美学家李泽厚在其《美的历程》一书中亦指出：“也正因为是靠行动、动作、情节而不是靠细微的精神面容、声音笑貌来表现对世界的征服，于是粗轮廓的写实，缺乏也不需要任何细部的忠实描绘，便构成汉代艺术的‘古拙’外貌。”[②]因此，汉代马雕塑注重抓住马的本质特征，做整体性的粗轮廓勾画，从而使马雕塑显现出撼人心魄的体量感。

艺术因其门类不同，其自身形式上的发展规律自然各异。比如

① 赵勤国:《绘画形式语言》,黄河出版社2003年版,第40页。

② 李泽厚:《美的历程》,生活·读书·新知三联书店2017年版,第76页。

沃尔夫林把绘画的形式特征总结为“线描与图绘”（linear and painterly）、“平面与纵深”（plane and recession）、“封闭与开放”（closed and openform）、“多样与统一”（mulitplicity and unity）、“清晰与模糊”（clearness and unclearness）这五对经典范畴；而形式主义诗学将诗歌的形式归纳为声音层面、意义单元、意象与隐喻等。可见诗歌与绘画在形式上的本质差异。但如果这两种艺术形式的发展在同一个时代中有着大规模的重叠，则必然是受到“自身规律”之外的某种东西的沾染。从以上论述可以看出，天马诗与天马图虽然隶属不同的艺术门类，却具有共通的艺术特征。这种特征显然带着当时文化的印记，而非单靠艺术形式本身的自然发展所能形成。

第三节　人生几何：建安诗歌的议论内向化趋势

《文心雕龙·明诗》篇称“暨建安之初，五言腾踊，文帝陈思，纵辔以骋节；王徐应刘，望路而争驱”。钟嵘《诗品序》亦云：“降及建安，曹公父子，笃好斯文；平原兄弟，郁为文栋。刘桢、王粲为其羽翼。次有攀龙托凤，自致于属车者，盖将百计。彬彬之盛，大备于时矣。”建安时期诗歌的繁荣对于诗歌议论艺术的发展亦有所促进。

首先是生命意识的发展。这是从内容而言的。汉乐府是中国诗歌生命意识大爆发时期，无论江湖之远，还是庙堂之上，人生苦短都被一次次地慨叹。但这种叹息流传到建安，就有了不一样的口气。它不再只是无奈的忧伤，而更多地表达了英雄的姿态。“人生几何”是对生命短暂的叹息，“对酒当歌”则是英雄的姿态。再与后面“周公吐哺，天下归心”首尾相连，则气贯全诗，无怪乎沈德潜认为曹诗有“吞吐宇宙气象”[①]。再看曹操的《龟虽寿》：

① 沈德潜:《古诗源》,中华书局1963年版,第104页。

神龟虽寿，犹有竟时。腾蛇乘雾，终为土灰。老骥伏枥，志在千里。烈士暮年，壮心不已。盈缩之期，不但在天。养怡之福，可得永年。幸甚至哉，歌以咏志。

神龟和腾蛇不可谓不长寿，然而终归有命尽之日，何况是区区数十年寿命的人呢？这里面有着同前代一样的忧伤，但这种忧伤里包含着壮志未酬的感慨，末数句又有通达和坦然之义。他的另外一首诗也同样表达了这样的坦然："厥初生，造化之陶物，莫不有终期。莫不有终期，圣贤不能免，何为怀此忧？"（《精列》）朱秬堂曰："列，分解也。言血肉之躯，终必会敝坏，虽周孔不免。"圣贤犹不能免于敝坏，我们为何还要为此忧愁呢？曹植的《箜篌引》也说"先民谁不死，知命复何忧？"重要的是，即使只剩下短暂的岁月，诗中依然不减雄心。朱止谿谓"不戚年往，所以弗忧；忧世不治，故以时过增叹"。短促的生命与不已的壮心是一对尖锐的矛盾，但作者对这样的矛盾表现出前代少有的乐观和自信。他不再只是感伤、迷惘，而是把一股强者的气概一下子带进了生命的感慨之中。

刘勰在《文心雕龙·时序》中精辟地指出，"观其时文，雅好慷慨，良由世积乱离，风衰俗怨，并志深而笔长，故梗概而多气也"①。同样是面对"不满百"的人生，《古诗十九首》说"常怀千岁忧"，汉武帝说"欢乐极兮哀情多"（《秋风辞》），曹植也认为"戚戚少欢娱"（《游仙诗》），但不同的是十九首和武帝都只是困于忧伤而不能自拔，而曹植却"意欲奋六翮，排雾陵紫虚"（同上），在这奋起的姿态、排雾的气概和凌空的气势中，卓然可见英雄的本色。同样是想到三良的死，汉人石勋充满感伤，"思黄鸟集亏楚，惴惴之临穴，送君于厚土，嗟嗟悲且伤"（《费凤别碑诗》）。王粲却觉得他们"生为百夫雄，死为壮士规"（《咏史诗》），换言之，就

① 范文澜:《文心雕龙注》，人民文学出版社1958年版，第673—674页。

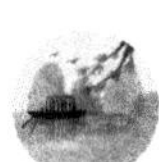

是“生的伟大，死的光荣”。曹植的《白马篇》说，“捐躯赴国难，视死忽如归”，人类无法避免死亡，但至少可以选择一个英雄的方式。

此外，汉代诗歌面对死亡时，大多是希望可以及时行乐，以消极的心态来逃避死亡的恐惧。“浩浩阴阳移，年命如朝露。人生忽如寄，寿无金石固。……不如饮美酒，被服纨与素。”（《古诗十九首》其十三）“生年不满百，常怀千岁忧。昼短苦夜长，何不秉烛游！为乐当及时，何能待来兹。”（《古诗十九首》其十五）这样的一个“悲叹生命短暂+及时行乐”的模式其实早在《诗经》中就已经出现了，《唐风·蟋蟀》：“蟋蟀在堂，岁聿其莫。今我不乐，日月其除。”而建安诗歌则打破了这种生命感慨模式，彰显了一种完全不同的积极的心态，要用建功立业的激情来掩压对死亡的恐惧。曹植的《薤露行》说，“天地无穷极，阴阳转相因。人居一世间，忽若风吹尘。愿得展功勤，输力于明君”。魏明帝曹睿的《月重轮行》：“天地无穷，人命有终。立功扬名，行之在躬。”陈琳诗说：“骋哉日月逝，年命将西倾。建功不及时，钟鼎何所铭。”（《诗》）既然生命的长短无法控制，我们可以提高生命的单位价值。提高生命价值，儒家有所谓“三不朽”的盛业。“立德”太空泛，“立言”要等待时间的考验，在这军阀混战的乱世，“立功”最实际，所以他们愿意珍惜剩下的不长的时光，“戮力上国，流惠下民，建永世之业，留金石之功”（曹植《与杨德祖书》），实现人生的价值。曹操说“不戚年往，世忧不治。存亡有命，虑之为蚩”（《秋胡行》），他关注天下人的生命，不再只考虑一己之存亡，这更是一种积极而开阔的心态。我们再对比曹操的《薤露行》《蒿里行》二诗与汉乐府的《薤露行》和《蒿里》二诗：

薤上露，何易晞。露晞明朝更复落，人死一去何时归。（汉乐

府《薤露行》）

蒿里谁家地？聚敛魂魄无贤愚。鬼伯一何相催促？人命不得少踟蹰。（汉乐府《蒿里行》）

惟汉廿二世，所任诚不良。沐猴而冠带，知小而谋强。犹豫不敢断，因狩执君王。白虹为贯日，己亦先受殃。贼臣持国柄，杀主灭宇京。荡覆帝基业，宗庙以燔丧。播越西迁移，号泣而且行。瞻彼洛城郭，微子为哀伤。（曹操《薤露行》）

关东有义士，兴兵讨群凶。初期会盟津，乃心在咸阳。军合力不齐，踌躇而雁行。势利使人争，嗣还自相戕。淮南弟称号，刻玺于北方。铠甲生虮虱，万姓以死亡。白骨露于野，千里无鸡鸣。生民百遗一，念之断人肠。（曹操《蒿里行》）

汉乐府的《薤露》与《蒿里》都是挽歌，写个体生命之死亡。而曹操二诗绝不局限于个体生命了，朱嘉徵曰："歌惟汉，闵乱也。高帝开基，光武再造，业何壮欤！乃溘焉朝露，公实伤之。"朱氏认为此诗不是对个体的挽吊，而是对一个盛世衰亡的哀悼。再看《蒿里行》中写"万姓""千里""生民"，皆非个体，而是写极广阔深厚之悲哀。方东树评此二诗曰："此用乐府体写汉末事。所以然者，以所咏丧亡之哀，足当挽歌也。而《薤露》哀君，《蒿里》哀臣，亦有次第。此诗气势奋迈，古直悲凉，音节词旨，雄姿真朴。一起雄直，收尤哀痛深远。'犹豫'句，结上所任何进也。'因狩执君王'，张让、段珪也。'己亦先受殃'，何进为宦者所杀也。'贼臣'，董卓也。读此知潘岳《关中》、谢瞻《张子房》之伤多而平弱。"又云："'铠甲'以下，极言乱离之惨。真朴雄阔，远大极矣。"

可见，建安诗歌在汉乐府感叹人生苦短的基础上，更加上了对人的生存意义和价值的思考。徐干《室思》有"每诵昔鸿恩，贱躯焉足保？""昔鸿恩"指人生的功业，代表他对存在价值的认定。在

徐干看来，人生的价值意义要超过对生命的留恋，这是那个英雄时代的整体性感慨。

建安诗歌生命意识的发展的另外一个表现是生命孤独感的呈现。试观曹、何二诗：

> 吁嗟此转蓬，居世何独然。（曹植《吁嗟篇》）
> 转蓬去其根，流飘从风移。（何晏《言志诗》其二）

“转蓬”是一个独立无依的形象，无根无柢，随风飘转。朱绪曾曰：“子建藩国屡迁，求试不用，愿入侍左右，终不能得，发愤而作。‘愿为中林草’四句，即表所云‘使臣得一散所怀，摅舒蕴积，死不恨矣’之意，无如明帝迄不用，而陈王发疾薨。”丁晏云：“《魏志》本传：十一年中而三徙都，常汲汲无欢，遂发疾薨。此诗当感徙都而作。收两语，痛心之言，伤同根而见灭也。”二氏的说法都是将诗中所讲与曹植生平之事一一对应，拘泥于政治之事，有刻舟求剑之弊。其实这种飘零、孤独之感何必一定源自某件具体事件呢？为什么不能是种种人生际遇和思考融织成的感慨呢？《十九首》中有“不惜歌者苦，但伤知音稀”，说的虽是琴声，然而我们已经隐约可以感受到他内在的生命孤独感。到了建安，这种孤独感更加兴盛起来，应玚在《报赵淑丽》中写道，“离群独宿，永思长吟。有鸟孤栖，哀鸣北林。嗟我怀矣，感物伤心”，魏明帝曹睿的《从军诗》其三说“孤禽失群，悲鸣其间”，曹丕说他自己“我独孤茕，怀此百离。忧心孔疚，莫我能知”（曹丕《短歌行》）。这些孤独是真切的，又是持续的。因为孤独，所以极珍意知己：

> 明明如月，何时可掇。忧从中来，不可断绝。（曹操《短歌行》）
> 知音识曲，善为乐方。（曹丕《秋胡行》其二）
> 弹冠俟知己，知己谁不然。（曹植《赠徐干诗》）

士为知己死，女为悦者玩。（阮瑀的《琴歌》）

知己难得，才会渴望；也因知己难得，所以更孤独。生命的孤独意识，较生命的短暂意识更为深层，且有更多的层次和细节可发掘。它不是一时一地的感受，而是长期盘踞在心中的块垒，平常不易察觉，偶尔露出峥嵘。它往往与生命的高傲联系在一起，“怀此王佐才，慷慨独不群”（曹植《薤露行》），“岂不罹凝寒，松柏有本性”（刘桢《赠从弟》其二），庸庸碌碌的众生不会孤独，鹤立鸡群的天才才容易高处不胜寒。站在高处的人毕竟是极少数，能欣赏最顶峰的人也一定寥寥无几，故而又“羞与黄雀群”（刘桢《赠从弟》其三），不愿与庸众为伍，诗人们就陷在这种孤独的循环中无法超脱。

其次，从形式上讲，诗歌到了建安时期，显现了个性化的特征。而这种个性，在诗歌的议论中也有所表现。比如曹操父子三人，曹操朴拙通脱悲凉大气，而曹丕则“于通脱之外，更加上华丽”[①]，并且“有文士气，一变乃父悲壮之习矣”[②]，而曹植则“骨气奇高，辞采华茂。情兼雅怨，体被文质”[③]。试看他们的议论诗句：

不戚年往，世忧不治。存亡有命，虑之为蚩。（曹操《秋胡行》）

月盈则冲，华不再繁。古来有之，嗟我何言。（曹丕《丹霞蔽日行》）

盛时不再来，百年忽我遒。惊风飘白日，光景驰西流。生存华屋处，零落归山丘。先民谁不死，知命复何忧。（曹植《箜篌引》）

① 鲁迅：《魏晋风度及文章与药及酒之关系》，《北新》，1927年第2期。

② 沈德潜：《古诗源》，中华书局1963年版，第107页。

③ 曹旭：《诗品集注》，上海古籍出版社1994年版，第97页。

这三首诗表达的意思相近，形式却有很大的差异。曹操完全是直抒胸臆，“不求纤密之巧”，不求对仗，不用比兴，“实诚在胸臆，文墨著竹帛，外内表裹，自相副称，意奋而笔纵，故文现而实露也”[①]。而曹丕则质朴稍减，比兴稍多，末尾的“嗟我何言”是肯定的语气，却包裹着无奈之感，坚定和霸道之气比曹操弱一些。陈祚明谓：“情迫辞哀，较‘无枝可依’，不胜平陂之异。”曹植则英气过于其兄，而又兼才气扑人，讲究对偶，讲究画面的塑造，讲究线条、颜色、光线的搭配，讲究动静的相宜，讲究辞藻的运用，骨气与辞采并存，所以陈祚明评价他“既擅凌厉之才，兼饶藻组之学，故风雅独绝，不甚法孟德之健笔，而穷态尽变，魄力厚于子桓”[②]。王世贞与陈祚明有着不同的意见，他认为“曹公莽莽，古直悲凉。子桓小藻，自是乐府本色。子建天才流丽，虽誉贯千古，而实逊父兄。何以故？材太高，辞太华”[③]。陈、王二人对三曹的评价有较大的差异，但如果除却价值判断，他们对三曹个性特色的认识却是一致的。

除曹氏父子之外，其他的建安诗人也大多有着不同的个性。曹丕的《典论·论文》论及建安七子云：“今之文人，鲁国孔融文举，广陵陈琳孔璋，山阳王粲仲宣，北海徐干伟长，陈留阮瑀元瑜，汝南应玚德琏，东平刘桢公干，斯七子者，于学无所遗，于辞无所假，咸以自骋骥騄于千里，仰齐足而并驰。”“而论作文，王粲长于辞赋，徐干时有齐气，然粲之匹也”，又云“应玚和而不壮，刘桢壮而不密。孔融体气高妙，有过人者；然不能持论，理不胜词；至乎杂以嘲戏”[④]，这是建安七子的个性。我们再看一下其诗歌中的议论句：

① 黄晖：《论衡校释》，中华书局1990年版，第608页。

② 陈祚明：《采菽堂古诗选》卷六，清康熙刊本。

③ 王世贞：《艺苑卮言》，见丁福保辑：《历代诗话续编》，中华书局1983年版，第987页。

④ 萧统辑，李善注：《宋尤袤刻本文选》第十三册，国家图书馆出版社2017年版，第50—51页。

今日不极欢，含情欲待谁。见眷良不翅，守分岂能违。(王粲《公燕诗》)

不悲身迁移，但惜岁月驰。岁月无穷极，会合安可知。愿为双黄鹄，比翼戏清池。(徐干《于清河见挽船士新婚与妻别诗》)

秋日多悲怀，感慨以长叹……四节相推斥，岁月忽已殚。壮士远出征，戎事将独难。(刘桢《赠五官中郎将诗》其三)

吕望老匹夫，苟为因世故。管仲小囚臣，独能建功祚。人生有何常，但患年岁暮。幸托不肖躯，且当猛虎步。安能苦一身，与世同举厝。(孔融《杂诗》)

上面这几句诗大体上也都跟生命意识有关，又都有不同的诗歌感觉，大体上是王粲诗急，而徐干诗缓，刘桢诗直，而孔融诗放。王粲诗中的“不极”“欲带谁”“良不”“岂能”，均是急躁之辞，《三国志·杜袭传》说“王粲性躁竞”，《文心雕龙·体性》说：“仲宣躁锐，故颖出而才果”，可见王粲的急躁是性格使然。而徐干虽然写的是飞驰的岁月，但他的语气却不紧不慢，不但想到将来的会合，还抽空展望一下未来甜蜜的画面。与王粲的诗一对比，我们就能感受到徐干诗歌议论的独特个性。曹丕在《与吴质书》评价徐干“含文保质，恬淡寡欲”，可以推见，徐干的性格应该也是比较舒缓和平的。刘桢的这首诗“摆脱一切”(姜夔语)，直抒胸臆，不加任何掩饰，钟嵘批评他“气过其文，雕润恨少”(《诗品》)，刘熙载说：“公干气胜，仲宣情胜”(《艺概·诗概》)，可知刘桢是以气势的磅礴无碍取胜。而孔融为人梗概多气，做事随性而为。作诗也有为人的特色。陈祚明评价孔融此诗“放言豪荡，想见文举风采。其寄志亦略可窥矣”[①]。他甚至用开玩笑的口吻来表达严肃的意思。比如“吕望老匹夫”，陈沆说是“文举自况其迟暮不遇也”，“管仲小囚

① 陈祚明:《采菽堂古诗选》卷四，清康熙刊本。

臣”，“指袁、曹辈争霸中原也”。这样严肃的话题，他却用“老匹夫”“小囚臣”这样“杂以嘲戏”的方式表达，也是孔融通脱放达的表现。总之，建安诗人的议论，在同样的内容下，表现出不同的个性，这是前代诗歌中较少出现的，这也是文学开始自觉的表现。

再次，邺下诗人“怜风月，狎池苑，述恩荣，叙酣宴”的集体性创作对诗歌议论的发展有其重要意义。建安后期，北方经济得到了一定的恢复，人民生活也趋于安定，不再是“千里无鸡鸣”，而是“鸡鸣达四境，黍稷盈原畴”了（王粲《从军诗》）。在这种社会环境下，曹操建安九年驻足邺下，招揽天下文士，一时“天下归心”，出现了繁华的局面。曹植《与杨德祖书》云：“昔仲宣独步于汉南，孔璋鹰扬于河朔，伟长擅名于青土，公干振藻于海隅，德琏发迹于北魏，足下高视于上京。当此之时，人人自谓握灵蛇之珠，家家自谓抱荆山之玉。”刘勰称“建安之末，区宇方辑。魏武以相王之尊，雅爱诗章；文帝以副君之重，妙善辞赋；陈思以公子之豪，下笔琳琅；并体貌英逸，故俊才云蒸。仲宣委质于汉南，孔璋归命于河北，伟长从宦于青土，公干徇质于海隅；德琏综其斐然之思；元瑜展其翩翩之乐。文蔚、休伯之俦，于叔、德祖之侣，傲雅觞豆之前，雍容衽席之上，洒笔以成酣歌，和墨以藉谈笑”（《文心雕龙·时序》）。诗酒酬唱成为邺下文人诗歌创作的主流。

这种诗酒酬唱的集体活动，对诗歌议论的发展有着不可小觑的意义。首先，这种集体性的酬唱活动把诗歌重新拉到文学世界的主流位置，使得诗歌取得与赋同样重要甚至超过赋的地位。诗歌的重要地位在汉代被赋所取代，而一直处于比较边缘的地位，直到建安时期，赋还一直占有极重要的位置。但文人团体酬唱局面的出现，却改变了这一格局。骆鸿凯《文选学》认为建安诗歌之所以有如此彬彬之盛，“此则建安时代五言之蔚起，以及游览之作，公燕之篇，充盈艺苑，皆由魏文、陈思所倡导，七子和之……由是丕然成一代之诗风也”。虽有微词，亦可见公燕酬唱对于诗歌创作的鞭促效力。这样的努力也使得刚刚兴起不久的五言诗的地位得到确立。五言诗成为抒情言志的重要工具，导致诗歌的议论的发展有了更广阔的土壤和更多的实践机会。其次，集体酬唱由于时间、地点、人物、气氛的统一性，诗歌创作的内容往往会出现辞趣一揆、摹拟雷同的情况。比如文人间互相赠和的诗，曹植有《赠丁翼诗》，刘桢有《赠徐干诗》，徐干有《答刘桢诗》等，其程式皆是首先表达对对方的推崇，再表达彼此间的深厚感情，后抒发自己的志向；再比如公燕诗，曹丕《叙诗》说“为太子时，北园及东阁讲堂并赋诗，命王粲、刘桢、阮瑀、应场等同作”，曹植、王粲、阮瑀、应场、刘桢都有公燕诗，是不是都是这次所作不能肯定，但这几首诗歌的内容却大同小异，无非是风和景美、主人高尚、宴会食物丰盛、气氛良好。这种情况下，内容的重要性已经变得不那么明显了，诗歌的美感、文学性成为非常重要的甚至是唯一的指标。宴会间的互相唱和，成为文学技巧的切磋渠道。这一方面使得诗歌的技巧开始得到重视。诗人一旦开始注意技巧，作家的身份便进入文学创作，陈绎曾云，“东都以上主情，建安以下主意”，所谓“主意”就是指诗歌开始重视技巧等理性因素的使用。许学夷评价建安诗歌与前代的差异时就以此为重要标准，“魏人异者，情兴未至，始着意为止，故其体多敷叙，而语多构结，渐见作用之迹”[①]。“着意为之”即自觉运用文学手段，这是文学自觉的重要标志。建安诗人开始讲究辞藻的运用，讲究对偶，讲究铺陈。吕思勉说，“崇尚文辞之风气，盖始于汉魏之间。隋李谔谓：‘魏之三祖，更尚文辞’，‘竞逞文华，遂成风俗’是也”[②]，刘师培也认为建安“诗赋之文，益事华靡”[③]，开创了两晋崇尚绮靡

① 许学夷:《诗源辨体》,人民文学出版社1987年版,第71页。

② 吕思勉:《先秦史》,上海古籍出版社2005年版,第784页。

③ 刘师培:《中国中古文学史讲义》,上海古籍出版社2000年版,第7页。

的风气。另一方面，内容的雷同性又凸显出创作个性的差异性的重要性，否则诗作便会被埋葬在众多的同类作品之中。文学技巧的自觉运用和文学个性的建立在诗歌发展过程中都具有非常重要的意义，而集体酬唱是重要的诱因。前文所提到的建安诗人议论个性的产生在相当程度上与这种创作情态有关。

综上所述，汉魏诗歌的议论不再专注于外在的人事，转而开始关注人生，渐渐培育出了哲理性的品格。议论的情感取向已经不再是色彩鲜明的褒贬，不再追求强烈的对比，不再追求痛快的节奏。建安时期的诗歌议论，逐渐将目光凝注在更为深刻的内在生命，哲理性更强，而且呈现出个性化的特色。

第三章　两晋玄言论理诗

《文心雕龙·明诗》篇曰："及正始明道，诗杂仙心，何、晏之徒，率多浮浅。唯嵇志清峻，阮旨遥深，故能标焉。"从刘勰此段论述中可知，正始时期的诗歌大体有两条路向：一为"仙风"，以何、晏为代表。"仙风"即玄风，《世说新语·文学》篇注引檀道鸾《续晋阳秋》云："正始中，王弼、何晏好庄老玄胜之谈，而俗遂贵焉。"《颜氏家训·勉学》篇载："何晏、王弼，祖述玄宗，递相夸尚，景附草靡。皆以农黄之化，在乎己身；周孔之业，弃之度外。"故而正始时期的"诗杂仙心"是开东晋玄言诗之先河。一为阮籍、嵇康的诗歌。二者都非常喜欢谈论玄理，很多研究玄言诗的学者都把阮籍、嵇康作为玄言诗的发端，所以我们把他们合在一节讨论。

第一节　始盛玄论：嵇阮对于议论传统的演进

正始年间，在思想方面，社会上刮起了一股玄学的风潮，《文心雕龙·论说》称"迄至正始，务欲守文；何晏之徒，始盛玄论"。《日知录》卷十三曰："正始时，名士风流，盛于雒下。乃其弃经典而尚老庄，蔑孔法而崇放达，视其主之颠危，若路人然，即此诸贤

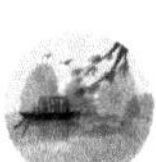

之倡也。”同时，世处魏晋变更之际，天下多故，机变屡起，“名士少有全者”[①]。这样两方面的变化，对于诗歌之议论影响极大，表现在嵇、阮诗中有以下几点演进：

其一，从内容上讲，阮籍、嵇康的议论发展了汉魏以来诗歌的哲理性，加入了对个体精神自由的追求，从而从汉魏以来诗人对生命短暂的恐惧和悲哀中解脱出来。阮籍《大人先生传》云：“以万里为一步，以千岁为一朝。行不赴而居不处，求乎大道而无所寓。先生以应变顺和，天地为家，运去势隤，魁然独存，自以为能足与造化推移，故默探道德，不与世同之。”其所向往的境界是摆脱世间一切有形或无形的拘束。阮籍、嵇康认为富贵荣宠对于自由是牵绊，“宠禄岂足赖”（阮籍《咏怀》其六）、“荣枯何足赖”（阮籍《咏怀》其三十八）、“荣华安足为”（嵇康《述志诗》其一）、“富贵尊荣，忧患谅独多”（嵇康《代秋胡歌诗》其一）、“穷达自有常，得失又何求”（阮籍《咏怀》其二十八），因此于此皆须疏远。然而，面对汉魏以来诗歌最关心的生死问题，却超出所有正始诗人能力之外。生命的一步步衰亡不由自己控制，这是人生中最大的不自由。同汉魏诗人一样，阮籍、嵇康也感受到这种痛苦：

> 朝为媚少年，夕暮成丑老。自非王子晋，谁能常美好。（阮籍《咏怀》其四）
>
> 岂知穷达士，一死不再生。视彼桃李花，谁能久荧荧。（阮籍《咏怀》其十八）
>
> 人生譬朝露，世变多百罗。（嵇康《五言诗三首》其一）

阮籍和嵇康显然也无法解决生死问题，但他们并没有停留在对死亡的悲哀上，也没有停留在儒家的“三不朽”的解决方案上。他们认为生死只是困住了肉体上的自由，而不应困顿住人类的精神

---

① 房玄龄：《晋书》，中华书局1974年版，第1360页。

自由：

时路乌足争，太极可翱翔。（阮籍《咏怀》其三十五）

谁言万事难，逍遥可终生。（阮籍《咏怀》其三十六）

俯仰自得，游心太玄。（嵇康《四言赠兄秀才入军诗》其十四）

贵得肆志，纵心无悔。（嵇康《四言赠兄秀才入军诗》其十八）

“时路”犹“世路”也。时路乌足争，陈祚明曰“利剑不在掌也”。蒋师爚谓“天阶路绝，势所不能，托之游仙而已”。蒋氏之说偏消极，实际上游仙未必全是无奈使然，亦可以于焉翱翔，所谓“逍遥可终生”也。“游心太玄”者，谓游心老庄之道。《淮南子》云：“自得者，全其身者也，全其身则与道为一。”“肆志”与“纵心”意近，张衡《归田赋》云：“苟纵心于物外，安知荣辱之所如。”此四句皆寻求人生之境界者。诗歌中的这样的追求是有其重要意义的。在嵇、阮之前，诗歌所言之志，大多是情感和“美刺”，或者说总是与内在感情和外在伦理道德相关，而嵇、阮诗歌超越了这些范畴，把中国哲学中的“逍遥游”精神引入了诗歌，从此诗歌不但可以表达感情和普通的道德观念，还可以描述一种超越情感和道德的心灵境界，而“境界”这一范畴也开始慢慢进入诗学的视野。诗歌不再只重视道德教育，也不再只重视情感抒发，而将从魏晋以来的生命意识渐渐引向美学，使得哲学与诗歌在这里融为一体，融汇在作者所描绘的境界里。罗宗强先生从山水诗发展的角度来论述阮籍、嵇康的贡献，也给我们很大的启示：

阮籍和嵇康，把老庄的人生境界带到文学中来。这就为在文学中表现自然、表现人与自然的亲和感，表现人对于自然的美的追求开拓了一条广阔的路。心与道冥的境界，也就是人与自然万物融合无间的境界。从此，中国的文人不再单独从道德的角度来观察山水，不再停留在智者乐水、仁者乐山上，而进入了审美的领域。[①]

阮籍、嵇康的这种自由境界的创造，使得诗人们对山水摆脱了功利的或伦理的眼光，树立了审美的态度。阮籍、嵇康的这种创造，后来在玄言诗中被发扬和放大，为后来山水诗的出现和发展起了重要的奠基作用。

此外，嵇、阮诗歌中的论理成分亦较汉魏诗大量增加。有不少诗句颇类格言谚语，说教性强：

> 小人记其功，君子道其常。（阮籍《咏怀》其十六）
>
> 穷达自有常，得失又何求。（阮籍《咏怀》其二十八）
>
> 忠为百世荣，义使令名彰。（阮籍《咏怀》其三十九）
>
> 人谁不善始，尠能克厥终。（阮籍《咏怀》其四十二）
>
> 贵贱在天命，穷达自有时。（阮籍《咏怀》其五十六）
>
> 违礼不为动，非法不肯言。（阮籍《咏怀》其六十）
>
> 人知结交易，交友诚独难。（阮籍《咏怀》其六十九）
>
> 贫贱易居，贵盛难为工。（嵇康《代秋胡歌诗》其二）
>
> 天道害盈，好胜者残。强梁致灾，多事招患。（嵇康《代秋胡歌诗》其三）
>
> 冲静得自然，荣华安足为。（嵇康《述志诗》其一）

二人诗中还有不少全篇议论者，且其中有些诗歌被认为是玄言诗。例如张廷银《魏晋玄言诗研究》认为嵇康作品中属于玄言诗的就有28首，阮籍有17首，而实际上二人诗歌中涉及议论的远远超过这个数目。嵇、阮诗歌的这种议论化特征，直承应璩《百一诗》。李善注《文选》曰："据《百一诗序》云：时谓曹爽曰：'公今闻周公巍巍之称，安知百虑有一失乎？'百一之名，盖兴于此也。"又引张

① 罗宗强：《魏晋南北朝文学思想史》，中华书局1996年版，第54页。

方贤《楚国先贤传》："汝南应休琏作《百一篇》诗，讥切时事，遍以示在事者，咸皆怪愕，或以为应焚弃之，何晏独无怪也。"可知《百一诗》是讽喻得失、讥切时事之作。从保留下来的诗句来看，几乎全为议论句。可见议论的增多也是曹魏以来诗歌发展的一大趋势。此种趋势是否有益于诗学发展固然未遑定论，但其确凿无疑地表现出了矫正文学的功利性和琐碎性的勇气。

其二，嵇、阮诗之议论开始自主地、精确地控制情感的输入，试图用理性来控制情感的浓度，达到阮籍所谓"处哀不伤，在乐不淫"（《咏怀诗十三首》其四）的境界。

阮籍、嵇康的议论往往阻断前面的情感，而使得诗歌进入较为理性的思维状态，从而淡化了情感。且看嵇康的《幽愤诗》：

嗟余薄祜，少遭不造。哀茕靡识，越在襁褓。母兄鞠育，有慈无威。恃忧肆姐，不训不师。爰及冠带，凭宠自放。抗心希古，任其所尚。托好老庄，贱物贵身。志在守朴，养素全真。曰余不敏，好善暗人。子玉之败，屡增惟尘。大人含弘，藏垢怀耻。民之多僻，政不由己。惟此偏心，显明臧否。感悟思愆，怛若创痏。欲寡其过，谤议沸腾。性不伤物，频致怨憎。昔惭柳惠，今愧孙登。内负宿心，外恧良朋。仰慕严郑，乐道闲居。与世无营，神气晏如。咨予不淑，婴累多虞。匪降自天，实由顽疏。理弊患结，卒致囹圄。对答鄙讯，絷此幽阻。实耻讼冤，时不我与。虽曰义直，神辱志沮。澡身沧浪，岂云能补。嗈嗈鸣雁，奋翼北游。顺时而动，得意忘忧。嗟我愤叹，曾莫能俦。事与愿违，遘兹淹留。穷达有命，亦又何求。古人有言，善莫近名。奉时恭默，咎悔不生。万石周慎，安亲保荣。世务纷纭，祗搅予情。安乐必诫，乃终利贞。煌煌灵芝，一生三秀。予独何为，有志不就。惩难思复，心焉内疚。庶勖将来，无馨无臭。采薇山阿，散发岩岫。永啸长吟，颐性养寿。

全诗皆写自己身世，自怨自艾，悔恨自责，陈祚明说：“直叙怀来，喜其畅达，怨尤之辞少，而悔祸之意真。如得免者，当知所戒矣。”[①]这样的感情是一贯而下的。然至议论部分，诗歌的情感便作一大停顿：穷达有命，何必枉费精神，庄子说，“为善不求虚名”，识时务、为人安分，便不会出差错，像石奋那样谨慎，就能家安富贵存，世事复杂，乱我心情，安乐时一定要谨慎，才会顺利安定。若没有前面的叙述，这一段说教式的议论简直就像清汤寡味的白开水一样，既无情感，也无美感。这就像一个饱含感情叙述自己的故事的作者，突然停下来评论自己的行为，感情被冲淡是在所难免的。方廷珪认为此诗“哀而不伤，怨而不乱”，孙矿觉得“丽藻中不失古雅”[②]，恐怕都与此不无关系。再看一首阮籍的诗：

> 登高临四野，北望青山阿。松柏翳冈岑，飞鸟鸣相过。感慨怀辛酸，怨毒常苦多。李公悲东门，苏子狭三河。求仁自得仁，岂复叹咨嗟。（阮籍《咏怀》其十三）

篇首六句写登高远望，看见山冈之墓地，而心生悲痛情绪。诗至此处皆是非常自然和顺畅的情感流露。作者却于此时拈出两个典故，使得情感的顺畅性大打波折，到最后又来一个似乎莫名其妙的议论，使得情感戛然而止，前面的悲痛之感到这里已经不复存在了，而代之理性的思考。作者在这里用理性割断了情感的表达，读者到这里也需要用理性去弥补断掉的空间，增加了读者感受情感的困难性。甚至由于割裂的残缺太大，读者难以理解作者的真实情感，以至出现各种不同的解释，比如吴淇认为这首诗是“借以刺当日之扶晋忘魏者”，而张淇等则认为是要自明其“求仁得仁”之志的[③]。可

① 陈祚明:《采菽堂古诗选》卷八，清康熙刊本。

② 戴明扬:《嵇康集校注》，人民文学出版社1962年版，第34页。

③ 戴明扬:《嵇康集校注》，人民文学出版社1962年版，第262页。

见，这首诗末尾的几句议论不但截断了情感，还增加了理解情感的难度。再看另一首：

> 灼灼西隤日，余光照我衣。回风吹四壁，寒鸟相因依。周周尚衔羽，蛩蛩亦念饥。如何当路子，磬折忘所归。岂为夸誉名，憔悴使心悲。宁与燕雀翔，不随黄鹄飞。黄鹄游四海，中路将安归。（阮籍《咏怀》其八）

末四句为议论句。对于此四句，论者大体有两种解释。一种说法以沈约为代表，沈约说“若斯人者，不念己之短翮，不随燕雀为侣，而欲与黄鹄比游。黄鹄一举冲天，翱翔四海，短翮追而不逮，将安归乎？为其计者，宜与燕雀相随，不宜与黄鹄齐举”[①]。沈归愚同意这样的观点，他认为这首诗是“为知进而不知退者言”[②]。另一种说法以黄节先生为代表：“刘履、吴淇皆以末四句为嗣宗自谓，何焯从之，曰：末言己宁没身下位，不敢附司马，取尊显也。陈沆、曾国藩亦取之。”这是两种完全不同的解释，依据这两种解释，则这几句议论完全带着不同的感情：一种是对同辈们攀权附贵的鄙夷，一种是隐藏在心底的高傲和对权贵的蔑视。更重要的是，不管哪一种感情，都隐藏在非常普通的笔调之中。单看这四句，很难发现它带有多少浓烈的情感，而实际上这种情感是潜伏在理性的下层，暗流汹涌。总之，嵇、阮的议论不但本身的情感趋于淡化，而且还使得本来可以发展的情感得到控制。

阮籍、嵇康的这种抒情方式一方面是为了逃避屠戮异己的执政者的毒手，与佯狂醉酒和“口不臧否人物”有着异曲同工的作用；更重要的是，这是时代思潮和他们自己的创作观念影响的结果。《晋书》说魏晋时“学者以老庄为宗而黜六经，谈者以虚荡为辩而贱名

① 黄节:《阮步兵咏怀诗注》,人民文学出版社1984年版,第11页。

② 黄节:《阮步兵咏怀诗注》,人民文学出版社1984年版,第11页。

检，行身者以放浊为通而狭节信，进仕者以苟得为贵而鄙居正，当官者以望空为高而笑勤恪”，这时，《周易》和《老子》《庄子》这两部道家著作被抬高到“三玄”的崇高地位，在知识分子中有着极大影响，是两晋时期清谈的重要内容。而阮籍本人对老庄思想也有着较投入的学习和吸收。《阮籍传》说他“博览群籍，犹好老庄”。刘大杰在其《中国文学发展史》一书中称阮籍“尽力反对儒家的名教仁义，而归于老庄的无为与逍遥”。罗宗强甚至认为老庄思想及其理想境界便是阮籍在乱世中赖以生存下来的精神支撑点。[①]阮籍本人的著作《达庄论》《通易论》也一直被认为是魏晋玄学的代表之作。当时流行的玄学思潮所推崇的情感方式是平淡，平淡被视为是至高的美：

> 道之出言，淡兮其无味也，视之不足见，听之不足闻。然则无味不足听之言，乃自然之至言也。[②]

这种淡兮无味之美在当时被广泛接受，而在阮籍、嵇康那里更有了质变式的发展。阮籍《清思赋》发端便道：

> 余以为形之可见，非色之美；音之可闻，非声之善。……是以微妙无形，寂寞无听，然后乃可以睹窈窕而淑清。故白日丽光，则季后不步其容；钟鼓闛铃，则延子不扬其声。夫清虚寥廓，则神物来集；飘遥恍惚，则洞幽贯冥；冰心玉质，则激洁思存；恬淡无欲，则泰志适情。

他认为最好的味道是无味的，至高的美是无形的，真正深层的美感是超越现象的。如何达到这种至高之美感？阮籍认为要超越世

---

① 罗宗强：《因缘集》，南开大学出版社2004年版，第191页。

② 王弼：《老子注》第二十三章，《诸子集成》本第三册，中华书局1954年版，第13页。

间的一切功利性甚至超越道德标准，而到达一种“清虚寥廓”“恬淡无欲”的高度宁静的状态。这样的状态当然要跳脱一切现实的琐碎，同时排除一切低层次的情感，达到所谓“冰心玉质”。而嵇康也有类似的观念，李泽厚和刘纲纪的《中国美学史》论述嵇康的乐论时说：

> 他认为艺术的最高的本体不是情感的哀乐，而是超越情感哀乐的个体精神的一种无限自由的状态。这样他就抓住了那构成艺术本质的十分重要的东西，即对于超越人生中一切有限功利追求的自由境界的表现。这确实是艺术之所以为艺术的一个重要方面。①

可见阮籍、嵇康都有同样的艺术观念，即需要跳脱现实情感的，才能通达深刻的美感。这也是嵇、阮诗歌议论的情感趋于平淡的理论基础。当然，阮籍、嵇康对于现实情感的超越是不彻底的，而较他们更进一步的是玄言诗。

其三，阮籍继承并发扬了诗骚以来的诗歌批判精神，发展了诗歌批判的含蓄性和艺术性。《诗经》和楚辞的很多议论，批判性非常强，而且都是色彩鲜明、毫不掩饰。到了汉代，批判现实的诗歌往往也都是感情浓烈，像赵壹的《疾邪诗》；少数诗歌具有了感情的曲折性，但却并不具备表达上的含蓄性。建安诗歌崇尚通脱放达，更不愿意扭扭捏捏地议论。然而到了正始时期，文人的处境江河日下，甚至面临屠刀的威胁。在此种境况下，文人对社会现实的批判方式自然有所改变，由明朗而渐模糊，由激烈而渐含蓄。

阮籍更是如此。《文选》李善注引用颜延之说：“嗣宗身仕乱朝，常恐罹谤遇祸，因兹发咏，故每有嗟生之忧。虽志在讥刺，而文多隐蔽，百代之下，难以情测。”

阮籍的议论含蓄化的最常用手段是淡化现实背景，这也是读者“百代之下，难以情测”的最重要原因。淡化了背景，就弱化了针对

① 李泽厚、刘纲纪：《中国美学史》，安徽文艺出版社1999年版，第207页。

性，这是诗歌的议论自然发展的结果，也是诗人自我保护的方式。试看阮籍《咏怀》其十六：

> 徘徊蓬池上，还顾望大梁。绿水扬洪波，旷野莽茫茫。走兽交横驰，飞鸟相随翔。是时鹑火中，日月正相望。朔风厉严寒，阴气下微霜。羁旅无俦匹，俯仰怀哀伤。小人计其功，君子道其常。岂惜终憔悴，咏言著斯章。

仅从字面看，本诗几乎看不出什么批判色彩，仅“小人计其功”一句议论似乎有所褒贬。但若仔细看来，“走兽交横驰，飞鸟相随翔”“朔风厉严寒，阴气下微霜”两联也似乎有所隐喻。然所指为何，依然不能明晰。何焯说：“嘉平六年二月，司马师杀李丰、夏侯泰初等。三月，废皇后张氏。九月甲戌，遂废帝为齐王，乃十九日，是月丙辰朔。十月庚寅，立高贵乡公，乃初六日，是月乙酉朔。师既定谋而后白于太后，则正日月相望之时。末言后之诵者考是岁月，所以咏怀者见矣。初，齐王芳正始元年改用夏正，则此诗正指司马师废齐王事也。”[①]有人不同意何焯的说法，但也只是认为不应该将诗歌的内容一一坐实，而此诗“对司马氏有所讥刺”这一看法则被大部分学者接受。张琦曰：“大梁者，魏也。鹑火中，晋灭虞之月，亦寓禅代之意。”方东树曰：“此春秋笔也……公盖曰：君臣常道终不可改，惜小人逆节贪功，为乱臣贼子，己岂能与彼为匹哉？”[②]这样的背景，阮籍在诗中丝毫没有提及，只有零零星星的时间、地点的暗示（如果确如何焯、张琦所解的话），读者需要“考是岁月”，还要仔细分析对照，才可能大概弄明白作者的意思。所以鲁迅先生说：“阮籍作文章和诗都很好，他的诗文虽也慷慨激昂，但许多意思都是隐而不显的。宋的颜延之已经说不大能懂，我们现在自然更难

① 黄节：《阮步兵咏怀诗注》，人民文学出版社1984年版，第23页。

② 陈伯君：《阮籍集校注》，中华书局1987年版，第273页。

看得懂他的诗了。”①

阮诗批判含蓄化的另外一个手段是使用春秋笔法，即于一词一字中暗寓褒贬。王寿昌说阮籍诗中的臧否“其予夺几可继《春秋》之笔削”。比如《咏怀》其八有“西隤（颓）日”，张铣曰：“颓日，喻魏也，尚有余德及人。”②再比如《咏怀》其十二：“昔日繁华子，安陵与龙阳。夭夭桃李花，灼灼有辉光；悦怿若九春，磬折似秋霜；流盼发姿媚，言笑吐芬芳。携手等欢爱，宿昔同衣裳。愿为双飞鸟，比翼共翱翔。丹青著明誓，永世不相忘。”全诗几乎丝毫没有讥刺的意思，但最后一句却暗含了褒贬，黄节注引陈沆曰：“丹青明誓，指司马懿受魏文帝明帝两世托孤寄命之重，不应背之”③，所以是讽刺司马氏夺权的背信弃义。

儒家的“诗教”讲究“美刺”，尤其是“刺”在儒家诗学中占有非常重要的地位。但是在阮籍之前的怨刺诗，大多针对性鲜明、目的单纯、属词实用。阮籍改变了这一种态势，批评对象变得模糊，批评的态度和口吻变得暧昧，批评的内容不再那么清晰。而这种不清晰，恰恰便于形塑艺术的空间。“阮旨遥深”“归趣难求”这样的特色，弱化了怨刺诗批判现实的针对性和事功性，强化了诗歌本身的意蕴性，从而为实用主义的儒家诗学补充了艺术的元素。

阮籍对于怨刺诗含蓄性的发展与其自身的生命矛盾相关。阮籍的人生也常常表现两种之形态：一方面，《晋书·阮籍传》中说他：“本有济世志。”又说他：“尝登广武，观楚汉战处，叹曰：‘时无英雄，使竖子成名！’”④怀古常常是为了讽今，阮籍实际上是在借评论历史人物抒发对现实的不满。嵇康在《与山巨源绝交书》中说：

① 鲁迅:《魏晋风度及文章与药及酒之关系》,《北新》,1927年第2期。

② 黄节:《阮步兵咏怀诗注》,人民文学出版社1984年版,第11页。

③ 黄节:《阮步兵咏怀诗注》,人民文学出版社1984年版,第18页。

④ 房玄龄:《晋书》,中华书局1974年版,第900页。

"阮嗣宗口不论人过。"[①]但他并不是漠然于世事，也并非真的不臧否人物，他只是以另外的方式表达了他的爱恨臧否。叶梦得《石林诗话》说："（嵇康）尝称阮籍口不臧否人物，以为可师，殊不然，籍虽不臧否人，而作青白眼，亦以何异?"另外，我们还可以在他的作品里找到他臧否人物的材料，如他在《与晋王荐卢播文》中对卢播推崇备至、赞誉有加，说他"少有才秀之异，长怀淑茂之量，耽道悦礼，仗义依仁；研经坟典，升堂睹奥；聪鉴物理，身通玄妙；贞固足以干事，忠敬足以肃朝，明断足以质疑，机密足以应权，临烦不惑，在急弥明。"[②]如此为国家举荐人才，他还说"兴化济志，在于得人；收奇拔异，圣贤高致"，论证人才对国家社稷的重要作用，主张朝廷应该"开辟四门，延纳羽翼贤士"，一颗关注世事的拳拳之心，溢于笔端。其于《乐论》中强调了礼乐教化之作用，"刑教一体，礼乐内外也。刑驰而教不独行，礼废而乐无所立。尊卑有分，上下有礼……礼逾其制则尊卑乖，乐失其序则亲疏乱。礼定其象，乐平其声。礼治其外，乐化其内，礼乐正而天下平"[③]。由此可见阮籍对于儒家思想的继承。他反感那些"托礼以文其伪，售其奸"的虚伪的礼教之士，但并非反对整个礼教。鲁迅先生曾说："魏晋时代，崇奉礼教的看起来似乎不错，而实在是毁坏礼教，不信礼教的。表面上毁坏礼教者，实则倒是承认礼教，太相信礼教。"[④]正说出这个意思。其《咏怀》其十五云："昔年十四五，志尚好书诗。被褐怀珠玉，颜闵相与期。""珠玉"，黄节注："珠玉，喻道德。"作者是以儒家的诗书教化、道德和贤人自比。其六十一云："少年学击剑，妙技过曲城。英风截云霓，超世发奇声。挥剑临沙漠，饮马九野坰。

① 萧统辑，李善注：《宋尤袤刻本文选》第十一册，国家图书馆出版社2017年版，第59页。

② 阮籍：《阮籍集》，上海古籍出版社1978年版，第62页。

③ 阮籍：《阮籍集》，上海古籍出版社1978年版，第42页。

④ 鲁迅：《魏晋风度及文章与药及酒之关系》，《北新》，1927年第2期。

旌旗何翩翩，但闻金鼓鸣。军旅令人悲，烈烈有哀情。念我平常时，悔恨从此生。”于此我们都可以清楚地看到，阮籍生命中是儒家思想为基本特征的济世思想。

而另外一方面，他也有逃世求隐的一面。《晋书·阮籍传》说：“籍由是不与世事，遂酣饮为常。文帝初欲为武帝求婚于籍，籍醉六十日，不得言而止。钟会数以时事问之，欲因其可否而致之罪，皆以酣醉获免。”[①]通检留下来的有关阮籍的材料，几乎可以说“篇篇有酒”。宋代叶梦得说：“晋人多言饮酒有至于沉醉者，此未必真意在于酒。盖时方艰难，人各惧祸，唯托于醉，可以粗远世故。……如是，饮者未必剧饮，醉者未必真醉也。”[②]阮籍以躲避的姿态，带着痛苦与矛盾的心绪步入“醉乡”，得到暂时的麻痹和安抚。此是逃于酒中，一也。《晋书》本传载其“傲然独得，任性不羁”[③]，《世说新语·简傲》篇云：“晋文王功德盛大，坐席严敬，拟于王者。唯阮籍在坐，箕踞啸歌，酣放自若。”[④]正如沈约《七贤论》所论：“阮公才器宏广，亦非衰世所容。……故毁形废礼，以秽其德，崎岖人生”，阮籍的佯狂避世成了保节保身的手段，成为后来慕浮放荡者的宗师。此是逃于狂中，二也。罗宗强在分析阮籍诗文中的“邓林”意象时说：“此处用‘邓林’典，亦带理想追求之意味，为沧海桑田，人生短促，一切终将逝去，唯有王子晋登仙之事，为历代所向往。”[⑤]又谓“阮籍追求的这样一个人生境界，纯然是庄子式的。……这个理想的精神自由的境界，是阮籍一生赖以生活下去的精神支柱，他从这个理想中得到慰藉，得到暂时的超脱”[⑥]。阮籍企

① 房玄龄:《晋书》,中华书局1974年版,第899页。

② 叶梦得:《石林诗话》,《历代诗话》本,中华书局1990年版,第434页。

③ 房玄龄:《晋书》,中华书局1974年版,第899页。

④ 刘义庆著,刘孝标注,余嘉锡笺疏:《世说新语》,中华书局1983年版,第899页。

⑤ 罗宗强:《因缘集》,南开大学出版社2004年版,第242页。

⑥ 罗宗强:《因缘集》,南开大学出版社2004年版,第250页。

图用庄子式的姿态逃避世间，《大人先生传》据说就是以当时的隐者苏门生为原型而塑造的一个理想形象。《咏怀》其三中“驱马”四句明确地道出了归隐的愿望，其中“西山”乃伯夷、叔齐之所居，诗用此典故，隐隐表达了不食周粟之意。《咏怀》其六借“东陵瓜”之典事，表达了宁为布衣的倾向。《咏怀》其七十四表示要学巢父、许由遁隐河畔，《咏怀》其七十六要效渔父泛舟江湖等。此是逃于仙隐中，三也。可以说阮籍的一生都处在这样的矛盾之中。

若将上文所析之矛盾组织起来，便可以跟阮籍的写作文本和现实文本相关联。但客观矛盾无论怎样重构和考证，都不能直接被文本概念化，所以，需要用格雷马斯的矩形结构重构出阮籍封闭且矛盾的意识形态结构图，以便我们更深刻更细致地理解阮籍批判精神的双重性与矛盾性。试将阮籍的思想矛盾归结如下：(1) 儒家传承下来的建功立业的致用之心，与当时风行的玄学思潮、崇老思想之间的矛盾。(2) 阮籍一方面不满于当时的政权的行为，另一方面，当权者又掌握着他的生杀大权，他需要保障自己的生命。这又是一个两难选择。这两对矛盾在现实生活中是无法调和的，阮籍也找不到解决的办法，于是不得不发明一种象征性的解决办法，使得矛盾和冲突被暂时地压抑下去了，又避免了行动和实践的危险：

S 项：儒家传承下来的建功立业的雄心。

–S 项：新兴的玄学风气和道家思想。

s 项：对现实政治的不满。

–s 项：对自身生命的珍惜。

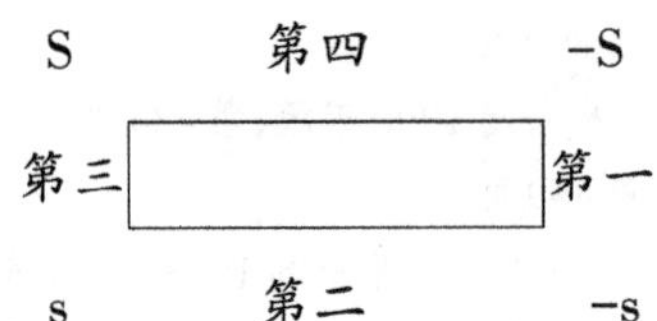

阮籍诗歌创作的每一个主要特征都源于这两对矛盾的中介项或综合项：第一，新兴玄学及道家思想与对自身生命的珍视的综合项，产生出游仙诗。如《咏怀》其三十二："朝阳不再盛，白日忽西幽。……愿登太华山，上与松子游。渔父知世患，乘流泛轻舟。"感叹时光的飞逝，年华的驹走，于是想去往太华山，找赤松子同游。赤松子是神仙，不受生命、时间的约束，这就象征性地解决了道家思想同短暂的生命之间的矛盾。第二，对自身生命的珍惜与对现实政治的不满的中介项，产生出阮籍咏怀诗归趣难求的隐讳风貌。咏怀诗大量运用了比兴象征手法，同时又运用典故，再加上典故含义的多样性，使得他的诗"旨意渊邈，兴寄无端"，"如云中之神龙时时露其鳞爪"①。难以解读的诗歌风格是阮籍为自己创造的一个狭小的空间，在这个空间里，阮籍既发泄了心中的牢骚，又保证自己免受文字之灾。这是个"两全其美"的方式，象征性地解决了这对难以调和的矛盾。同是这对矛盾的中介项的还有阮籍的嗜饮、佯狂、越礼，这些行为当中无不带着对当权者的反抗甚至挑衅，但是他又不敢公然如此，便用这个折中的办法，一方面可以排解他心中的不满，表达自身出污泥而不染的情操；另一方面又能保全自己的性命，免遭像钟会这样的人的陷害，免于毒手。学者曹立波说："酒使他保全了血肉之躯，诗使他平衡了精神世界；他把入道兼宗的玄学思想化作狂狷醉态，恋世与厌世的矛盾靠朦胧诗境来调和。"②第三，儒家的建功立业之心与对现实的不满之间的矛盾的综合项，反映在咏怀诗中就是那些慷慨激昂的济世诗，如其三十八（炎光延万里）、其三十九（壮士何慷慨）、其十五（昔年十四五）等。他以豪壮的诗句、昂扬的精神，满足了自己建功立业、齐国安邦的强烈愿望，同时又使自己暂时地脱离了现实，暂时地忘却了污浊的真实世界，遨

① 王钟陵:《中国中古诗歌史》,江苏教育出版社1988年版,第323页。

② 曹立波:《阮籍现象的文化意蕴》,《求实学刊》,1996年第3期。

游在理想的天堂。从而压抑和缓和了这种矛盾。第四，儒家的兼济之心与风行的庄老的道家思想的矛盾的中介项，产生了阮籍诗中的浓厚的悲剧情绪。这种悲剧情绪在咏怀诗中随处可见，其第一首就包含着浓郁的悲伤之情："夜中不能寐。起坐弹鸣琴。薄帷鉴明月。清风吹我襟。孤鸿号外野。翔鸟鸣北林。徘徊将何见。忧思独伤心。"一个"忧"字贯穿全诗，夜晚本是清静美丽的景色，在诗人笔下尽着凄冷之色、悲哀之情，全乎王国维所言"有我之境"。《咏怀》八十二首中，我略略统计了一下，其中带"忧"字的句子11个，"悲"11个，"伤"12个，"哀"11个，"苦"9个，"怨"6个，"愁"4个。其他未明说的忧愁又不知其几许。悲剧情绪以自身痛苦的代价兼顾了矛盾的双方，它一方面使得建功立业之的兼济之心不至于无所依托，成为无根之萍；另一方面，也使得出世遁隐之心得以藏匿其中。李泽厚先生在其《美的历程》中写道："如何有意义地自觉地充分把握住这短促而多苦难的人生，使之更丰富满足，便突出出来了。它实质上标志着一种人的觉醒，即在怀疑和否定旧有传统标准和信仰价值的条件下，人对自己生命、意义、命运的重新发现、思索、把握和追求。"[①]阮籍的咏怀之作较汉魏意气风发的时代蕴含着更深沉的思考，是他对自己的生命和命运进行重新思索、重新发现的外在表现。

其四，阮籍的怨刺诗借鉴了辞赋的创作理路，使得诗歌的怨刺产生了不同以往的艺术效果。阮籍的《咏怀诗》创造了很多"子"，比如"工言子""佞邪子""夸毗子""繁华子""闲都子""便娟子""倾侧子（士）"等，虽然只是虚构的形象，然而单单此形象本身便已是强劲的讽刺了。再看阮籍的《咏怀》其六十七：

洪生资制度，被服正有常。尊卑设次序，事物齐纪纲。容饰整

① 李泽厚:《美的历程》,生活·读书·新知三联书店2017年版,第83页。

颜色，磬折执圭璋。堂上置玄酒，室中盛稻粱。外厉贞素谈，户内灭芬芳。放口从衷出，复说道义方。委曲周旋仪，姿态愁我肠。

前半篇诗将此洪生刻画得如此光鲜和堂皇，衣服得体，尊卑有序，仪表堂堂，家室殷实，委实文质彬彬了。诗至后半篇，我们才察觉，前篇所描绘的一切，都是为了更有力地讥讽与揶揄——越是光鲜富丽的外表，越使人感觉虚伪与可笑，越是满嘴仁义道德，越是一肚子龌龊不堪。王闿运称“晏、玄清谈，以风度自许，外厉以下数句似指之”。其实阮籍的讽刺对象未必拘泥于某几个确指的人物，而是针对整体的托礼以文其虚伪、售其奸恶的制度和现象。蒋师爚言：“洪生资制度，非制度则不成其洪生矣。灭芬芳，说道义，嬉笑何啻怒骂？”这首诗对群生的讽刺效果堪比“裈中之虱”，裤裆里的虱子一听可知是奚落，这首诗可都是“赞美”。显然阮籍从作诗伊始就“不怀好意”，从一开始就想要造成反差，反差越大，讽刺效果越强。

诗歌中这样的讽刺模式在阮籍之前几乎没有：讽刺从一开始就需要理性地控制，而且几乎全篇都依靠虚构，连主人公洪生亦非实有其人，黄节注说：“扬雄《羽猎赋》曰：‘语兹乎洪生巨儒，俄轩冕，杂衣裳，修唐典，匡雅颂，揖让于前。’鸿、洪古通。”[①]可见这个洪生也是虚构的。靠理性和想象力来创作诗歌，是游离于“诗言志”和“诗缘情”的创作论之外，常常发生于辞赋创作而较少发生于诗歌创作之中。顾炎武谓“古人为赋，多假设之辞”，赋体很大特色是其假设虚构性。《文心雕龙·杂文》云：“自《对问》以后，东方朔效而广之，名为《客难》，托古慰志，疏而有辨。”[②]章学诚《校雠通义》称“古之赋家者流，原本诗骚，出入战国诸子。假设问对，

① 黄节：《阮步兵咏怀诗注》，人民文学出版社1984年版，第81页。

② 范文澜：《文心雕龙注》，人民文学出版社1958年版，第254页。

庄列寓言之遗也”[①]。司马相如《天子游猎赋》中的子虚、乌有先生和亡是公，扬雄《长杨赋》中的翰林主人与子墨客卿，班固《两都赋》中的西都宾与东都主人等，皆是理性虚构之例。阮籍的此诗借鉴了辞赋的创作理路，使得诗歌的怨刺产生了不同以往的艺术效果。

阮籍这首诗为批判现实主义诗歌增加了一种新的面貌：批判现实不一定非要像屈原、赵壹那样义愤填膺、杏眼圆睁，或者像《大雅》、韦孟那样热泪汪汪、告诫谆谆；也可以带着冷冷的嘲笑，带着鄙夷的表情，带着调笑的语气，站在高一层的理性上，对你批评的对象指指点点——即便你有着一肚子滚烫的愤怒。后世的不少讽刺诗都沿袭了这样的风貌，比如杜牧的五律《鹦鹉》，前五句都写鹦鹉的漂亮，丝毫不露不快，最后一句“不念三缄事，世途皆尔曹”，使得前面的“美”反而助其丑，无事生非的“小人”嘴脸一下子就出来了。

同阮籍不同，嵇康的现实批判比较直率和强硬，而不太隐匿自己的情绪。“详观凌世务，屯险多忧虞。施报更相市，大道匿不舒。夷路值枳棘，安步将焉如。权智相倾夺，名位不可居。”（《答二郭诗》其三）真是赤裸裸的厌恶。钟嵘《诗品》评价他“过为峻切，讦直露才，伤渊雅之致”，陈祚明比喻他的诗如独流的泉水，“其势一往必达，不作曲折潆洄”[②]，都是指他的直率，不愿作委婉的处理。但其某些诗作也有隐晦的意味，比如《幽愤诗》。沈德潜《古诗源》评曰：“自怨自艾，若隐若晦。‘好善暗人’，牵引之由也。‘显明臧否’，得祸之由也。至云‘澡身沧浪，岂曰能补’，悔恨之词切矣。末托之颐性养寿，正恐未必能然之词。华亭鹤唳，隐然言外。”沈氏认为《幽愤诗》虽多自悔自怨之辞，而个中也隐然有对官场的批判。李贽甚至认为此诗存在伪作部分或后人篡饰之嫌疑：

---

① 章学诚著，叶瑛校注：《文史通义校注》，中华书局1985年版，第1064页。

② 陈祚明：《采菽堂古诗选》卷八，清康熙刊本。

康诣狱明安无罪，此义之至难者也，诗中多自责之辞何哉？若果当自责，此时而后自责，晚矣，是畏死也。既不畏死以明友之无罪，又复畏死而自责，吾不知之矣。夫天下固有不畏死而为义者，是故终其身乐义而忘死，则此死固康所快也，何以自责为也？亦犹世人畏死而不敢为义者，终其身宁无义而自不肯以义而为朋友死也，则亦无自责时矣。朋友君臣，莫不皆然。世未有托孤寄命之臣既许以死，乃临死而自责者。“好善暗人”之云，岂别有所指而非以指吕安乎否耶？当时太学生三千人，同日伏阙上书，以为康请，则康益可以死而无责矣。钟会以反虏乘机害康，岂康尚未之知，而犹欲颐性养寿，改弦易辙于山阿岩岫之间耶？此岂嵇康颐性养寿时也？余谓叔夜何如人也，临终奏《广陵散》，必无此纷纭自责，错谬幸生之贱态，或好事者增饰于其间耳，览者自能辨之。①

这也从反面说明嵇康诗绝非一味峻烈耿介、悍然而发。

总括以上对阮籍、嵇康的论述，大概可以得出如下结论：从内容上讲，嵇、阮诗歌的议论已经深入到人生的最深层，把哲学意义上的广漠无垠的“道”拉入诗歌的境界。从形式上讲，其改变了建安诗人直抒胸臆的英雄主义议论风尚，转而淡化了议论的感性。总之，嵇、阮诗歌的议论已经开始进入了哲理化、恬淡化的阶段，著东晋玄言诗之先鞭。

第二节　蹑等之思：东晋玄言诗的模式化与超越性

讨论玄言诗，首先要说明一下本书对玄言诗的划定。因为玄言诗的定义本身比较混乱，很多学者都做了不同的解释，但还没有一个统一的看法。要定义玄言诗，需要在三个方面都做好界定，第一

① 李贽撰，陈仁仁校释：《焚书·续焚书校释》，岳麓书社2011年版，第336页。

是对“玄言”的界定：玄言一定要跟老庄相关吗？怎么样区别玄言跟非玄言之间的细微差别，怎样看待受玄学影响的佛语与普通的佛语的差别，怎样确定玄言的时间跨度，等等。第二是对诗歌表达方式的界定：并非所有表现玄理的都是玄言诗，那么，什么样的表达方式才能算是玄言诗？一定要以表达玄理为创作意图吗？玄言诗有什么特定的思维方式吗？等等。第三是对时间的界定：是仅限于东晋，还是整个魏晋时期，还是划分得更细一些？又或者是只要符合前面两个条件，不论哪个朝代均可称玄言诗。

“玄言诗”这个名词实际上是后人对前代某一部分诗歌的概括性称呼[①]，它的准确的定义，连最早使用它的朱自清、萧望卿两位先生也未必确凿明白，后来者又如何能找到所谓准确的定义呢？又何必要找出来呢？因此，研究者需要做的是界定——在符合概念内涵的基础上，根据自己的研究需要，做出较为清晰的外延界定。本书对玄言诗的界定是：东晋时期以孙绰、许询的诗歌和兰亭诗为代表的以表现玄学境界为旨归的一系列作品。[②]

其一，玄言诗的出现也是诗歌的哲理精神一步步发展的结果。阮籍、嵇康把哲学境界引入诗歌，然而他们也还有苦闷的表达，有现实的批判，而玄言诗则把诗歌的一切话题引向生命境界。与此相一致，玄言诗的议论探讨的唯一对象就是生命境界。

玄言诗按照题材来分类，大致可以分为赠答诗、游历诗和咏物诗。而不论题材为何，作者一定要把它关联到生命的境界上来。例如赠答之作：

---

① 最早使用“玄言诗”这个词语的是朱自清和萧望卿先生，如朱自清：《经典常谈》，生活·读书·新知三联书店2009年版，第272页；萧望卿：《陶渊明批评》，上海开明书店1948年版，第32页。

② 此处用“玄学境界”，而不用通常所用的“玄学思想”或“老庄思想”，是因为本书认为玄言诗人是以抒写个体境界而非表达他人思想为旨归。

大朴无像，钻之者鲜。玄风虽存，微言靡演。邈矣哲人，测深钩缅。谁谓道辽，得之无远。（孙绰《赠温峤诗》其一）

来若迅风欢，逝如归云征。离合理之常，聚散安足惊。（李充《送许从诗》）

这两首纯用议论。孙绰的诗是称赞温峤境界之深远辽阔，李充的诗是在推荐一种人生态度：悲欢离合只不过是过眼云烟，我们应该宠辱不惊，自然淡定。再看几首游历诗：

去来悠悠子，披褐良足钦。超迹修独往，真契齐古今。（王涣之《兰亭诗》）

觌岭混太象，望崖莫由检。器远蕴其天，超步不阶渐。揭来越重垠，一举拔尘染。辽朗中大盼，回豁遐瞻慊。乘此摅莹心，可以忘遗玷。旷风被幽宅，妖涂故死减。（张野《奉和慧远游庐山诗》）

王涣之的诗是写对与天地精神相往来的高妙境界的钦慕，所谓“良足钦”“超迹”“齐古今”都表达了他的神往。张野的诗更是反复重申要“拔尘染”“摅莹心”“忘遗玷”，向往拔擢于无聊、烦琐的现实生活，继而抵达晶莹剔透的、高层次的生命境界。

咏物之作亦是如此：

亹亹玄思得，濯濯情累除。（许询《农里诗》）

良工眇芳林，妙思触物骋。篾疑秋蝉翼，团取望舒景。（许询《竹扇诗》）

前诗要涤除情累，获得解脱。后诗摹写竹扇，而将扇子的成因归向良匠之灵感与自然造化的碰撞。扇子的形状取蝉翼之薄、月儿之圆，也是缘乎自然。这显然也与生命境界的抒写有关。

玄言诗人或是诠解个人之境界，或是称扬他人之境界，或是以景物刻绘境界，或是用议论探求境界，总之离不开生命境界。这不但是东晋玄风影响的结果，亦是汉末以来诗歌生命意识发展的产物。独独关注生命境界，而抛弃了对现实世界的关心，抛弃了从《诗经》以来的“美刺”的传统，而把所有的热情投注在追求宁静的精神世界——玄言诗的这种特色，在某种意义上是对儒家功利性的诗学的一种彻底反叛，一种矫枉过正的纠偏。它使文学创作超越了一切功利性，从而凸显诗歌的审美性和纯粹性。李泽厚和刘纲纪的《中国美学史》在分析阮籍的《清思赋》时说：

> 和儒家比较起来，魏晋玄学审美的趣味、理想确实是从外部世界退回了主体自身，但在执着于个体存在的意义和价值，竭力要去探寻这种意义和价值，并保持个体精神的纯白自由这一点上，它又具有划时代的重要意义，突进到了纯粹审美的领域。①

如果说阮籍是从理论上指出了这一点，东晋玄言诗则是在诗歌创作上实践了这一点。它没有了《诗经》对圣王功德的赞颂，没有了屈原的愤懑和规谏，没有了建安诗歌的建功立业的雄心，只留下清清淡淡的生命。它不兴、不观、不群、不怨，亦不事父事君，不再把文学的社会意义凌驾于个人之上，个体精神被夸张地凸显，审美成为目的本身。离开了功利性，文学的审美意识变得纯粹而敏感。在此意义上讲，玄言诗的这种努力，促进了文学的审美精神的发展。

而这种纯粹的审美精神与明秀清幽的江南风景的遇合，正是山水诗出现的重要原因。王羲之的《兰亭诗》说“群籁虽参差，适我无非新”，宇宙自然是千变万化、色彩纷呈的，这样的宇宙一旦遇上纯净审美的眼睛、新鲜活泼的灵魂，便自然流出无穷的生机趣味，无尽的情韵。且不论山水诗是否是从玄言诗蜕变而来，单玄言诗所

① 李泽厚、刘纲纪：《中国美学史》，安徽文艺出版社1999年版，第176页。

实验的这种纯文学精神，确无可置疑是对山水诗有影响的。后世谢灵运的山水诗，甚或王维、孟浩然的田园诗中，都能发现与玄言诗人一样的纯粹的目光。

其二，如果说阮籍诗的议论是用理性淡化了情感，那么玄言诗则是用“理”取代了情感，或者说是以“高情”取代了“常情”。“高情”一词是取自孙绰《游天台山赋》：“翻域中之常恋，畅超然之高情”，所谓“常恋”即常情。孙绰认为要超脱于常情，才能畅怀于高情。“高情”不完全等同于玄理，理是冰冷的、没有色彩的，而高情则往往带有一种超然的愉悦，是玄理在心中所形成的一种情感性精神感受，类似佛家所说的“法喜”，是理和情在较高层次上的融合。

> 悠悠大象运，轮转无停际。陶化非吾因，去来非吾制。宗统竟安在，即顺理自泰。有心未能悟，适足缠利害。未若任所遇，逍遥良辰会。（王羲之《兰亭诗》）
>
> 寥朗无厓观，寓目理自陈。大矣造化功，万殊莫不均。群籁虽参差，适我无非新。（王羲之《兰亭诗》）

王羲之的这两首诗，并非单纯的说理。所谓“即顺理自泰”，“理”是玄理，“泰”是“高情”（泰应是高崇义，亦属“高情”范畴）；“未若任所遇，逍遥良辰会”，“任所遇”是玄理，“逍遥”是“高情”。在王羲之的这两首诗中，我们可以明晰地感受到他泰然自若、逍遥自在的愉悦和“高情属天云”的气概。再看李充《送许从诗》一诗：

> 来若迅风欢，逝如归云征。离合理之常，聚散安足惊。

李充对聚散无常的论述，显然不再有汉魏诗人的痛苦的神情，也不再无奈地自我安慰。然而他的内心又不只是纯然的理性——从

“理之常”“安足惊”二语可以体会其气定神闲的气韵；从“迅风欢”“归云征”的比喻，我们又能感受到他心里充盈着的“看破”后的喜悦。

玄言诗也并不排斥常情。玄言诗中有很多句子表达同于庸常的欢欣喜悦之情，比如“今我欣斯游”（桓伟《兰亭诗》），“归目寄欢”（王徽之《兰亭诗》），“寄畅须臾欢”（虞说《兰亭诗》），“欢然朱颜舒”（徐丰之《兰亭诗》），“取欢仁智乐，寄畅山水阴”（王羲之《答许询诗》），“三春陶和气，恨物齐一欢。明后欣时丰，驾言映清澜”（魏滂《兰亭诗》），等等。而表达悲伤情绪的也不在少数，像“抚菌悲先洛”（孙绰《秋日诗》），“修昼兴永念，遥夜独悲吟。逝将寻行役，言别泣沾襟”（李充《嘲友人诗》），“悲九秋之为节，物凋悴而无荣”（湛方生《秋夜诗》），等等，皆是与俗众无异。孙绰的《表哀诗》（并序）更是凄切悱恻、感人至深：

> 天地之德曰生，生之所恃者亲。亲存则欢泰情尽，亲亡则哀悴理极。故老莱婆娑于膝下，曾闵泣血于终年。哀悼之思至矣，自然之性笃矣。余以薄祜，夙遭闵凶。越在九龄，严考即世。示及志学，过庭无闻。天覆既沦，俯凭坤厚。殖根外氏，赖以成训。然以不才，不能负荷。仁妣弘母仪之德，迈荣寒之操，雕琢固顽，勉以道义，庶几砥砺犬马之报。岂悟一朝，复见孤弃，上天极祸，怨痛莫诉。皆由恶积咎深，不能通感。自丁荼毒，载离寒暑，茵帷尘寂，栋宇寥恍。仰悲轨迹，长自矜悼，不胜哀号。作诗一首，敢冒谅暗之讥，以申罔极之痛。《诗》曰：
>
> 茫茫太极，赋授理殊。咨生不辰，仁考夙徂。微微冲弱，眇眇偏孤。叩心昊苍，痛贯黄墟。肃我以义，鞠我以仁。严迈商风，思洽阳春。昔闻邹母，勤教善分。懿矣慈妣，旷世齐运。嗟予小子，譬彼土粪。俯愧陋质，仰忝高训。悠悠玄运，四气错序。自我酷

痛，载离寒暑。寥寥空堂，寂寂响户。尘蒙几筵，风生栋宇。感昔有恃，望晨迟颜。婉娈怀袖，极愿尽欢。奈何慈妣，归体幽埏。酷矣痛深，剖髓摧肝。

孙绰此篇诗序容易让我们想起李密的《陈情表》，自始至终都是无限悲痛。诗除了开头两句，丝毫没有玄言的影子。“叩心昊苍，痛贯黄墟”“酷矣痛深，剖髓摧肝”，一声声痛哭流涕的哀号，哪里还有“淡乎寡味”的影子。

可见玄言诗并非完全“平典似《道德论》”，更不只是老庄之义疏，亦有自身的情感表达，只不过其情感有时候异于常人之情罢了。本书所提出的“高情”正是就此而言的。

从这一点看，玄言诗一方面并没有逸出传统所能接受的诗歌的范畴，亦未脱离“言志”“缘情”的宗旨。相反，玄言诗对诗歌抒情言志传统进行了一种实践性改革——它扩大了“情”和“志”的范围，不再只局限于常人的喜怒哀乐；它把“理”也纳入“情”中，增加了“情”的纯度和厚度；它还给我们作出了从审美的角度去诠解“理”的示范。为后代的僧诗、理学诗等导夫先路。

当然，玄言诗还有其他合理性和开拓之处，合理性比如它是东晋的时代产物，跟门阀制度、玄学风潮、偏安心态等息息相关，而且玄言诗的读者群也非常固定，往往在一个比较小的圈子流传。这些都是玄言诗之所以生存的缘由。其开拓性比如它开拓出了“清虚恬淡”这一诗歌境界，开拓了“雅化”的语言风格等。已有学者作出论述，此处不再赘述。

以上所论都是玄言诗于诗学的积极意义。然而玄言诗之所以被古今众多学者批评，一定有其可以商榷之处。刘勰《文心雕龙》谓：“江左篇制，溺乎玄风，嗤笑徇务之志，崇盛亡机之谈。”“诗必柱下之旨归，赋乃漆园之义疏。”钟嵘《诗品》称：“永嘉时，贵黄老，

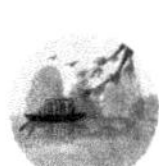

稍尚虚谈。于时篇什，理过其辞，淡乎寡味。爰及江表，微波尚传，孙绰、许询、桓、庾诸公诗，皆平典似道德论，建安风力尽矣。”前贤于玄言诗之批评，概不出此二公之论。笔者亦不揣浅陋，提出几点批评：

第一，诗歌创作的模式化。以兰亭诗为例——兰亭诗是东晋玄言诗的代表，现存26人的作品，共41首。我们来考察一下这41首兰亭诗的雷同之处：

首先是主旨的雷同化，兰亭诗的内容大体上都是由游春而体会到了玄理，表现愉悦和闲适之情。徐公持《魏晋文学史》说：“兰亭诗总体上以山水自然为背景，抒述士族文士萧散心境，风格清雅幽深，又多玄言，兴味澹泊，表现出鲜明的闲适倾向。”[①]《文心雕龙·时序》认为玄言诗“诗必柱下之旨归，赋乃漆园之义疏”，虽然批评得有点过分，但也反映了玄言诗内容主旨的模式化倾向。

其次是词语的模式化。讲时间，必曰“千载”：“远想千载外”（王羲之），“寄之齐千龄”（王羲之），“千载挹余芳”（孙嗣），“千载同归”（王凝之），“千载同一期”（谢绎）；讲地点，必曰“遨濠梁”：“宣尼遨沂津”（桓伟），“庄浪濠梁”（王凝之），“形浪濠梁津”（虞说），“解结遨濠梁”（曹华）（“濠梁”与庄子有关，大家都愿意以此次游历比庄子之游濠梁）；称鱼必曰“鳞”：“鳞跃清池”（王徽之），“游鳞戏澜涛”（孙绰），“绿波转素鳞”（王肃之），“游鳞戏清渠”（王彬之），“回波萦游鳞”（谢绎）；言水必曰“绿”，必曰“清”：“绿水扬波”（王彬之），“鳞跃清池”（王徽之），“俯挥素波”（徐丰之），“驾言清澜”（王丰之），“幽涧激清流”（王玄之），“俯磐绿水滨”（王羲之），“绿波转素鳞”（王肃之）；喜言“宇宙”“造化”：“大矣造化功”“悠悠大象运”（王羲之），“茫茫大造”（孙统），“神散宇宙内”（虞说），“万殊混一理”（谢安）；喜做“头部”之运

① 徐公持：《魏晋文学史》，人民文学出版社1999年版，第524页。

动：“俯仰晴川涣”（袁峤之），“仰望碧天际，俯磐绿水滨”（王羲之），“仰想虚舟说，俯叹世上宾”（虞蕴），“仰咏挹余芳，怡情味重渊”（王蕴之）；喜想古代隐士：“尚想方外宾”（曹茂之），“遐想逸民轨”（袁峤之），“尚想味古人”（虞说），“忘严怀逸许，临流想奇庄”（孙嗣），“庄浪濠津，巢步颖湄”（王凝之）；声必曰“清”而气必曰“和”：“玄泉有清声”（王羲之），“曾生发清唱”（桓伟），“清响拟丝竹”（徐丰之），“和气载柔”（王羲之），“和气振柔条”（郗昙），“熙怡和气淳”（王凝之），“三春陶和气”（魏滂）；游必曰“欣”而神必曰“畅”：“今我欣斯游，愠情亦暂畅”（桓伟），“今我斯游，神怡心静”（王肃之），“嘉会欣时游，豁而畅心神”（王肃之），“欣此暮春，和气载柔”（王羲之）；摒除俗累的方式总是“豁然开朗”：“豁而畅心神”（王肃之），“豁而累心散”（王羲之），“酣畅豁滞忧”（王玄之）；传承古圣的精神都说“挹余芳”：“千载挹余芳”（孙嗣），“仰咏挹余芳”（王蕴之），“仰掇放兰”（徐丰之）。

总之只有一种颜色曰“清”，只有一种气味曰“芳”，只有一种时间曰“千载”，只有一种心情曰“畅快”，只有同一个世界曰“大化”，只有同一个梦想曰“超然”。玄言诗人十分接受庄子的齐物思想，谢安说“万殊混一理”（《兰亭诗》），王羲之说“大矣造化功，万殊莫不均”（《兰亭诗》），孙统说“万化齐轨”（《兰亭诗》），魏滂说“恨物齐一欢”（《兰亭诗》），湛方生说“天地兮一色，六合兮同素”（《怀归谣》）、“总齐物之大纲，同天地于一指，等太山于豪芒，万虑一时顿涤”（《秋夜诗》），庄子的思想在这里作了更极端化的发扬，万物被看成同一种颜色，万籁被当作同一种声响，于是，“理”同“欲”一样，变成了异化万物的有色眼镜。

再次是句子的模式化。“遐想逸民轨”（袁峤之）也就是“尚想方外宾”（曹茂之），“葩藻映林”（王彬之）也就是“鲜葩映林薄”（王彬之），“茫茫大造，万化齐轨”（孙统）不就是“大矣造化功，

万殊莫不均”（王羲之）？“咏彼舞雩，异世同流”（王羲之）不就完全等于“古人咏舞雩，今也同斯叹”（袁峤之）？“千载同归”（王凝之）跟“千载同一期”（谢绎）以及“真契齐古今”（王涣之）不是讲的一个意思吗？“游鳞戏澜涛”（孙绰）、“游鳞戏清渠”（王彬之）、“绿波转素鳞”（王肃之）、“回波萦游鳞”（谢绎）不都是同样的笔调？甚至有整首诗都雷同的：

> 庄浪濠津，巢步颍湄。冥心真寄，千载同归。（王凝之）
>
> 望岩怀逸许，临流想奇庄。谁云真风绝，千载挹馀芳。（孙嗣）

这两首诗唯一不同的地方是一个四言，一个五言。

如果严格说起来，兰亭诗可以说是篇篇都雷同。试想，如果把这些诗都打乱，放到不同朝代的不同诗集里，相信诗评家们会毫不费力地把它们揪出来放在一起。可见，这些兰亭诗无论在内容、主旨、风格、意象、词语、句式都异常接近。

模式化必然导致失去文学的个性。要是把上面所列举的雷同之处抽掉，这些诗歌就几乎剩不下什么零件了。玄言诗的没有个性可见一斑。玄言诗人大多有非常的身份和名声，他们不可能互相模仿，更不可能互相抄袭，而作出的诗歌雷同如此，令人深思。

究其原因，概与东晋时期强大的玄学思潮有关。庄老玄理几乎为所有士人所熟稔。玄言诗人表面上似乎是驾驭了玄理，而实际上却是被玄理所控制。他们始终把“理”字放在心头，殊不知正落入了“理筌”的困境。“理”对心灵的占有与桎梏，使其思维变得雷同而单一，目光也变得过于坚定与固执。当今社会的文学艺术亦应当于此有所警惕。

第二，玄言诗凸显了审美创造的超越性，而忽略了审美接受的世俗性。玄言诗只将与自己具有相似教育背景、相似气质风度、同样受玄学影响的少数人作为潜在的读者，而没有考虑与玄学无关的其他时代的读者的接受。一方面它脱离了正常的生活，缺少现实的依托。王国维说："诗人对宇宙人生，须入乎其内，又须出乎其外。入乎其内，故能写之，出乎其外，故能观之。入乎其内，故有生气；出乎其外，故有高致。"[①]玄言诗人热情关注"出乎其外"而轻蔑"入乎其内"，必然造成正常读者对它的疏离。另一方面它又有意无意地游离于庸常的情感之外，而去表现常人所不能达到、也未必能欣赏的"高情"。衣食住行是人们共有的经验，喜怒哀乐是人类普遍的情感，普通的生活和情感是联系人与人、人与艺术的纽带，驱除了普遍的情感，就得不到普遍的共鸣。玄言诗一味追求高妙的境界而忽视了底层的实在的依托，拉大了与读者的距离，因而难以被广大的读者所理解和欣赏。

试将玄言诗同阮籍的诗歌作一下对比，就能很清楚地看到这点。玄言诗和阮籍的诗歌都强调"无限"，但却有所不同：

> 幽兰不可佩，朱草为谁荣。修竹隐山阴，射干临增城。葛藟延幽谷，绵绵瓜瓞生。乐极消灵神，哀深伤人情。竟知忧无益，岂若归太清。（阮籍《咏怀》四十五）
>
> 相与欣佳节，率尔同褰裳。薄云罗物景，微风翼轻航。醇醪陶丹府，兀若游羲唐。万殊混一理，安复觉彭殇。（谢安《兰亭诗》其二）

这两首诗都是因景体玄的作品，都是从平常的景物中体悟玄理。不同的是，阮籍的诗是从常人的情感出发，蒋师爚曰："大概是慨'世胄蹑高位，英俊沉下僚'，指出哀乐两种不能不为无益之忧"[②]，可见阮籍是在痛苦和困惑中追求"无限"和自由的，而且追求本身也包含了彷徨、困惑和悲苦，因而具有了感人的悲剧力量。而玄言

① 王国维：《人间词话》，人民文学出版社1960年版，第220页。

② 黄节：《阮步兵咏怀诗注》，人民文学出版社1984年版，第53页。

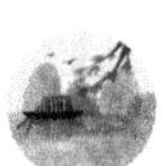

诗一开始就把自己置身“无限”，后面“万殊混一理”的结论似乎从开头便植在心中的，而没有“有限”的依托。大概可以这么说：阮籍强调“无限”却不脱离“有限”，就好像带着人们艰难地爬过陡峭的阶梯，最终瞥见辉煌的境界；而玄言诗只求“无限”，而脱离了“有限”，就如同示人以空中楼阁，而不给人们上楼的阶梯。

普通庸常的情感即是这样的一种阶梯，它是全人类不分时间、空间都可以欣赏体味的。所以诗以常情为主便有广阔的共鸣主体；而“理”尤其是“玄理”的欣赏，具有强烈的时代性与阶层性。魏晋时的贵族对于玄理的爱好，使得他们对于玄言诗十分投入，使得玄言诗取得了时代性的成功。但如果放到更广阔的欣赏空间，它的共鸣范围就显得较为狭隘。

第三，“雅”的功利性。前文谈及玄言诗重视文学的审美特质，而摆脱了现实功利性，这在诗歌的发展史上是有着其积极意义的。然而如果再深入一层考察，情况又开始变得稍微复杂一些了。

玄言诗不再关注现实世界，与世俗和功利始终保持距离，呈现出一种超功利的“雅”的特质。然而这种“雅”是随性自然的抑或是从众而为的？这种拒绝世俗、厌恶功利是真心的抑或是表演的？我们相信有些玄言诗所表现的“雅”是真实的境界。然而我们往往有这样的文学史经验：个人的超脱容易真实，而集体的高雅往往是刻意求之，很难想象一群士人都脱离了世俗趣味和功利：

> 刘真长为丹阳尹，许玄度出都就刘宿。床帷新丽，饮食丰甘。许曰：“若保全此处，殊胜东山。”刘曰：“卿若知吉凶由人，吾安得不保此。”王逸少在坐曰：“令巢、许遇稷、契，当无此言。”二人并有愧色。[①]

刘惔、许询贪恋锦衣美食，觉得这样的生活显然超过单调枯燥

① 刘义庆著，刘孝标注，余嘉锡笺疏：《世说新语》，中华书局1983年版，第150页。

的隐居生活。而王羲之举出前辈隐者巢父、许由，间接批评了刘、许二人，于是二人都很羞愧。锦衣美食和稷、契都代表了现实世界的功利，隐居生活和巢、许代表了非功利的世界，而王羲之显然代表了社会的整体风尚，刘、许的“愧色”则呈示了二人对这种社会风尚的服从，也说明了这种风尚影响之深。王逸少批评“令巢、许遇稷、契，当无此言”，也就是说：当品德节操与功名富贵相遇，当宁静与事功相遇，当浪漫与现实相遇，胜利的应该是前者。“当无此言”代表的不仅是一种精神上的超越，也是一种姿态，一种非功利的高傲表情。这种表情无疑属于整个东晋社会。

玄言诗人许询显然做不到这种超越，即使他希望能做到。另外一个著名的玄言诗人孙绰又怎样呢？《世说新语·品藻》注引宋明帝《文章志》曰：“绰博涉经史，长于属文，与许询俱与负俗之谈。询卒不降志，而绰婴纶世务焉”，又注引《续晋阳秋》曰：“绰虽有文才，而诞纵多秽行，时人鄙之”[①]。“婴纶世务”说明没超脱功利，“诞纵多秽行”更是连正常的内在品德也不能保持了。

再看大诗人王羲之，《晋书》本传说：

> 时骠骑将军王述少有名誉，与羲之齐名，而羲之甚轻之，由是情好不协。……及述蒙显授，羲之耻为之下，遣使诣朝廷，求分会稽为越州。行人失辞，大为时贤所笑。既而内怀愧叹，谓其诸子曰：“吾不减怀祖，而位遇悬邈，当由汝等不及坦之故邪！”述后检察会稽郡，辩其刑政，主者疲于简对。羲之深耻之，遂称病去郡。[②]

可见王羲之的争强好胜之心，甚至把与王述的地位的悬殊怪罪到儿子身上，这不是所谓的“母以子贵”的思想吗？也可以看出他

① 刘义庆著，刘孝标注，余嘉锡笺疏：《世说新语》，中华书局1983年版，第631页。

② 房玄龄：《晋书》，中华书局1974年版，第2093页。

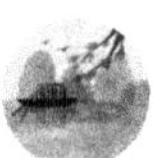

对名位的在乎。后来他在父母墓前检讨自己：

> 维永和十一年三月癸卯朔，九日辛亥，小子羲之敢告二尊之灵。……每仰咏老氏、周任之诫，常恐死亡无日，忧及宗祀。……自今之后，敢渝此心，贪冒苟进，是有无尊之心而不子也。子而不子，天地所不覆载，名教所不得容。信誓之诚，有如皦日！[①]

“自今之后”不再“贪冒苟进”，可见此前他一直未免于“贪冒苟进”。墓前检讨的时间是永和十一年，而兰亭诗则写在永和九年。所以写诗之时，王羲之并未能摒弃争名夺利之心。后来，王羲之表现出了悔悟，这种悔悟虽然如王羲之所说，“年在桑榆，自然至此”——跟年龄的增长有关，也应当跟时代追求不无关系，心中常怀“老氏、周任之诫”就是其表现。

可见，玄言诗中有不少作品存在刻意“雅化”的倾向。例如兰亭诗，其实内容已经不重要了，诸人所见所闻所感皆大致相似，文辞不避重复，诗风也不讲究个性，而所唯一可以追求的，就是这种“雅”的情调。当某种艺术形式遭到集体性的追捧，一定会掺进很多虚假。有些学者研究玄言诗时，把他们说出的境界，就当成他们真实的生命境界了，正是忽略了这种虚假。

“雅”本来不功利，然而一旦“雅”成为一种时尚，“雅”本身便成了功利。于是，这种功利性成为一副新的有色眼镜，隔阂了人与山水自然的真正接触，使得所有的山水变成了统一的颜色；又好像一部滤音的机器，泯灭了个人的音色，使得诗歌所有的议论发出同样的声调。

玄言诗为文学澄清了一种功利性，却又为文学增添了一种新的功利性。这种对“雅”的追求有其积极的一面，但也有很多负面的影响。后世很多文人骚客的酸腐之气都是从这里飘出的。

① 房玄龄:《晋书》,中华书局1974年版,第2093页。

第四章　陶谢诗的议论艺术

两晋以还，诗家境界为之一变。陶渊明、谢灵运并辔诗坛而各臻其妙：渊明诗如南山采菊，淡然忘言，然“此中有真意”，乃以躬耕体道，议论间自见高致；康乐诗若春草池塘，穷形尽相，然“虚舟有超越”，终以山水证玄，藻绘中别见禅思。二者皆以议论入诗，一质一华，各标风骨；议论之妙，皆在不隔。

第一节　道不空寻：陶诗的议论特色

对于诗中议论予以关注，始于宋人。从一开始，议论在诗中的作用就是被否定的。较早指摘“以议论为诗”的是宋代的张戒，其在《岁寒堂诗话》中批评宋代诗人说“子瞻以议论作诗，鲁直又专以补缀奇字……诗人之意扫地矣”[①]，而推咏物言志作为诗歌之根本。南宋严羽的《沧浪诗话》中对于诗中议论的批评则为人所津津乐道：“夫诗有别材，非关书也。诗有别趣，非关理也。然非多读书、多穷理，则不能极其至，所谓不涉理路、不落言筌者，上也。……近代诸公，乃作奇特解会，遂以文字为诗，以才学为诗，

① 丁福保辑:《历代诗话续编》,中华书局1983年版,第455页。

以议论为诗。夫岂不工？终非古人之诗也。”[①]后代人对严羽这一论点有很多的同情和发挥，比如明代屠隆在他的《文论》中说：“而宋人多好以诗议论，夫以诗议论，即奚不为文而为诗哉？”[②]又如谢榛的《四溟诗话》常常以“流于议论”“涉于议论”“近于议论”作为批评诗歌的准则，可见这种见解影响之深。

张戒、严羽、谢榛等人对于宋人“以议论为诗”的风尚大为不满，而崇盛前代诗人的诗歌，对陶渊明尤为推重。然而陶渊明许多诗作也是以议论为核心或者涵括大量议论，前人于此较少留意。同为议论，宋诗被大量指摘，而陶渊明的诗歌被古今几乎所有的诗评家们所推许和追慕，是什么样的差异使其遭遇到如此天壤之别的评价呢？

陶诗混然元古，在六朝中自为一格，其议论亦颇有特色。前人已有论述。宋朱熹云：“渊明所说者庄、老，然辞却简古。”清纪昀《云林诗抄序》云：“夫陶渊明诗，时有庄论，然不至如明人道学诗之迂拙也。”如同玄言诗笃好议论《老》《庄》，陶诗亦然。朱自清《〈陶渊明批评〉序》称：“陶诗显然接受了玄言诗的影响。玄言诗虽然抄袭《老》《庄》，落了套头，但用的似乎正是‘比较接近说话的语言’。因为只有‘比较接近说话的语言’，才能比较的尽意而入玄。”这些说法言简意赅，但毕竟不是系统、完整的讨论。本文试在此基础上对此问题进行专门探讨。

一、论不虚发与语带情韵

王国维说写景有“隔”与“不隔”之分[③]，议论亦然。“隔”即障碍，理的“隔”就是作者所说的理与读者之间有阻隔，玄言诗便

① 严羽：《沧浪诗话》，人民文学出版社1983年版，第26页。

② 屠隆：《由拳集》，台北伟文图书出版社有限公司1977年版，第1172页。

③ 王国维：《人间词话》，人民文学出版社1960年版，第210页。

是代表。诗中议论何以能不隔？古代学者提出语带情韵之说。沈德潜称“议论须带情韵以行”[①]，刘熙载谓“诗或寓义于情而义愈至，或寓情于景而情愈深，此亦《三百五篇》之遗意也”[②]。

陶渊明的议论正是如此，不虚妄，不空发，所以不隔。与玄言诗的拒绝庸常不同，陶诗的所有议论语都是来自日常，都与自己的生活体验相关，皆缘事而发，而非空中楼阁的道人说法。其劝农人曰：“民生在勤，勤则不匮。宴安自逸，岁暮奚冀？担石不储，饥寒交至。顾尔俦列，能不怀愧？”高居庙堂之上曳裾袖手的后世文人们也有类似劝农的诗句，陶渊明与他们不同的是，他有真实的体验，他是“躬耕自资”（萧统《陶渊明传》）的十足的农民，他所描写的田间风物，苏轼评价说“非古之耦耕植杖者，不能道此语；非予之世农，亦不能识此语之妙也”[③]。他也曾经开荒南野，种豆南山，晨兴夜归，夕露沾衣，他更有过“环堵萧然，不避风日；短褐穿结，箪瓢屡空”的困苦经历，所以他说的“宴安自逸，岁暮奚冀？担石不储，饥寒交至。顾尔俦列，能不怀愧？”不是轻易道出，个中诸多滋味。《拟古》其四说“荣华诚足贵，亦复可怜伤”，《庚子岁五月中从都还阻风于规林》其二说“静念园林好，人间良可辞”，亦非空口白话，就职彭泽八十天便解体世纷、弃官从好了，可见“荣华诚足贵”诸语绝非攀理而自高。萧统《陶渊明集序》评价他“语时事则指而可想，论怀抱则旷而且真”，可见他的议论是真诚和朴实的。清施补华《岘佣说诗》说：“凡作清淡古诗，须有沈至之语，朴实之理，以之为骨，乃可不朽。……读陶公诗知之。”[④]

不隔不代表庸浅，相反，陶渊明的议论不求超妙而自然超妙。

---

① 沈德潜著，王宏林笺注：《说诗晬语笺注》，人民文学出版社2013年，第383页。

② 刘熙载：《艺概》，上海古籍出版社1978年，第51页。

③ 陶潜著，汤汉笺注：《笺注陶渊明集》卷三，元刻本。

④ 施补华：《岘佣说诗》，见王夫之等撰：《清诗话》，上海古籍出版社1999年版，第977页。

胡适先生曾说："他的意境是哲学家的意境，而他的语言却是民间的语言。他的哲学又是他实地经验过来的，……所以他尽管做田家语，而处处有高远的意境；尽管做哲理诗，而不失为平民的诗人。"[①]明代诗评家都穆在《南濠诗话》中说："东坡尝拈出渊明谈理之诗有三，一曰：'采菊东篱下，悠然见南山。'二曰：'笑傲东轩下，聊复得此生。'三曰：'客养千金躯，临化消其宝。'皆以为知道之言。予谓渊明不止于知道，而其妙语，亦不止是。如云：'纵浪大化中，不喜亦不惧。应尽便须尽，无复独多虑。'如云：'望云惭高鸟，临水愧游鱼。真想初在襟，谁谓形迹拘。'如云：'不赖固穷节，百世当谁传。'如云：'朝与仁义生，夕死复何求。'如云：'及时当勉厉，岁月不待人。'如云：'前途当几许，未知止泊处。古人惜分阴，念此使人惧。'观是数诗，则渊明盖真得于道者，非常人能蹈其轨辙也。"[②]不论是劝老农，还是咏圣贤，或是议农耕，或是论生死，担水挑柴无非妙道，他能在最平凡的日常生活中实现一种审美的超越，与颜子箪食瓢饮千古辉映。宋代陈造《题五柳先生诗编年后》其二说："陶翁诗百篇，优造雅颂域。九原不容作，妙意渠能测。"[③]在他眼中，陶诗已经可与《雅》《颂》争光了。

北宋杨时称"陶渊明诗所不可及者，冲澹深粹，出于自然。若曾用力学，然后知渊明诗非着力之所能成"（《龟山先生语录》）。陶渊明议论的高妙正在无意为文。议论未发时，不刻意为之；议论既发，不勉力擢高。自然而发，自然而止，从心所欲，又合乎中庸。比如《己酉岁九月九日》：

靡靡秋已夕，凄凄风露交。蔓草不复荣，园木空自凋。清气澄

① 胡适：《白话文学史》，岳麓书社1986年版，第130页。

② 都穆：《南濠诗话》，见丁福保辑：《历代诗话续编》，中华书局1983年版，第1362页。

③ 陈造：《江湖长翁集》卷五，明万历刻本。

余滓，杳然天界高。哀蝉无留响，丛雁鸣云霄。万化相寻绎，人生岂不劳！从古皆有没，念之中心焦。何以称我情？浊酒且自陶。千载非所知，聊以永今朝。

清代马墣的《陶诗本意》引何燕泉曰："即《诗》'且以永日'意。此八句（笔者按：'万化'以下八句）从上八句生出。言此秋之时，乃万化相寻所至，非无因而来也。如春必寻夏，夏必寻秋者，化之所为。天地尚如此，何况人乎？则人事之喜、怒、哀、乐，富、贵、贫、贱，亦日相寻于一世之中，岂不劳哉？劳而至死，自古皆然，不足异也，而念之在怀，中心亦不能不焦也。何以稍能称我之情，惟有且以浊酒自陶而已；千载相寻之事，非我所知，亦聊以使君所历之一日尚可长耳，非此即不可长也。"[①]草木之零落，虫鸟之去来，引起生命凋零的感慨，后面的四句议论是从前面作者对秋天风物的感受中自然生出。末尾四句神情一转，忽地静下来，平和下来，既然生命的消逝是必然，我何必再自寻烦恼呢？与其担心未知的将来，不如把握住当下的时光。虽然是极其直白的大实话，不宗古体，不习新语，而隐隐与佛教思想相通，自有其高妙处。

不为文造理，直写己怀，自然成文，平淡自得，无事修饰，这在讲求富艳精工的六朝诗中是一股清流，尤其在玄言诗盛行的东晋更是难能可贵。华巧易得，而质朴实难，所谓智可及而愚不可及。清代李光地的《榕村诗话》卷首说："六代华巧极矣，然所谓真气流行者，无有也。一则所存者异于古人，二则顾畏世网，而不敢道其志，故非放浪山水，啸咏风花，则或托于游仙出世以自高，或止于叹老嗟卑而自见，此皆所谓应时感候而形其心声者，观嵇、阮、张、陆以下诸诗可见。惟陶靖节隐居求志，身中清，废中权，故其辞虽

① 马墣：《陶诗本意》，见北京大学北京师范大学中文系、北京大学中文系文学史教研室编：《陶渊明资料汇编》下册，中华书局1962年版，第144页。

隐约微婉，而真气自不可掩。”[①]陶诗的所有议论都是从切身的感受出发，而不只是单纯的哲学思考。哲学思考可能启迪智慧，真实感受更能震颤心灵。

二、文法入诗与语气浸润

陶诗还在议论中使用虚词和散文式的句式和结构，使得议论亲切有味，娓娓道来，如同平常说话一般，句法天成而语意透彻。

虚词的运用是陶渊明诗歌的一大特色[②]。诗歌一般来说讲究简洁蕴藉，需要以简洁的话语表达出相对丰富的内涵，而虚词往往与内容无涉，所以较少被使用是十分正常的。当然，在陶渊明之前，也有一些诗歌使用了虚词，“以添迤逦之概”。刘勰的《文心雕龙》章句篇说，“又诗人以‘兮’字入于句限，《楚辞》用之，字出于句外。寻兮字承句，乃语助余声。舜咏《南风》，用之久矣，而魏武弗好，岂不以无益文义耶！至于‘夫惟盖故’者，发端之首唱；‘之而于以’者，乃札句之旧体；‘乎哉矣也’者，亦送末之常科。据事似闲，在用实切。巧者回运，弥缝文体，将令数句之外，得一字之助矣。”但前代诗歌使用虚词毕竟比较少量，或者比较单一，真正系统地、大量地在诗歌中使用虚词，始于陶渊明。钱钟书的《谈艺录》在讨论诗中助字时说，“唐则李杜以前，陈子昂、张九龄使助词较夥……唐以前惟陶渊明通文于诗，稍引厥绪，朴茂流转，别开风格。如‘结庐在人境，而无车马喧’；‘倒裳往自开，问子为谁欤’；‘孰是都不营，而以求其安’；‘理也可奈何，且为陶一觞’；‘阿宣行志学，而不爱文术’；‘馁也已矣夫，在昔余多师’；‘日日欲止之，今

① 李光地：《榕村诗话》，见北京大学北京师范大学中文系、北京大学中文系文学史教研室编：《陶渊明资料汇编》下册，中华书局1962年版，第191页。

② 魏耕原：《论陶渊明诗的散文美》，《文学遗产》，2008年第6期。

朝真止矣'"[1]。仔细看来，陶渊明几乎每一首诗都使用了大量的虚词。其议论句也是如此。我们看下面的一些议论诗句：

荣华诚足贵，亦复可怜伤。(《拟古》其四)
虽无纪历志，四时自成岁。(《桃花源诗》)
春蚕既无食，寒衣欲谁待？(《拟古》其九)
若能超然，投迹高轨。敢不敛衽，敬赞德美。(《劝农》)
虽留身后名，一生亦枯槁。(《饮酒》其十一)

如果说实词偏重于语意的话，虚词则更偏重于语气；如果说实词偏重于表达的话，虚词则更多的是流露。清代袁仁林说："口吻者神情声气也"[2]，刘淇也认为"实字其体骨，而虚字其性情也"[3]。可见，同实词相比，虚词更容易体现作者说话的表情。"诚……亦复"表并列，"虽……自"表转折，"既……欲谁"表结果，"若能……敢不"表假设，"虽……亦"表结果。这些结构性虚词的使用，使得陶诗的议论具有了散文式的句式，而使较为单调枯燥的议论性话语有了顿挫，有了语气，有了表情，让人读起来更加亲切，又具有了一唱三叹的美感。同时，虚词也占领了实词的空间，使得稠密的意义得到了稀释，形成了疏朗的议论风格。陶诗中有时甚至一句中大部分都是虚词，比如"馁也已矣夫""已矣何所悲"，五个字中有三个字都是虚词，再比如"当复何及哉"一句，只有一个"及"字是实词。这样的稀释减缓了意义的表达，而增加了表达时作者语气的起伏和情感的流动，从而更接近艺术。

除虚词之外，陶诗的议论还非常喜欢用反问的句式：

三皇大圣人，今复在何处？(《形影神》)

① 钱钟书：《谈艺录》，生活·读书·新知三联书店2001年版，第210页。
② 袁仁林：《虚字说》，中华书局2004年版，第11页。
③ 刘淇：《助字辨略》，中华书局1954年版，第4页。

日醉或能忘，将非促龄具？（《形影神》）

不觉知有我，安知物为贵？（《饮酒》其十四）

所谓“今复在何处”即“今已不知处”，“将非促龄具”即“亦是促龄具”，“安知物为贵”即“不知物为贵”，但用反问的句式却至少有两个好处，首先是语气更强烈，其次是反问句比陈述句更富有表情，更像说话的口吻。这使得诗歌的议论不再只是一板一眼地陈述观点，而是可以更有个性、更有张力、更有表现力地表达出来。陶渊明诗中使用反问句式的议论性诗句非常多，单是反问词就有“安”“岂”“孰”“讵”“曷”“奚”“敢”“如何”等。这众多而复杂的反问，就使得陶诗议论的神情更跌宕多姿。

除了使用虚词和反问句式外，陶渊明甚至直接用一些表示“说”的词语，使得议论的语气更像在聊天说话，更亲切自然：

人亦有言，称心易足。（《时运》）

谁云其人亡，久而道弥著。（《咏二疏》）

问君何能尔？心远地自偏。（《饮酒》其五）

大象转四时，功成者自去。借问衰周来，几人得其趣？（《咏二疏》）

“人亦有言”是《诗经》就有的议论方式，比如《大雅·烝民》“人亦有言，柔则茹之，刚则吐之”。后世也有不少作家继用这种方式，比如魏文帝曹丕《短歌行》“人亦有言，忧令人老”，王粲《赠士孙文始》“人亦有言，靡日不思”。“人”是第三方的说话者，用“人亦有言”这样引述第三方话语的方式，客观上造成了一种暗示，即读者正在和作者进行着对话。“谁云其人亡”也是同样的效果。将“谁云”“谁说”这样平常只用在对话中的词语放进诗中，应当是作者刻意经营一种亲切对话的议论方式。“问君何能尔”是作者故意空出说话的主体，让读者瞬间进入对话系统。“借问衰周来”则是直接把读者放到了对话者的位置，而使读者比较容易进入作者的世界。

此外，陶诗的议论还从结构上展示峰回路转、奇崛矫健的文法特征，与其平淡的整体风格有所区别。《冷斋夜话》载苏东坡语云：“渊明诗初视若散缓，熟读有奇趣。如‘暧暧远人村，依依墟里烟。狗吠深巷中，鸡鸣桑树颠。’又曰：‘采菊东篱下，悠然见南山。’大率才高意远，则所寓得其妙，遂能如此，如大匠运斤，无斧凿痕，不知者则疲精力，至死不悟。”[①]魏耕原先生论陶诗曰：“或奇彩呈露，或淡与奇分裂而成两橛，或乍看散缓，熟视骨力内充，却有奇趣；或乍伏复起，抑扬跌宕。或如《东坡题跋》卷一所言：‘外枯而中膏，似澹而实美’。”[②]皆说明陶诗外显平淡、内蕴奇崛的审美特征。而陶渊明的议论句和议论诗则大多在外在特征上便呈示出“奇崛矫健”之风格。例如其《连雨独饮》有“试酌百情远，重觞忽忘天。天岂去此哉，任真无所先”之句，仿佛“狂药昏瞀之语”，明代黄文焕评价此句说，“曰‘忘天’，曰‘天岂去’，曰‘无所先’，三语三换意，生尽之感，天实为之，一觞未能忘也，重叠则忽忘之矣。苍苍之天忘，而胸中磊落之天，乃愈以存矣”。他还引沃仪仲的话说，“他作谈生死，犹是彭殇齐化之达观，独此忘天任真，形化心在，诚有不随生存、不随死亡者。一生本领，逗泻殆尽”[③]。又如《形影神》一诗，清代陈祚明评价说“如此理语，矫健不同宋人，公固从汉调中脱化而出，作理语必琢令健，乃不卑”[④]。再如《杂诗》，魏耕原先生总结说，其中“有‘晋时人质语’（陈祚明语）——‘正尔不复得’（其八），有‘霸气语’（王夫之语）——‘挥杯劝孤影’

① 陶潜著，汤汉笺注：《笺注陶渊明集》卷二，元刻本。

② 魏耕原：《外淡而内奇：陶诗的审美追求》，《陕西师范大学学报》（哲学社会科学版），2007年第4期。

③ 黄文焕：《陶诗析义》卷二，清光绪二年刻本。

④ 陈祚明：《采菽堂古诗选》卷十三，清康熙刊本。

（其一），有‘险语’（何焯语）——‘素标插人头’，有‘寻常语说得如此警透’（温汝能语）——‘值欢无复娱’（其五），还有‘豪杰语’，以及壮语、悲语，‘沉着痛切’语（郑文焯谓其六），当然还有平淡语，但总体语意精警，促人深省，荡动人思潮，绝没有‘静’感与‘平淡’的意味”①。可见“奇崛”的外显特性确实存在于陶诗议论之中。正如黄文焕《陶诗析义自序》所云：“析之以炼字炼章，字字奇奥，分合隐现，险峭多端，斯陶之手眼出矣。钟嵘品陶，徒曰隐逸之宗；以隐逸蔽陶，陶又不得见也。析之以忧时念乱，思扶晋衰，思抗晋禅，经济热肠，语藏本末，涌若海立，屹若剑飞，斯陶之心胆出矣。”②

结构上的路转峰回、异军突起也是导致陶诗议论“奇崛”的审美特征的重要原因。学者郑敏认为诗的内在构思的结构，是诗歌魅力的来源之一。他说，“当诗人要徐徐展开一个真理时，诗的结构也常常是起始略平淡、缓慢而在结尾时奇峰突起，猛然揭示一个真理，诗至此结束了，但在读者的头脑里仍然余音缭绕”。他便举了陶渊明的《饮酒》其五为例。其实陶诗中又何止这一首，《拟古》其七云：“皎皎云间月，灼灼叶中华。岂无一时好，不久当如何？”云间月、叶中花都是自然美好的代表，更加上是皎皎之月、灼灼之花，更是灿烂异常、兴奋异常。然而“酣歌场中，忽然猛省”“‘灼灼’句下一跌，灵醒之至”③。“皎皎”“灼灼”的热烈美好，与“岂无”“当如何”的刺骨冷语相接，令人千古之后犹百感交集。比又如《己酉岁九月九日》：“万化相寻绎，人生岂不劳！从古皆有没，念之中心焦。何以称我情？浊酒且自陶。千载非所知，聊以永今朝。”前面说

① 魏耕原：《外淡而内奇：陶诗的审美追求》，《陕西师范大学学报》（哲学社会科学版），2007年第4期。

② 黄文焕：《陶诗析义》卷首，清光绪二年刻本。

③ 北京大学北京师范大学中文系、北京大学中文系文学史教研室编：《陶渊明资料汇编》下册，中华书局1962年版，第238、236页。

万化相寻、人生劳苦，又自古不能不死，说得悲情无限，最后四句猛然一转，说千载以后非我所知，因而所谓“万化”“人生”，所谓“从古”，所谓将来，以及诗歌前面所描述的草木凋落、蝉去雁来，均不能影响我之心境，我非无心于世，只是要无入而不自得。所以清代邱嘉穗《东山草堂陶诗笺》卷三评价这几句说，“末四句忽以素位不愿外意掉转，大有神力”①。陶诗中类似这种峰回路转的议论还有很多，它们造成了陶诗的跌宕起伏和惊喜连连。

三、意象融入与戏剧介入

诗歌的意象可以有两种，一种是本身不带什么特别含义，而是要置入语境中才能彰显其内涵，比如陶诗中常出现的飞鸟、菊花、松树等。另一种则意象本身就带有价值判断和情感倾向，陶渊明诗歌中就创造出不少此类意象：

> 少无适俗韵，性本爱丘山。误落尘网中，一去三十年。羁鸟恋旧林，池鱼思故渊。开荒南野际，守拙归园田。方宅十余亩，草屋八九间。榆柳荫后檐，桃李罗堂前。暧暧远人村，依依墟里烟。狗吠深巷中，鸡鸣桑树颠。户庭无尘杂，虚室有余闲。久在樊笼里，复得返自然。（《归园田居》其一）

诗中“俗韵”“尘网”“樊笼”等意象都带有对世俗社会负面的判断。“俗韵”指的是普通人的价值倾向，但“俗”这个词隐隐透出作者对这种价值倾向的不欣赏。明代黄文焕说“入道必有高韵，适俗必有媚韵，体骨不媚，无以合彼之韵中”②，所以“俗韵”是与“高韵”相对的，是层次较低的价值取向。如果要是受制于这种取向，则是媚俗，必然沉沦于世俗的尔虞我诈之中，沃仪仲曰：“有适

① 邱嘉穗：《东山草堂陶诗笺》卷三，清闽西邱氏刻本。

② 黄文焕：《陶诗析义》卷二，清光绪二年刻本。

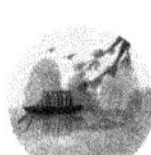

俗之韵则拙不肯守，不肯守便机巧百端，安得复返自然？”[①]可见“俗韵”是一种居高临下的说法，带有显著的高低评判。“尘网”是两种意象叠加而造成的一种价值判断。“尘”是指凡尘、凡世，“网”是牢笼、束缚、捆绑的形象。这两种形象叠在一起，让我们感觉世俗凡尘便好像是一张巨大的网罗，笼罩在我们每一个人头上，人们在其中困顿、挣扎却无法逃脱。显然这也带有很强的议论性，查初白的《初白庵诗评》说“‘返自然’三字，道尽归田之乐，可知尘网牵率，事事俱违本性矣”[②]，凡尘俗世是禁锢心灵、有违本性的，是不值得留恋的，这是陶渊明在这一意象中表达出的判断。“樊笼”表达的是对官场的厌烦，清代蒋薰评《陶渊明诗集》说，“元亮以居官为樊笼，不知八十余日作何等烦恼，无论三十年间矣”。前面的“羁鸟”“池鱼”也是表达相同的意思，清代诗评家评此诗说“靖节八十日彭泽，想同羁鸟池鱼也”[③]。不论“尘网”“樊笼”、还是“羁鸟”“池鱼”，都与“束缚”“不自由”相关，而这种对自由的向往、对束缚的反感是陶渊明终身秉持的价值观和情感倾向。

> 相知何必旧，倾盖定前言。有客赏我趣，每每顾林园。谈谐无俗调，所说圣人篇。或有数斗酒，闲饮自欢然。我实幽居士，无复东西缘。物新人惟旧，弱毫多所宣。情通万里外，形迹滞江山。君其爱体素，来会在何来？（《答庞参军并序》）

平庸、无趣、客套的谈话叫“俗调”，作者把它与“圣人篇”相对，显然含有一定的贬低之义，似乎对以前所经历的官场“大有不

---

① 黄文焕：《陶诗析义》卷二，清光绪二年刻本。

② 查初白：《初白庵诗评》卷上，见北京大学北京师范大学中文系、北京大学中文系文学史教研室编：《陶渊明资料汇编》下册，中华书局1962年版，第52页。

③ 北京大学北京师范大学中文系、北京大学中文系文学史教研室编：《陶渊明资料汇编》下册，中华书局1962年版，第51、52页。

堪回首之概”[①]。“东西缘”这个词更有趣，它指的是官场生态，与“幽居”相对，宋代诗人汪藻《次韵吴明叟集鹤林》：“支头涧底石，濯足松下泉。吾生倘有此，无复东西缘”（《浮溪集》），宋代薛季宣《早行》中也有“不辞风露冷，欲了东西缘”的句子（《浪语集》）。“东”和“西”这两个简单的方位词在这里组合成一幅忽东忽西、来回奔波、满身尘垢、疲于奔命的忙碌景象，其中便隐含了作者的褒贬态度了。

此外例如《归园田居》其二中有“野外罕人事，穷巷寡轮鞅。白日掩荆扉，虚室绝尘想”，《辛丑岁七月赴假还江陵夜行涂口》一诗中有“闲居三十载，遂与尘事冥。诗书敦宿好，林园无世情”。所谓“人事”“轮鞅”“尘想”，所谓“尘事”“世情”，都隐约带着作者较为负面的评价。宋真德秀《跋黄瀛甫拟陶诗》称“《荣木》之忧，逝川之叹也；《贫士》之咏，箪瓢之乐也。《饮酒》末章有曰：‘羲农去我久，举世少复真。汲汲鲁中叟，弥缝使其淳。’渊明之智及此，是岂玄虚之士所可望耶？虽其遗宠辱，一得丧，其有旷达之风，细玩其词，时亦悲凉感慨，非无意世事者，或者徒知义熙以后不著年号，为耻事二姓之验，而不知其眷眷王室，盖有乃祖长沙公之心，独以力不得为，故肥遁以自绝，食薇饮水之言，衔木填海之喻，至深痛切，顾读者弗之察耳。渊明之志若是，又岂毁彝伦、外名教者可同日语乎！”渊明之学自经术中来，却以譬喻、意象形之于诗，真不可掩者。

除了意象式议论，陶诗还将议论与戏剧性场景或要素相融织，从而增加可读性，减少枯燥感。比如《形影神》一诗中，作者推出了形、影、神这三个形象，并安排这三个形象进行对话。有人物、有对话，甚至还有戏剧冲突。作者把哲理放入这样一个戏剧性的框

① 魏耕原:《陶诗“平淡”说反思》,《陕西师范大学学报》(哲学社会科学版),2004年第5期。

架中，避免了干巴巴地讲道理的模式，又摆脱了端庄严肃的说教姿态，因而增加了说理的通俗性和趣味性。王叔岷先生认为，“说理诗，大都平淡寡味，如此三首，以亲切之问答，写高旷之理趣，所以为难也”[①]，正说出此点意思。我们再看另外一首诗：

清晨闻叩门，倒裳往自开。问子为谁欤？田父有好怀。壶浆远见候，疑我与时乖。“褴褛茅檐下，未足为高栖。一世皆尚同，愿君汩其泥。”“深感父老言，禀气寡所谐。纡辔诚可学，违己讵非迷。且共欢此饮，吾驾不可回。”（《饮酒》其九）

方东树说，“《清晨闻叩门》，又幻出人物来，较之就物言，更易托怀抱矣。此诗夹叙夹议，托为问答，屈子《渔父》之旨”[②]。人物和对话本就是戏剧要素，何况这首诗的人物描写非常有画面感，如写“我”“清晨闻叩门，倒裳往自开”，写田父“壶浆远见候”，再加上敲门和问答的声音，它的戏剧要素就十分丰富了。对话的内容更是路转峰回、一开一合，十分具有戏剧性，吴菘的《论陶》评论此诗：“‘深感父老言’以下，‘纡辔诚可学’，作一开；‘违己讵非迷’，作一阖；‘且共欢此饮’，再一开；‘吾驾不可回’，再一阖，抑扬尽致。”[③]这样的效果，再加上前面非常具有戏剧感的叙述，作者所托的怀抱就非常容易被读者所感知了。

陶渊明的有些诗歌只是在议论性的句子中加上少量戏剧性的画面，就使得整个议论生趣盎然。比如《劝农》中的一段：

气节易过，和泽难久。冀缺携俪，沮溺结耦。相彼贤达，犹勤陇亩。矧兹众庶，曳裾拱手！

① 王叔岷：《陶渊明诗笺证稿》，中华书局2007年版，第73页。

② 方东树：《昭昧詹言》，人民文学出版社1961年版，第114页。

③ 龚斌：《陶渊明集校笺》，上海古籍出版社1996年版，第230页。

前面都还是中规中矩的议论，最后一句“曳裾拱手”却极富戏剧性，“曳裾”是拖着大大的衣襟，“拱手”是两手敛在袖子里，指的是无所事事的样子。不说“无所事事”而以一种戏剧性的画面代替，写得可爱至极，蒋薰评论这一句“说惰农趣甚”[①]，温汝能也说“曳裾句绘出惰农，犹觉有致”[②]。如果改为“无所事事”的话，一下子就味道索然了。再比如《挽歌诗》其一：

有生必有死，早终非命促。昨暮同为人，今旦在鬼录。魂气散何之？枯形寄空木。娇儿索父啼，良友抚我哭。得失不复知，是非安能觉？千秋万岁后，谁知荣与辱？但恨在世时，饮酒不得足。

全诗几乎都是议论，只在中间一句夹了一句描写，“娇儿索父啼，良友抚我哭”，一个不声不动的、直挺挺的、死了的“我”的形象就忽然地躺在了读者的面前。有了这个画面，读者的思维才有了想象的依托，后面的“得失不复知，是非安能觉”等才会被读者非常简便地感受到。陶渊明就有这样的本领，他总能让高深的哲理融进他所安排的形象中来，使得哲理极有画面，而形象极有涵蕴。如果看整首的《挽歌诗》，这样的戏剧场面还有连续性，从“娇儿索父啼，良友抚我哭”到“肴案盈我前，亲旧哭我傍”，再到“亲戚或余悲，他人亦已歌”，加上“我”丰富细腻的心理活动，再加上荒草茫茫、白杨萧萧的场景，马嘶风鸣送“我”下葬的场面等，真是一场主人公为死人的热热闹闹的“送死”多幕剧。

① 蒋薰评:《陶渊明诗集》卷一，见北京大学北京师范大学中文系、北京大学中文系文学史教研室编:《陶渊明资料汇编》下册，中华书局1962年版，第23页。

② 温汝能:《陶诗汇评》卷一，见北京大学北京师范大学中文系、北京大学中文系文学史教研室编:《陶渊明资料汇编》下册，中华书局1962年版，第25页。

四、层见叠出与进退徘徊

陶渊明的论理诗开始出现多层次性、两难性的结构特征。这种结构特征给予读者矛盾性的选择，而每种选择都带着他真诚的情感，因而引领着读者真情地思考、痛苦地徘徊。试看其《形影神》三首：

> 贵贱贤愚，莫不营营以惜生，斯甚惑焉。故极陈形影之苦，言神辨自然以释之。好事君子，共取其心焉。
>
> 形赠影
>
> 天地长不没，山川无改时。草木得常理，霜露荣悴之。谓人最灵智，独复不如兹。适见在世中，奄去靡归期。奚觉无一人，亲识岂相思？但馀平生物，举目情凄洏。我无腾化术，必尔不复疑。愿君取吾言，得酒莫苟辞。
>
> 影答形
>
> 存生不可言，卫生每苦拙。诚愿游昆华，邈然兹道绝。与子相遇来，未尝异悲悦。憩荫若暂乖，止日终不别。此同既难常，黯尔俱时灭。身没名亦尽，念之五情热。立善有遗爱，胡为不自竭？酒云能消忧，方此讵不劣！
>
> 神释
>
> 大钧无私力，万理自森著。人为三才中，岂不以我故！与君虽异物，生而相依附。结托善恶同，安得不相语！三皇大圣人，今复在何处？彭祖爱永年，欲留不得住。老少同一死，贤愚无复数。日醉或能忘，将非促龄具？立善常所欣，谁当为汝誉？甚念伤吾生，正宜委运去。纵浪大化中，不喜亦不惧。应尽便须尽，无复独多虑。

对于这首诗的主旨，古今评论者有很多不同的理解。今人龚斌的《陶渊明集校笺》总结说：“《形影神》三首集中体现了陶渊明的哲学观与人生观，历来论渊明思想者，莫不注重研讨其思想内涵，但在理解方面分歧很大。陈仁子、马墣、黄文焕、沃仪仲等人以为此诗主旨是强调立善。陈仁子辑《文选补遗》卷三十六：'生必有死，惟立善可以有遗爱，人胡不自竭于为善乎？谓酒能消忧，比之此更为劣尔。观渊明此语，便是孔子朝闻道夕死，孟子修身俟命之意，与无见于道，流连光景以酒消遣者异矣。'马墣《陶诗本义》卷二：'其中得酒、立善、委运三层，惟一立善而已。'……有人则认为《形影神》三首体现的是道家思想。何焯《义门读书记》：'末篇言纵欲足以伐生，求名犹为愿外，但委运以全吾神，则死而不亡，与天地俱永也。'吴瞻泰《陶诗汇注》曰：'"委运"二字是三篇结穴，"纵浪"四句正写委运之妙归于自然。'"[①]以上的这些观点，不论是认为"立善"是主旨，还是认为"委运"是主旨，都怀着一种偏见，即认为《神释》篇才代表陶渊明的真正意思，其他两篇都只是它的铺垫，只是陶渊明所要批判的世俗的观点而已。这一点实在让人难以接受。

从前文分析已知，陶渊明的议论都是从切身的感受出发，而不喜欢作单纯的理性游戏。《形影神》亦是如此。不论《神释》或《形赠影》《影答形》，都与陶渊明的自身生命息息相关，都带着他真诚热烈的感情。看他的诗句"但余平生物，举目情凄洏"，"身没名亦灭，念之五情热"，写得何其动情。我们都知道陶诗自然浑朴、不为文造情，"不为诗，写其胸中之妙尔"，为什么单单这两首我们认为与陶渊明自身无关呢？我们再看《己酉岁九月九日》："万化相寻绎，人生岂不劳！从古皆有没，念之中心焦。何以称我情？浊酒且自陶。千载非所知，聊以永今朝"，与《形影神》表达的意思几乎同出一辙。

我比较同意王叔岷先生的说法，他说："陶公富于诗人之情趣，

① 吴瞻泰:《陶诗汇注》卷二,清康熙四十四年刻本。

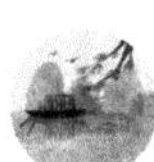

兼有儒者之抱负，而归宿于道家之超脱。三诗分陈行乐、立善、顺化之旨，为陶公人生观三种境界。”[①]我觉得需要补充的是，所谓“归宿于道家之超脱”并非一件简单的事情，要脱离“诗人之情趣”与“儒者之抱负”也是很难做到的事情，所以《神释》说“应尽便须尽，无复独多虑”，“多虑”表明了曾经的多重挣扎，而“无复”又影影绰绰地让我们感觉到作者对自己今后真能做到“应尽便尽”的怀疑。

作者提出了一组相互矛盾的人生哲学，但显然，他无法给出“正确的答案”：每一种哲学都有自己的可取之处，每一种哲学又并非完美无缺到可以舍弃其他哲学。这样，就形成了一种有趣的景象——几组哲学之间形成了一种两难的对峙，它们各自独立存在，又彼此不能被说服。无论是哪一组，作者都满怀深情地辩护，满眶热泪地感慨，因为他的每一句话都源自真实的生命，因此感动了无数生命，同时也激发了无数人的思考。他们跟随作者的声音，在这些哲学观念中徘徊、取舍、忧郁、苦恼，然而正是这一过程，引导他们慢慢走向深刻。

这种和盘呈现自己矛盾的、多层次的思维结构和生命结构的诗歌议论，来源于赋体的问对模式，并在此基础上得到了发展。《文心雕龙·杂文》云：“自《对问》以后，东方朔效而广之，名为《客难》，托古慰志，疏而有辨。扬雄《解嘲》，杂以谐谑，回环自释，颇亦为工。班固《宾戏》，含懿采之华；崔骃《达旨》，吐典言之裁；张衡《应间》，密而兼雅；崔寔《客讥》，整而微质；蔡邕《释诲》，体奥而文炳；景纯《客傲》，情见而采蔚；虽迭相祖述，然属篇之高者也。”[②]刘勰所举问对之文，皆是将自己一人之意，分作两角色对语。然而这些作品中的问对双方，最终会有一方胜出，到达一个作

① 王叔岷：《陶渊明诗笺证稿》，中华书局2007年版，第91页。

② 范文澜：《文心雕龙注》，人民文学出版社1958年版，第254页。

者所认定的结论。所有汉魏晋辞赋中的假设问对，大体如此。后世有不少摹拟陶渊明《形影神》之作，实际上还是用的赋体的问对结构。比如白居易拟《形影神》所作的《自戏三绝句》：

闲卧独吟，无人酬和，聊加身心相戏往复，偶成三章。

心问身云何泰然，严冬暖被日高眠。放君快活知恩否，不早朝来十一年。（《心问身》）

心是身王身是宫，君今居在我宫中。是君家舍君须爱，何事论恩自说功。（《身报心》）

因我疏慵休罢早，遣君安乐岁时多。世间老苦人何限，不放君闲奈我何。（《心重答身》）

显然，最后一章才是作者真正的意思，是本诗的结论，而前面两章都只是为了后面一章做铺垫。《形影神》则不同，我们不能把《神释》当作陶渊明的最后结论，“日醉或能忘，将非促龄具？立善常所欣，谁当为汝誉”也只是他赌气式的反省，并不能对“得酒”和“立善”作逻辑上的实质性的否定。宋叶梦得的《玉涧杂书》说：“‘日醉或能忘，将非遐龄具’，所以辨养之累。曰‘立善常所忻，谁当为我誉’，所以解名之役。虽得之矣，然所致意者，仅在遐龄与无誉。不知饮酒而寿，为善而见知，则神亦可汲汲而从之乎？似未能尽了也。”[①]所谓“未能尽了”，指的是这三者的矛盾并未解决。而实际情况也是如此。《形影神》写于义熙九年，而写于义熙十二年的《饮酒》、写于元熙二年的《咏贫士》[②]又分明表达了对“得酒”和“立善”的向往，写在生命最后一年的《挽歌诗》还有这样的句子：“千秋万岁后，谁知荣与辱？但恨在世时，饮酒不得足”，可见这样

① 见宋长白:《柳亭诗话》卷二十六,清康熙天苗园刻本。

② 此处写作年代据杨勇《陶渊明年谱》,见杨勇:《陶渊明集校笺》,上海古籍出版社2007年版,第380页。

的矛盾几乎是伴随陶渊明一生的，具有整体性意义。整体性的另外一个方面表现在：陶渊明的矛盾不仅是个人的矛盾，而是所有中国知识分子的矛盾，有学者认为“在儒、道之间的游走和平衡”是中国古代知识分子的整体心态，因此可以说陶渊明的两难正是中国传统知识分子的整体性两难。这首诗用艺术的形式概括出带有普遍意义的人生命题，引领了古今数以万计的读者进行思考与徘徊，这是它拥有的超越诗歌本身哲学话题的重大意义。如果说先秦汉魏诗歌只是在片段上输入哲理，那么《形影神》则是在整体构架上直接呈现了这种追求。

综本章所述，陶渊明的议论依于现实人生，质朴而又高妙，深刻而又感性。议论性意象的创造使得诗歌的议论渗透到细节，两难议论的出现开发了诗歌议论的层次性和可味性，戏剧效果的加入增加了诗歌议论的可读性，虚词的巧妙运用则增加了议论的亲切感。他带领我们面对死亡、感受死亡、思考死亡，他的思索牵动着我们的感情，他的挣扎引起了我们感同身受的徘徊，他的思考也是全人类的思考，所以能感动全人类。这些都是陶诗议论成功的重要因素。

然而，这些特色有一个共同的根基，那就是本于性情。王夫之谓：“诗虽一技，然必须大有原本，如周公作诗云：‘于昭于天’正是他胸中寻常茶饭耳，何曾寻一道理如此。”[①]本于性情，故不刻意为无根之议论。不事造作，将道理从自己性情上发出，方可能于读者有兴、观、群、怨之力量。

第二节　大勇若怯：陶渊明对于死亡命题的巡视与凝视

陶渊明是第一次大规模地、细致地讨论死亡命题的诗人。汉魏诗歌之中，讨论人生无常、死亡不免的诗歌已经不在少数，晋代以

① 王夫之：《船山全书》第十四册，岳麓书社1996年版，第1169页。

来也有不少继轨之人。但像陶渊明如此近距离地审视死亡，如此大规模地探讨死亡的，在中国诗歌史上是前无古人的。对于陶渊明的生死观问题，前贤已经有不少讨论①，但尚有一些问题前贤未及探讨，本文试讨论之。

一、陶渊明对于死亡问题的多方位巡视

陶渊明似乎热衷于感受和描述死亡，在他为数不多的一百二十多首诗中，便将近有四十首与死亡直接或间接相关。这些诗歌从不同角度审视了死亡：

其一，哀悼他人的死亡。其堂弟仲德去世后，陶渊明悲伤地写道："衔哀过旧宅，悲泪应心零。借问为谁悲，怀人在九冥。……翳然乘化去，终天不复形。迟迟将回步，恻恻悲襟盈。"他又虔诚而细致地体会三良死于非命前的心情，"一朝长逝后，愿言同此归。厚恩固难忘，君命安可违"，然后真诚地祭奠，"荆棘笼高坟，黄鸟声正悲。良人不可赎，泫然沾我衣"。对于他的异母所生的妹妹以及他的堂弟的逝世，他都极其悲痛，分别写了一篇祭文哀悼。《祭程氏妹文》写道："如何一往，终天不返！寂寂高堂，何时复践？藐藐孤女，曷依曷侍？茕茕游魂，谁主谁祀？奈何程妹，于此永已！死如有知，相见蒿里。呜呼哀哉！"揪心至极，沉痛至极。与此同类的还有《祭从弟敬远文》等。对逝去的亲朋的态度，无疑是一个人对待生死的一把标尺。

其二，想象自己的死亡。这一类诗中以《拟挽歌辞三首》最典型。他想象亲人朋友围着自己哭泣；平时喝不到的酒也摆上了桌子，

① 参见袁玲玲：《一次对死亡的精神漫游——评陶渊明的〈挽歌诗三首〉》，《九江师专学报》，2003年第2期；赵鲲：《死去何所道：陶渊明诗文中的死亡意识》，《解放军艺术学院学报》，2013年第3期；玉璟：《陶渊明晚年对死亡的思虑与释然》，《九江学院学报》（社会科学版），2015年第4期。

而自己却又不能动弹，连说话也不可能，眼睛都无法睁开；终于被送出去下葬了，送葬者各自还家。自己的死亡似乎没对世界造成多大困扰，亲人们或许还带着悲伤，但其他的人们却已经哼起了歌曲。这些细节写得很精致，都是作者凭空想象出来的产物。他的《自祭文》说，“寒暑愈迈，亡既异存，外姻晨来，良友宵奔，葬之中野，以安其魂。窅窅我行，萧萧墓门，奢耻宋臣，俭笑王孙，廓兮已灭，慨焉已遐，不封不树，日月遂过”。亲戚们清早赶来吊唁，朋友得到消息也会连夜赶来。为了让我的魂魄得以安定，我被安葬在寂静的荒原。从此俗世上再也见不到我的影子，我只在无边的静谧和黑暗中穿行。这是第二大类。

其三，感叹死亡之不免。“人生若寄，憔悴有时。静言孔念，中心怅而”（《荣木》），“流目视西园，晔晔荣紫葵。于今甚可爱，奈何当复衰”（《和胡西曹示顾贼曹一首》），“万化相寻绎，人生岂不劳。从古皆有没，念之中心焦”（《己酉岁九月九日一首》），“人生似幻化，终当归空无”（《归园田居六首》其四），这些诗句似乎是作者不停地在警醒自己，人终有一死，“在毁竟不免”（《悲从弟仲德》），而我们却还一事无成，念之断人肠。这是第三大类，数量很多。

其四，慨叹生命之短暂。庄子说“方生方死”，生命的开端也意味着死亡的开始，个体的生存一开始就是慢性的死亡。陶渊明熟读庄子，当然明白这个道理。尤其是他一生多病，又已经到了年龄不小的时候，更是真切地感受到生命的一点点流逝。《游斜川》小序写道：“悲日月之遂往，悼吾年之不留”，岁月去而不能返，眨眼间就已经五十岁了，“吾年行归休”，这是让人感伤的。《岁暮和张常侍》中他感到时间就像快马奔驰，又是一年到尽头，“明旦非今日，岁暮余何言！素颜敛光润，白发一已繁。阔哉秦穆谈，旅力岂未愆”，自己已是苍颜白发，老之颓颓。这类诗数量也较多。

陶渊明巡视了死亡的各个方位，以至于陶渊明表述死亡的词语都异常丰富。比如“死”“去”“故”“没”“终”“亡”“毁”“老”“夭”“丧”“冥”“尽”“休”“归尽”“没世”“身后”“殒身”“备椁”“寿命尽”等。这至少表明陶渊明对“死亡”是极其关注的。

二、陶渊明对于死亡态度的复杂性与流动性

关于陶渊明对死亡的态度，学者们大多倾向于认为陶渊明的态度是超越的、超脱的、委运任化的，依据往往是《形影神》中的《神释》。也有些学者认为陶渊明还对死亡存在着不安和恐惧，比如鲁迅先生等。陶渊明可以说一辈子都在关注着生死的问题，从四十岁时写的《荣木》，到晚年的《挽歌诗》和《自祭文》，他一直在生死问题上盘桓着。他对死亡巡视的多面性是前所未有的，他不仅像汉魏诗人一样感慨人生短暂、死亡不免，也会像孔子一样感叹时去如川，他不仅哀悼悲悯他人的死亡，也有时想象自己死亡的情形。他对死亡的前前后后有着细致到细节的体会，他还对花落树凋有着如同身受的感伤，他对千百年前的贤者死亡感到遗憾，他对自己死去千百年后的声名心中挂念。同时，他从思考死亡、体会死亡中而得到的感受也丰富异常。如果通过文本，总结陶渊明在诗歌中呈示的对死亡的情绪和态度，大概有以下几端：

（一）忧惧。“皎皎云间月，灼灼叶中华。岂无一时好？不久当如何”（《拟古九首》）。看到皎洁的月亮、繁盛的花儿，却想到月儿圆了会缺，花儿开了会败，岁月年华亦复如是。不同的是日月有轮回，花谢复花开，人的年华逝去却无法挽回了。“气力渐衰损，转觉日不如。壑舟无须臾，引我不得住。前途当几许，未知止泊处。古人惜寸阴，念此使人惧”（《杂诗十二首》），作者真切地感受到死亡的日日相逼近，却无能为力，对于死亡究竟为何物、死后究竟去往何处又渺不可知，因而会产生恐惧。

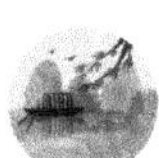

（二）调侃。袁行霈在讨论《拟挽歌辞》的编年时说："兹细玩《拟挽歌辞》，诙谐达观，想象死后情形，绘声绘色，语带讥讽"[①]，确实如此。"在昔无酒饮，今但湛空觞。春醪生浮蚁，何时更能尝"，完全是一派调侃的口气。"娇儿索父啼，良友抚我哭"，"肴案盈我前，亲旧哭我旁"，"四面无人居，高坟正嶕峣"，又完全是一种旁观者的心态和语气。好像自己是个局外人，在欣赏自己死亡的前前后后。这显然是一种幽默的态度。

（三）伤感。"采采荣木，结根于兹。晨耀其华，夕已丧之。人生若寄，憔悴有时。静言孔念，中心怅而。"（《荣木》）人生也像那华美的树木，有生就有死，而生命十分短暂，让人无奈，又惆怅。王国维从叔本华学说中引论出悲剧之三种结构类型：第一种是由于极坏的人运用他的能力而导致的悲剧；第二种是由于盲目不公的命运导致意外的变故从而产生的悲剧；第三种悲剧不是因为有极坏之人，也没有意外的变故，只是普通的人、普通的境遇，却又无法逃脱的悲剧。王国维认为第三种悲剧最不可避免，也最打动人心。[②]死亡正是这种悲剧，无法逃脱，不可回复，"日月有环周，我去不再阳"（《杂诗十二首》），这使得陶渊明非常伤感，"忆此断人肠"。

（四）顺化。所谓顺化就是委运任化、一任自然，不为之喜，也不为之忧。"穷通靡攸虑，憔悴由化迁"（《岁暮和张常侍》），生死自由命，富贵乃在天，这些都不是我们能控制的，何必费心，何必烦恼呢？"甚念伤吾生，正宜委运去。纵浪大化中，不喜亦不惧。应尽便须尽，无复独多虑"（《形影神》），"寓形宇内复几时？何不委心任去留？""聊乘化以归尽，乐夫天命复奚疑？"（《归去来兮辞》），生死荣衰，莫非自然，倒不如乐天知命，自然而然吧！

---

① 袁行霈：《陶渊明集笺注》，中华书局2003年版，第421页。

② 王国维：《红楼梦评传》，见《王国维文学论著三种》，商务印书馆2001年版，第14—15页。

（五）逃避。幻想获得长生、逃离死亡。“翩翩三青鸟，毛色奇可怜。朝为王母使，暮归三危山。我欲因此鸟，具向王母言。在世无所须，唯酒与长年”；“自古皆有没，何人得灵长。不死复不老，万岁如平常。赤泉给我饮，员丘足我粮。方与三辰游，寿考岂渠央”，“丹木生何许，乃在密山阳。黄花复朱实，食之寿命长”（《读山海经》）。不论是翩翩青鸟，还是员丘之树，或者是赤泉之水，都激起陶渊明长生的渴望。而关于丹木，《山海经·西山经》说：“密山上多丹木，员叶而赤茎，黄花而赤实；其味如饴，食之不饥。”《山海经》只是说食之不饥，而陶渊明却说“食之寿命长”，黄文焕《陶元亮诗析义》解释说：“《经》于丹木只云食之可以不饥，此独添出可长寿命……丹木亦为玉液之所生，则凡食丹木者，不止于仅充饥明矣。”[1]这样的解释不能说没道理，然而本只是传说，未能尽合逻辑，再加以推理，总不出戏论。毋宁做这样的解释：陶渊明关注死亡，曾有延寿长生的渴望，他不信当时炼丹之术，就把眼光投向遥远的神仙之乡。他对能使人延长寿命的物事尤其敏感，树也好，泉也好，鸟兽也好，即使是止饥的丹木，也被他纳入幻想。这样的解释可能偏离了我们通常对陶渊明的期待，但我相信这是一个凡人的正常想法。

（六）弃置。孔子说：“如不可求，从吾所好”，反正求也无益，不如拨置莫念，从其所好。更何况“仁圣亦死，凶愚亦死，生则尧舜，死则腐骨，生则桀纣，死则腐骨，腐骨一矣，孰知其异？”《晋书·张翰传》：“使我身后名，不如即时一杯酒”，陶渊明也表达了这样的思想：“千秋万岁后，谁知荣与辱。但恨在世时，饮酒不得足”（《拟挽歌辞》）；“道丧向千载，人人惜其情。有酒不肯饮，但顾世间名。所以贵我身，岂不在一生。一生复能几，倏如流电惊。鼎鼎百年内，持此欲何成”（《饮酒》其三）；“从古皆有没，念之中心

① 黄文焕：《陶诗析义》卷四，清光绪二年刻本。

焦。何以称我情，浊酒且自陶。千载非所知，聊以永今朝”（《己酉岁九月九日》）。饮酒之外，纵情山林之乐，亦是其陶渊明从其所好的一方面：“山泽久见招，胡事乃踌躇。直为亲旧故，未忍言索居……去去百年外，身名同翳如”（《和刘柴桑》），何孟春注曰：“百年后，身名且不得存，况外物乎？然则‘弊炉何必广’、‘衣食当须纪’、‘耕织称其用’可也。”[①]“今我不为乐，知有来岁不。命室携童弱，良日登远游”（《酬刘柴桑》）；“静念园林好，人间良可辞。当年讵有几，纵心复何疑”（《庚子岁五月中从都还阻风于规林诗二首》）；“虽留身后名，一生亦枯槁。死去何所知，称心固为好”（《饮酒》其十一）。陶渊明曾说自己“性本爱丘山”，山泽园林一直是陶渊明兴味之所在，如今正好得以满足。

（七）憾恨。立功是儒家深入人心的传统观念，有着显赫的先祖和强烈宗族观念的陶渊明当然更是希望能通过功业之不朽来达到生命之延续。然而命运并非尽如人意。“日月掷人去，有志不获骋。念此怀悲凄，终晓不能静”（《杂诗》其二），何焯曰：“安溪先生云：二章悲事业之不就也，五章叹学行之无成也。”[②]《珊瑚钩诗话》说：“……及读阮籍、陶潜诗，然后知彼虽偃蹇，不欲与世接，然未能平其心，或为事物是非相感发，于是有脱而逃焉者也。”《碧溪诗话》云：“世人论陶渊明，皆以其专事肥遁，初无康济之念，能知其心者寡也。尝求其集，若云‘岁月掷人去，有志不获骋’。又云‘猛志逸四海，骞翮思远翥’，‘荏苒岁月颓，此心稍已去’。其自乐田亩，乃眷怀不得已耳。士之出处，未易为世俗言也。”所以《悲从弟仲德》说“在数竟不免，为山不及成”，悲的是仲德，更是自己，悲自己“总角闻道，白首无成”（《荣木》）。

（八）留名。《咏二疏》赞美疏受、疏广：“放意乐馀年，遑恤身

---

① 陶潜撰，何孟春注：《陶靖节集》卷二，明正德十六年刻本。

② 杨勇：《陶渊明集校笺》，上海古籍出版社2007年版，第202页。

后虑。谁云其人亡，久而道弥著”；《咏荆轲》：“惜哉剑术疏，奇功遂不成。其人虽已没，千载有余情”；《拟古九首》：“斯人久已死，乡里习其风。生有高世名，既没传无穷。不学狂驰子，直在百年中。”陶渊明也希望自己可以像他们一样，做一个死而流芳的隐士。

（九）俟命。仁义当胸，临死不惧。《咏三良》说“临穴罔惟疑，投义志攸希”，命虽终了，正气常在。陶渊明在《咏贫士》中写道：“朝与仁义生，夕死复何求”，此即“朝闻道，夕死可矣”，只要“道”长存心中，死亡其实并不可惧。

（十）疑惑。“前途当几许，未知止泊处”（《杂诗》其五），死亡之后究竟是什么所在？“藐藐孤女，曷依曷恃？茕茕游魂，谁主谁祀？”（《祭程氏妹文》）死亡之后又是什么个情形？作者心中其实一直有很多疑问。他在《自祭文》中写道：“人生实难，死如之何？呜呼哀哉！”这是他最后的作品，他仍然对死亡充满了追问，这也说明他对死亡的看法一直都未曾真正确定过。

通过如此琐碎地分类，我们能大致了解，陶渊明对于死亡的态度，不只是委运任化，也不只是忧惧，而是复杂的、动摇的、不停前行又回溯的。如果我们仅以其中一种我们认为高明的态度来限定他的想法，未免过于狭隘。为了证明陶渊明对死亡的情绪是有起伏的，我们不妨把以上我们举出的诗句的作年列出来。

对死亡的态度	诗歌	袁行霈先生陶渊明年谱	杨勇先生陶渊明年谱
忧惧	拟古九首	—	永初二年57岁
	杂诗其五	义熙元年54岁	义熙十年50岁
	祭程氏妹文	义熙三年56岁	义熙三年43岁
调侃	拟挽歌辞	隆安元年46岁	元嘉四年63岁
伤感	荣木	太元十六年40岁	元兴三年40岁
	杂诗其三	义熙元年54岁	义熙十年50岁

续 表

对死亡的态度	诗歌	袁行霈先生陶渊明年谱	杨勇先生陶渊明年谱
顺化	岁暮和张常侍	义熙十四年67岁	义熙十四年54岁
	形影神	义熙九年62岁	义熙九年49岁
	归去来兮辞	义熙元年54岁	义熙元年41岁
逃避	读山海经	义熙二年55岁	永初三年58岁
弃置（饮酒）	拟挽歌辞	隆安元年46岁	元嘉四年63岁
	饮酒其三	义熙十三年66岁	义熙十二年52岁
	己酉岁九月九日	义熙五年58岁	义熙五年45岁
弃置（山林）	和刘柴桑	义熙五年58岁	义熙七、八年47—48岁
	酬刘柴桑	义熙二年55岁	义熙八年48岁
	庚子岁五月中从都还阻风于规林诗二首	隆安四年49岁	隆安四年36岁
	饮酒其十一	义熙十三年66岁	义熙十二年52岁
憾恨	悲从弟仲德	暂系于义熙十三年66岁	义熙十三年53岁
	杂诗其二	义熙元年54岁	义熙十年50岁
	荣木	太元十六年40岁	元兴三年40岁
留名	咏二疏	—	景平元年59岁
	咏荆轲	—	景平元年59岁
	拟古九首	—	永初二年57岁
俟命	咏三良	—	景平元年59岁
	咏贫士	元嘉三年74岁	元熙二年56岁
疑惑	自祭文	元嘉四年76岁	元嘉四年63岁

从上面的这个表我们可以很清楚地看到，首先，陶渊明在不同的年龄对死亡有着类似的感受。他相对较前期的作品中也有任真的态度，相对后期的作品中也出现忧惧的情绪。有些情绪比如对死亡

的恐惧情绪和傲视死亡的任真情绪都是贯穿陶渊明整个后半生的。把陶渊明的生死观归纳为前期是忧惧，后期是委运任化的态度，也是不准确的。其次，在同一时期，陶渊明对死亡的感情是复杂的，比如按照袁行霈先生的年谱，陶渊明在五十四岁时的三篇作品《杂诗》其二、其五和《归去来兮辞》，都表达了对生命消亡的不同的感受；甚至同一个作品中，也反映出作者对死亡的复杂情绪，比如《形影神》一诗，很多学者认为《神释》才是陶渊明真正的思想，其实何妨三首都是他自己的真正感受呢？你看他的诗句"但余平生物，举目情凄洏"，"身没名亦灭，念之五情热"，多么动情。我们都说陶诗自然浑朴、不为文造情、"不为诗，写其胸中之妙尔"，为什么单单这两首我们认为不是陶渊明本来的感情呢？一个人是可以理智与情感同时具备的，而理智与情感本来就有距离，本身也各有层次，所以某个人对一个他所关注的事物具备着复杂的不同感觉完全是可以理解的。《神释》说："甚念伤吾身，正宜委运去"，"甚念"是情感的倾向，"伤吾身"是理智的认识，"正宜委运去"又是另一层理智。"应尽便须尽，无复独多虑"，"多虑"表明了曾经的多重挣扎，而"无复"又影影绰绰地让我们感觉到作者对自己今后真能做到"应尽便尽"的怀疑。可以说《形影神》是陶渊明对待死亡的理智与情感态度的多重展现。

三、凝视死亡与文学回应

对死亡的忧惧是起点，有忧惧才有可能想要逃避，在长生不老的传说中逃避对死亡的恐惧。然而理性告诉他有生必有死，经验告诉他生命正在一点点离去，逃避不了。儒家的三不朽盛业本是抗拒死亡的自古良方，但是一方面他天性厌恶喧闹，"总发抱孤介"，对官场有些反感；另外一方面他也命途不佳，再加上社会动乱、礼崩乐坏，他对建功立业虽然心底有些向往，但总归兴趣不大。况且不

只是走仕途才能留名后世，自古有很多隐士也能千古流芳，他又希望可以跟他们一样“千载有余情”。最理想的状态是像疏广、疏受那样，功成身退，同时完成立德与立功，兼顾理想和兴趣。毕竟这只是愿望，因为生命正眼看着慢慢衰弱，而自己却似乎一事无成。罢了罢了，不去想它了吧，反正死后的事谁都无法预料，我们还是好好活着，顾好当下吧，想喝酒喝酒，爱隐居隐居，其他都放下吧！其实这也是逃避，只不过是高级的逃避。逃到酒坛子里，逃到田园里，逃到旷达背后，内心依旧无法阻止恐慌。因为敏感的诗人看到花木的凋落就心灵震颤，看到容颜的憔悴就不住惆怅，碰到熟悉的日子又激动于已逝的时光，亲人们的故去更是让他无法逃离。他当然了解庄子的态度，但是“委运任化”不只是说说而已，就像任何一个最简单的道理一样，想要做到都谈何容易。于是忧惧、逃避、抗拒、放弃、随性，这些想法都在内心此消彼长地活动，只是有时显露在阳光下，有时躲在最深的心窝里。陶渊明也许最后也并没有弄清楚死亡是怎么一回事，所以他在最后的《自祭文》中发出了孩童般的疑惑：“死如之何?”

生死问题是陶渊明一生寻求解答又解答不了的问题，也是人类自文明起源以来共同面对的困惑。陶渊明在死生间徘徊的诗文孜孜以求的正是这生而为人的巨大困惑。这样的求索是漫漫而修远的长路，这样的求索又注定是义无反顾的旅程。

毋庸置疑，陶渊明是关注死亡的。当人们关注某一件事，用心感受和试图理解某一件事的时候，必然会产生丰富的心理体验。如果我们把这些感受和想法都一笔抹杀，而只注意其中某一点的时候，这个人物就不再鲜活了，就成了风干了的人物标本，哲学史上的一章一节而已。陶渊明的思想就像未凿七窍的混沌，如果你非要把他弄得面目清楚，最终很可能变得面目全非了。

陶渊明的死亡观的最大特点是敢于面对和凝视死亡。恐慌、伤感、忧惧、挣扎，都是因为面对。沉迷平庸才是真正的逃避。陶渊明对于死亡的“忧惧”，并非海德格尔所说的“惧怕”。海德格尔将“死亡恐惧”分为两类，一种叫“惧怕”，一种叫“焦虑”，一种偏消极，一种偏积极。[①]惧怕死亡的人，因为害怕死亡，转而执着于日常生活的虚假生态，沉沦在世俗的追求和享受之中，愈来愈失去自我。而“焦虑”是一种莫名的感觉，茫然失措，“中心怅而”，对平常热衷和骄傲的一切似乎一下子失去了兴味，仿佛平常所熟悉的家园一下子消失无踪了，“人生若寄”，何处才是生命真正的所在？这种焦虑，往往是突然袭来，然而也就在这突然袭来的刹那，我们有机会瞥见禅宗所谓的我们的“本来面目”，海德格尔把它叫做“虚无”。海德格尔说“焦虑启示着虚无”，六祖惠能也说，“烦恼即菩提”，只有持这种态度，才能把握生命的本质，才能活出本真的自我。显然，陶渊明属于第二种。他没有沉溺于“惧怕”，而是选择了面对，即使是痛苦、悲伤、焦虑、挣扎也在所不惧。

一个艺术家，如果不被对死亡的“惧怕”击垮，便会更有力地回应死亡。很多好的作品都因此诞生。因此，可以说是死亡启迪了陶渊明。由于焦虑死亡，才有欲求不朽的欲望，才有立功立德立言的渴望，才有回归园田的愿望。所谓的出与处的矛盾、儒与道的分歧，从本质上讲都是对死亡的焦虑和困惑引发出来的。死亡命题是终极命题，死亡困惑是根本困惑。因此，陶渊明辞官归隐、“归去来兮”的更深刻的原因，或许正是陶渊明感受到了与宇宙相比，自己生命的短暂，“寓形宇内复几时？何不委心任去留”，相对于“生死”——这个人生最大的问题，外在的一切都不那么重要了。也许陶渊明自己也没能觉察到这一点，这个巨大困惑始终藏在意识的后面，虽然不时地探出头来。陶渊明始终在焦虑，却又不能完全清晰

①［德］海德格尔著，陈嘉映、王庆节译：《存在与时间》，生活·读书·新知三联书店2006年版，第271—297页。

自己在焦虑什么，以至于他在为官的时候始终不安，他固执地以为是自己生性厌恶官场、喜好田园，实际上他的内心深处那个“生死”的块垒，才是最终的症结。所以即使生活在田园，他的内心也并未安稳。这就是海德格尔所谓的“焦虑”。

由于陶渊明总是焦虑于死亡，所以他的作品中总是带着或多或少的忧伤，即使是最快乐的作品也不例外。比如游暮春的《时运》诗，“春服既成，景物斯和”，本应该像曾点一样乐而忘归，陶渊明却“欣慨交心”，不能完全快乐。又如《游斜川》，“天气澄和，风物闲美”，鱼鸥活泼，邻里相伴，这样的时候作者却想到“开岁倏五十，吾生行归休”，“悲日月之遂往，悼吾年之不留”。所以马一浮先生说：“陶公时有玄言，托兴田园，而词多危苦。……读其诗，能于乐中见忧，方识渊明。”

陶渊明对于死亡有着极其丰富和矛盾的内心感受，而陶渊明却有本领将它们都归于平淡，用顾随先生的话说，就是“陶盖能把不得不然看成自然而然”[①]。陶渊明在经过矛盾挣扎后，才得到调和。但调和不等于妥协，只是把它们融化到内心深处。所以陶诗看似平淡，但并不平静；它不是一潭死水，而是表面平静，实则深处暗流涌动的大海。龚自珍在他的《舟中读陶潜诗》其二中说：“莫信诗人竟平淡，二分梁甫一分骚。”表面看起来平淡、质朴，其实是光鲜内敛、豪华落尽。苏轼评价陶诗“质而实绮，癯而实腴”，就是指陶渊明有着极其丰厚的内心世界。最好的味道，是似觉平淡而其实其中五味调和，诗味亦复如是，《岁寒堂诗话》说“陶渊明诗，专以味胜”[②]。

陶渊明生在乱世，一生多病，缺衣少食，又遭遇亲人朋友的接

① 顾随：《顾随全集》，河北教育出版社2014年版，第228页。

② 张戒：《岁寒堂诗话》，见丁福保辑：《历代诗话续编》，中华书局1983年版，第450页。

连离去，他对死亡的感受比一般人更丰富、更细致。当然他受到孔孟老庄的影响，但他的生死观却更多的来源于他对生活、生命和死亡的亲身体验和主动感受。很多士人愿意在儒释道中选择一家去依靠，从而放弃对死亡的主动地、自由地探索和思考，而陶渊明选择了“道法自然”，从草木的自然凋落，到人的逝世、宇宙的变幻中来亲历体验和探索这个不可思议的神秘物事。显然，他得到了丰富的感受。他或许始终也没有真正、彻底地明白，所以他是诗人，而非圣人；他一直困惑，一直挣扎，一直往复，所以他最终还是陶渊明，而非至人。辛弃疾有一首词《水龙吟》写陶渊明，他说“须信此翁未死，到如今凛然生气”。陶渊明一生都寻求超越死亡，他做到了。

第三节　烦恼即菩提：论谢灵运诗歌的“玄言尾巴”

谢灵运的诗歌，常常在结尾发表议论，沈曾植《八代诗选跋·海日楼题跋》说：“谢公卒章，多托玄思。”这种结尾的玄思在当代学者看来，是续貂的狗尾，是要不得的累赘，而把它比作“玄言尾巴”。这一论断几乎成为学术界的共识了。[①]

而以拙所见，所谓的“玄言尾巴”只是学者们感性的判断。首先至少犯了以偏概全的毛病。谢灵运的三十七首山水诗中，以议论结尾的有二十一首，而其中称得上是玄言议论的则只有十三首，只占山水诗总数的三分之一。而谢灵运的乐府诗和其他诗歌以玄言结尾的更加少了，所以谢灵运的诗歌以玄言结尾的只占相当少的一部分。有些学者的论述往往缺少针对性，一概而论，有“批评扩大化”的嫌疑。

① 例如袁行霈主编:《中国文学史》,高等教育出版社1999年版,第107页;章培恒、骆玉明主编:《中国文学史》上卷,复旦大学出版社1996年版,第372页;另如王瑶等学者的观点。

很显然，“玄言尾巴”是一种带有批判性的描述，总结一下前贤们的观点，他们的批判主要集中在以下几点：第一，结尾的理语与前面的诗歌脱节；第二，结尾的理语过度拔高，只是纸上得来，并非来自谢灵运真实的生活感受；第三，结尾玄言没有什么实际功用，它的存在还妨碍了诗歌的美感。而以鄙所见以上三点皆有可斟酌处。本文试论述之。

一、隐现的脉络

谢灵运诗的末尾玄言并非与前面脱节，而是与全诗有着非常紧密的联系。这种联系有时清晰，一眼就能看出来，有时隐秘，需要读者仔细体会。试看其《石门新营所住四面高山回溪石濑茂林修竹诗》：

> 跻险筑幽居，披云卧石门。苔滑谁能步，葛弱岂可扪。袅袅秋风过，萋萋春草繁。美人游不还，佳期何由敦。芳尘凝瑶席，清醑满金樽。洞庭空波澜，桂枝徒攀翻。结念属霄汉，孤景莫与谖。俯濯石下潭，俯看条上猿。早闻夕飚急，晚见朝日暾。崖倾光难留，林深响易奔。感往虑有复，理来情无存。庶持乘日车，得以慰营魂。匪为众人说，冀与智者论。

前四句讲住所的高与险，其后十句写朋友不在身边，自己的思念、孤单和感伤。“俯濯”六句写景，虽然描绘的是山高林深的住处，但蕴含着时光容易消逝的焦虑。最后六句是议论。“感往虑有复”一句，一般把它理解为：伤感消逝了，担心它又会再来。其实不然，“虑”与“感”一样，都是一种情绪，“有”同“又”，那么这句话意思是：伤感刚刚消逝，焦虑又接踵而至。理由有三：其一是对偶原则，“往”与“来”相对，“有复”与“无存”相对，而其对句是“情”“理”，皆是名词，所以此“感”“虑”也应当是名词。其二，前文在写朋友不在的感伤之后，又接着写对时光难留的焦虑，这正是标准的“感往虑有复”的结构。其三，“庶持乘日车，得以慰营魂”显然是针对全诗的感慨，然而前面很大一部分都写的是对朋友的想念，并没有涉及时光飞逝的问题。为什么会这样呢？拙意认为“庶持”这一句表达的是情感的纠缠：思念朋友，所以希望佳期快至；而时光飞逝时，却又感到时去难留，感伤和忧虑不停地在心中交织。运用“理”来摒却情感是一种途径，但这谈何容易，更加不是多情的作者所冀盼的，而解决这种矛盾的办法就只能是“庶持乘日车”——自己控制时间的快慢。“匪为众人说，冀与智者论”，“说”是说教，“论”是讨论。说教是已经想通的道理，讨论是弄不清楚的矛盾。所以此句并不是说自己不愿意跟普通的老百姓讨论，而是说：我并非给人们说教，而是想向智者们请教。这样说来，这首诗的结尾是和前面息息相关的。即便如传统理解的那样，“虑”表示担心，“感往虑有复”以下的句子也都是从前面自然牵出，没有滞碍。再看《石壁精舍还湖中作诗》：

> 昏旦变气候，山水含清晖。清晖能娱人，游子憺忘归。出谷日尚早，入舟阳已微。林壑敛暝色，云霞收夕霏。芰荷迭映蔚，蒲稗相因依。披拂趋南径，愉悦偃东扉。虑澹物自轻，意惬理无违。寄言摄生客，试用此道推。

“虑澹物自轻”以下四句议论纯是自然溢出。作者由赏景而心底愉悦，颇享受这种自在轻松、悠然自得的状态。于是便希望把这种自在升华到人生的高度，“寄言摄生客，试用此道推”，这“摄生客”有作者自谓的意思。“虑澹”承前面“憺忘归”以及恬淡的景物描写而来，寄情山水，忘却尘樊，因而虑澹。“意惬”承“清辉能娱人”“愉悦”而来，指前面赏景的愉悦感受。所以这首诗的结尾也是与前面联系得非常紧密的。另如《游赤石进帆海诗》：

首夏犹清和，芳草亦未歇。水宿淹晨暮，阴霞屡兴没。周览倦瀛壖，况乃陵穷发。川后时安流，天吴静不发。扬帆采石华，挂席拾海月。溟涨无端倪，虚舟有超越。仲连轻齐组，子牟眷魏阙。矜名道不足，适己物可忽。请附任公言，终然谢天伐。

吴伯其认为“川后”两联各有所喻，“上二句喻心之安静，下二句喻心之有得”①。而后面“溟涨无端倪，虚舟有超越”两句，虚舟之超越显然比喻“适己物可忽”的玄理境界，“溟涨”而无边际，当指人的欲望之无边无际，如后所言之“矜名道不足”，“不足”即“无端倪”也。仲连与子牟都是泛海之人，与“虚舟有超越”顺理而下，又与游海题目自然相关。“矜名”从子牟来，“适己”从仲连来，亦与“溟涨”联相勾搭。“请附任公言”一联是从上句自然连出：位高名重之人易被天伐，而我愿学仲连之适己忽物，而终能谢去天伐。如果吴伯其所说的比喻可以同意的话，则“心之安静”与“矜名”两句相应，“心之有得”与“终然谢天伐”相应，而前后互相关照，又上下勾连，环环相套。又如《过白岸亭》：

拂衣遵沙垣，缓步入蓬屋。近涧涓密石，远山映疏木。空翠难强名，渔钓易为曲。援萝临青崖，春心自相属。交交止栩黄，呦呦食苹鹿。伤彼人百哀，嘉尔承筐乐。荣悴迭去来，穷通成休戚。未若长疏散，万事恒抱朴。

前四句写景，“空翠难强名，渔钓易为曲”过渡，前句总结景物之美妙，难以名状，后句引出隐者，与前面“近涧”相连，虽是议论之句，形象感颇强。“交交止栩黄，呦呦食萍鹿”一语双关，既接上文，写春天之物象，又是典故，为下文议论之资材。所以方东树以为妙。“伤彼”两句接上句而来，《秦风·黄鸟》有“如可赎兮，

① 黄节:《谢康乐诗注》,中华书局2008年版,第77页。

人百其身”，《小雅·鹿鸣》有“吹笙鼓簧，承筐是将”，似有所指，暗含讥刺。“荣悴”两句总结以上四句，联系紧密，似有身世之叹。“未若长疏散，万事恒抱朴”提出解决方案，同时呼应了前面的“渔钓易为曲”“春心自相属”的意思。全诗由自然之情，通过“交交止栩黄”二句景物描写的典故含义，巧妙带出穷通荣悴之忧乐，继而又否定了这种忧乐，回头赞美自然之情，是为以圆形结构。环环相扣，前后相连，又首尾一气流转，绝无“尾巴”之嫌。

据笔者考察，谢诗的玄言结尾与前面叙事写景之间的关系大概可以分为以下三种，一是理性总结型，即后面的玄言对前面所写境界进行理性的概括和提升，比如《富春渚》《游岭门山》《登石室饭僧》《石壁精舍还湖中作》《登石门最高顶》等。二是典故搭接型，即通过景点引出典故，再通过典故进行议论，如《游赤石进帆海》《过白岸亭》《入华子冈是麻源第三谷》等。三是情感发展型，即通过作者情感的自然连接过渡到议论，如《郡东山望溟海》《登池上楼》《石门新营所住四面高山回溪石濑茂林修竹》《于南山往北山经湖中瞻眺》等。还有一些情况不在此三种之内，但也都与前面有着紧密的联系，因此所谓末尾的玄言与前文的“断裂”其实并不存在，其玄言议论都是前文的情感和意义自然发展的结果。

二、直觉与境界

多数论者认为谢灵运诗结尾的理语过度拔高，只是来自书本，并非来自谢灵运自己的生活感受。例如章培恒先生主编的《中国文学史》也认为谢灵运“他所表述的那些鄙视世俗荣名、以超脱为高尚的道理，跟他的性格以及诗歌中的内在情绪也不合，总不免显得勉强、累赘”[①]。白振奎的《陶渊明、谢灵运诗歌比较研究》说：“造成谢诗中理语枯燥无味的主要原因，是谢诗的理不是自下而上地

① 章培恒、骆玉明：《中国文学史》，复旦大学出版社1996年版，第372页。

从生活中感悟出来，而是从书本上袭取而来。他觉得这些义理可以做自己心灵上的安慰，但还没有将这些成辞熟句、用典用事消化为己有，就原封不动地搬进诗中。”①

而拙意认为谢诗末尾的玄言未见得是袭取成言而拔高境界，反倒是其境界跌落处。极高明之境界往往是语言无法论述的，老子谓“道可道，非常道”，禅宗所谓“不可说，不可说”是也。而直觉在某种程度上却可以逼近和通达这种境界。柏格森认为深刻的直觉才能和理境融成一体，而分析只是借助各种概念包围理境，却永远不能抵达理境。谢灵运在大自然中敏锐地感受到了这种境界，其写景之句常是其直觉的表达。他又欲用议论表述，却落入理性的窠臼，因而境界一下子狭窄了。《游赤石进帆海诗》绝不止是讲“适己物可忽”“终然谢天伐”，《登石室饭僧诗》也绝不限于追求“若乘四等观，永拔三界苦”；“未若长疏散，万事恒抱朴”（《过白岸亭》），不过是魏晋士人共求之“俗境”，“居常以待终，处顺故安排”（《登石门最高顶诗》），亦只是玄学之“凡想”；“谁谓古今殊，异代可同调”（《七里濑》），“持操岂独古，无闷征在今”（《登池上楼》），与玄言诗人王涣之的“真契齐古今”（《兰亭诗》）、谢绎“千载同一期“（《兰亭诗》）没什么差别。不同的是，很多玄言诗人是从下面攀将上去，而谢灵运却常是从上面跌落下来。

谢诗的心灵境界表现在其写景处。比如“池塘生春草”一句，钟嵘《诗品》记载：

> 《谢氏家录》云：“康乐每对惠连，辄得佳语。后在永嘉西堂，思诗竟日不就。寤寐间忽见惠连，即成‘池塘生春草’。故尝云：‘此语有神助，非吾语也。’”

谢灵运认为，最好的诗歌是来自天才的灵感，而非刻意的雕琢，

① 白振奎:《陶渊明、谢灵运诗歌比较研究》,上海辞书出版社2006年版,第104页。

即钟嵘所说“古今胜语，多非补假，皆由直寻”。谢灵运自己也强调赏心妙悟，“邂逅赏心人”“如何离赏心”“赏心惟良知”“赏心不可忘”，方回说：“灵运每有赏心之叹，即义真所谓未能忘言于悟赏者”，可见，与技巧相比，谢灵运更强调心灵在诗歌中的作用。谢诗的景物描写，多是如此。鲍照说“谢诗如初发芙蓉，自然可爱”（《诗品》），陆时雍评价谢诗“灵襟秀色，挺自天成”（《古诗镜》），其中都有这层意思。

古人每曰“文如其人”，很多诗文评亦认为诗中的高妙境界正是谢灵运心灵境界的外在呈示。张溥《汉魏六朝百三名家集·谢康乐集题辞》评论谢诗云：“诗冠江左，世推富艳，以予观之，吐言天拔，正由素心独绝耳。”[①]他认为谢诗中独特的境界源自谢灵运独绝的素心。《采菽堂古诗选》的作者陈祚明甚至说：“细为体味，见其冥会洞神，蹈虚而出，结想无象之初，撰语有形之表，孟觊生天，康乐成佛不虚也。智慧如此，所证岂凡。”[②]其称颂如此。试观《登江中孤屿》一首：

> 江南倦历览，江北旷周旋。怀新道转迥，寻异景不延。乱流趋孤屿，孤屿媚中川。云日相辉映，空水共澄鲜。表灵物莫赏，蕴真谁为传。想象昆山姿，缅邈区中缘。始信安期术，得尽养生年。

此诗写自己厌倦了江南之境，想寻找新异的风光。渡乱流而至孤岛，却偶然发现这样一片新奇的景色——“云日相辉映，空水共澄鲜”。然而这样的风景有谁能欣赏，这样的真趣有谁能为之传扬？这句议论是依前句景物而出，自道胸怀。而且此“灵”和“真”正与前面的“新”和“异”相应。然后由此新异钟灵、隔绝人烟的孤岛，作者联想到同样远与尘绝的昆山，才相信所谓的安期生的养生

① 张溥:《汉魏六朝百三名家集题辞注》,人民文学出版社1960年版,第169页。

② 陈祚明:《采菽堂古诗选》卷十七,清康熙刊本。

之术，正在于静默恬淡、颐养天年。所以此诗是作者寻景而得景，由景而生情，由情而生联想的过程。

如果说“乱流趋孤屿，孤屿媚中川”尚有星点经营的痕迹的话，“云日相辉映，空水共澄鲜”一句则是第一等之境界，很容易让我们想起禅宗的诗句“云在青天水在瓶”，没有欲望的干扰，没有情感之偏离，没有人我之偏见。定得孩童般剔透晶莹之真心，无人无我清澈圆融之境界，方可道得如此景象。然而一到议论部分，“表灵物莫赏，蕴真谁为传”，明写无人能赏，无人能传，实际上内心有个“我”在。凸显了“我”之寂寞，也就对立了人我。一入我相、人相，则境界一落千丈。故“想象昆山姿”两句境界远较“云日”两句为下。最后两句“始信安期术，得尽养生年”，更是落入世俗之想。可见诗歌一进入议论部分，境界反而降低了。他写景时无意于道而达于道，议论处着意追寻，反而落入言筌。

《五灯会元》卷十七中，有一则青原惟信禅师的语录：“老僧三十年前未参禅时，见山是山，见水是水。及至后来亲见知识，有个入处，见山不是山，见水不是水。而今得个休歇处，依前见山只是山，见水只是水。”①铃木大拙在解释这则禅语时说：

> 一旦我把自然认做是自然，是pour-soi，则它就变成我生命的一部分。它绝不能一直是某种与我陌生和与我完全不相关的东西。我在自然之中，而自然在我之中。这不仅是相互的参与，而是基本的同一。……当我们达到这个思想阶段，纯粹主体性就是纯粹客体性，theen-soi就是thepour-soi，此处有着人与自然、神与自然、一与多的完美同一。但这个同一并不意含着以其一的消失为代价而成就其二。山并没有消失；它们在我前面。我并没有把它们吸入我之内，它们也没有把我从地上扫除。二分仍旧在此，这物如却是空。

① 普济:《五灯会元》,中华书局1984年版,第1135页。

山是山又不是山。我是我，你是你，而我又是你，你又是我。万象世界的自然并没有被忽视，而人做为面对万象世界的主体，却仍旧意识到他自己。①

谢灵运的山水诗也是如此，因为有纯粹的心灵，才有纯粹的山水，山水本身就与心灵融在一起。《静居绪言》云："有灵运然后有山水，山水之蕴不穷，灵运之诗称旨。山水之奇不能自发，而灵运发之。"②谢灵运敏感清澈的心灵，与山水相遇，往往都有天成的妙句：

"池塘生春草"，虽属佳韵，然亦因梦得传。"林壑敛暝色，云霞收夕霏"，语饶霁色，稍以椎炼得之。"白云抱幽石，绿筱媚清涟"，不琢而工。"皇心美阳泽，万象咸光昭"，不淘而净。"杪秋寻远山，山远行不近"，不修而妩。"猿鸣诚知曙，谷幽光未显"，"岩下云方合，花上露犹泫"，不绘而工。此皆有神行乎其间矣。③

如此多的句子都"有神行乎其间"，可见谢灵运的境界并非偶尔得之。泰戈尔《飞鸟集》说："伟人是一个天生的孩子，当他死时，他把他的伟大的孩提时代给了世界。"④只有有着"如婴儿之未孩"的心灵，有着超脱世俗荣名的精神境界，才会留下如此多清澈见底的诗句。所以，说谢灵运诗歌末尾的玄言与他的性格不合，是不太能成立的。谢灵运诗结尾玄言都是从游览山水过程中自然得出的，而流连山水是其生活很重要的一部分，所以说谢诗玄言并非来自生活，也是不太能成立的。

---

① 铃木大拙：《禅的自然观》，《禅学随笔》，台北志文出版社1986年版，第219页。

② 郭绍虞编选，富寿荪校点：《清诗话续编》第三册，上海古籍出版社1983年版，第1632页。

③ 陆时雍：《诗镜总论》，见丁福保辑：《历代诗话续编》，中华书局1983年版，第1406页。

④ 泰戈尔著，郑振铎译：《飞鸟集》，中国言实出版社2016年版，第190页。

三、理性与烦恼

末尾议论是抒发真实感情的出口，绝非可以去掉。谢灵运的游荡山水，亦有很大程度上是为了化解心中的块垒。白居易《读谢灵运诗》说“岂为玩景物，亦欲滤心素”，“因知康乐作，不独在章句”[①]。以至于蒋寅先生认为，山水作为一种精神自由的象征，就是谢灵运对偃蹇濩落人生的一种装饰和提升，从而得到暂时的解脱。他认为，也正因为如此，谢诗中的山水也并非本来面目，自然景物也并没有活起来，“严格起来说连刻画和描述都说不上”，只是作为游览的背景和叙事材料而出现的，只是解脱的工具，“甚至与写实都有一定距离，更不要说自觉的审美描写了”[②]。

拙意以为蒋寅先生的观点是有一些地方可以商榷的。首先，即便山水只是谢灵运体验精神自由的工具，但是“赏心”妙悟、敏感天才的谢灵运一旦投入对景物的感受，未必不能做“自觉的审美描写”。其次，“观赏山水”与“写山水诗”不能混为一谈，观赏与写作并非同时完成，有先后关系，有积淀过程，观赏山水的过程中或许如蒋寅先生所谓体验精神自由，写作则未必。体验与记录体验是两种完全不同的心态。在直觉体验中加入了选择，加入了景物图像的变幻，加入了动静的搭配，加入了颜色的对比，加入了自己的感觉，难道这还不叫“自觉的审美描写”吗？即使这种“自觉”作者自己都未必感觉得到。更何况是否“自觉的审美描写”并不一定可以作为评价诗歌价值高低的标准，很多无意为之的作品往往有极高的艺术价值，如李白的《蜀道难》、王羲之的《兰亭序》等。

然而，蒋寅先生的论述却给我们很重要的启示：第一，谢灵运没有从根本上解决情理的交战。黄节先生认为《入华子冈》诗“恒

① 朱金城：《白居易集笺校》，上海古籍出版社1988年版，第369页。

② 蒋寅：《超越之场：山水对于谢灵运的意义》，《文学评论》，2010年第2期。

充饿顷用，岂为古今然”一联体现了谢灵运的人生观：“其意盖谓不为古，亦不为今，只充我个人饿顷之受用而已。”他还说，“良以康乐于性理之根本功夫，缺乏修养，故不免逐物推迁，无终始靡他之志，昧穷达兼独之义，于功名富贵，犹不能忘怀。是故山水不足以娱其情，名理不足以解其忧。学足以知之，才一足以言之，而力终不足以行之也”。[①]谢灵运诗中所体现的境界是天才的、审美的境界，这种境界是短暂的、惊鸿一瞥的。而后天性理道德的境界却需要长期的修养功夫。康乐并没有做到这一点，他的情感作用仍旧很强烈。第二，谢灵运的山水描写缺少个性和情感。正如前面所论述，在山水描写中，谢灵运因其独绝的素心和天才的赏心而拒绝了情感，所以李泽厚先生说“他的山水诗如同顾恺之的某些画一样，都只是一种概念性的描述，缺乏个性和情感”[②]。我坚持认为谢灵运山水描写是有其独特的情感的，这种情感不同于普通的情感，类似于我们在论述玄言诗时所提到的“高情”，跟“仁者乐山，智者乐水”的“乐”相通，是一种超越了感性的愉悦，所以马一浮说“哀中见乐，方识谢灵运”。但它缺乏正常的世俗的情感这一点却毋庸置疑。

既然这样，我们便产生疑惑了：谢灵运既没有摆脱情感，而他的山水描写又缺乏情感，那么他的情感藏在哪里呢？我认为是藏在叙述性语句和所谓的“玄言尾巴”里。试看下面的诗：

> 晨策寻绝壁，夕息在山栖。疏峰抗高馆，对岭临回溪。长林罗户穴，积石拥阶基。连岩觉路塞，密竹使径迷。来人忘新术，去子惑故蹊。活活夕流驶，噭噭夜猿啼。沉冥岂别理，守道自不携。心契九秋干，目玩三春荑。居常以待终，处顺故安排。惜无同怀客，共登青云梯。（《登石门最高顶诗》）

① 萧涤非：《读诗三札记》，作家出版社1957年版，第40页。

② 李泽厚：《美的历程》，生活·读书·新知三联书店2017年版，第91页。

你看前面写得多么宁静，多么祥和，“居常以待终，处顺故安排”很容易让我们想到陶渊明的“应尽会须尽，无复独多虑”，一切自然而然，就像那三春的荑草、九秋的树木一样。最后两句忽然带出情绪来了。“惜”是可惜，叹息，可惜没有同志之人，跟我一起，同享沉冥之乐，一片寂寞之感。以这种感觉翻回前篇，则“晨策”“夕息”“疏峰”“高馆”等，满篇都透出隐隐的寂寞。再看《过白岸亭》一诗：

> 拂衣遵沙垣，缓步入蓬屋。近涧涓密石，远山映疏木。空翠难强名，渔钓易为曲。援萝临青崖，春心自相属。交交止栩黄，呦呦食苹鹿。伤彼人百哀，嘉尔承筐乐。荣悴迭去来，穷通成休戚。未若长疏散，万事恒抱朴。

“伤彼人百哀，嘉尔承筐乐”，此哀此乐不单是说的古人，更加说的是自己。其显赫的家世、超人的才学与蹉跎的仕途的反差不由得他不产生巨大的情感波动。所谓“荣悴迭去来”，不正是其家世与身世的写照，“穷通成休戚”又岂止是看他人之悲喜？虽然作者在最后否定了这种依托于荣悴穷通的悲喜，然而这种否定本身就是一种斗争，从中我们可以看出作者所在乎的东西。再看《七里濑》一诗：

> 羁心积秋晨，晨积展游眺。孤客伤逝湍，徒旅苦奔峭。石浅水潺湲，日落山照曜。荒林纷沃若，哀禽相叫啸。遭物悼迁斥，存期得要妙。既秉上皇心，岂屑末代诮。目睹严子濑，想属任公钓。谁谓古今殊，异代可同调。

此诗写秋晨游七里濑，既伤水之东逝，又苦水之湍急。日已落山，荒林空茂，鸟相哀号。由此诗人感到时间之推移如此让人伤感，只能希图澄心以求妙道。一旦得到妙道，有了极高的境界，又何暇顾及末代之讥诮。这“岂屑末代诮”一句来得蹊跷，没有任何前兆，也没有任何后续，可见是他心中郁积已久的块垒。《晋书·谢灵运传》记载，“灵运为性偏激，多愆礼度，朝廷多以文义处之，不以应实相许。自谓才能宜参权要，既不见知，常怀愤愤。”葛立方《韵语阳秋》说他“浮躁不羁”。谢灵运是这样一种性格的人，自然很容易“与世不相遇”（白居易《读谢灵运诗》），他还是声名极大的前朝“遗老”，所谓“酷祸造于虚声，怨毒生于异代”（张溥《汉魏六朝百三名家集》），再加上他与在野的庐陵王相好，“构扇异同，非毁执政”，难免常常身被讥诮。这次贬迁永嘉太守，包括他最后死在广州，都是与同僚的毁谤相关，所以这“岂屑末代诮”来得突兀却不简单。“岂屑”表面上是不在乎，而内心里正是太在乎，真的不在乎就提也不愿提，连眼珠都不向他们转一转。他秉上皇之心，只是为了对付世人的讥诮，可见他对于此事在心底是很在乎的。这还与谢灵运“高处不胜寒”的孤傲感有关。他生来是“衣冠世族，公侯才子”（张溥《汉魏六朝百三名家集》），从小博览群书，年幼时即名动天下，生活也很豪奢。这些都是他执着于声名的基础。再加上他天才的审美力，即他多次提到的“赏心”，他内心的傲气和孤独常常藏在诗中，文中王通批评他说：“谢灵运，小人哉，其文傲”，便可看出这一点。从这一句议论中，谢灵运对现实的愤愤不平，他的傲气以及其孤独感都隐隐地有所发泄。

谢灵运的孤独情怀常常表现在其玄言之中，如“我志谁与亮，赏心惟良知”，“孤游非情叹，赏废理难通”，“昔无同怀客，共登青云梯”，“安排徒空尚，幽独赖鸣琴”，“达人贵自我，高情属天云”等等，这些议论都有深深的孤独感埋藏其间。

人们往往评价谢灵运的山水描写“酷不入情”，在我看来是纯粹的美感占据敏感的心灵的结果，前面已经论证过了。一旦他的理性通过某个途径进入思维，由于他修养的不成熟、理性的不纯粹，生命中的一些烦恼、情愫便也乘机而入，于是心灵便不能维持和谐。

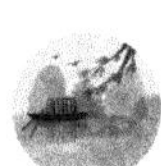

这是一种悖论，越要求理性，越得不到真正的理性，越想要平静，平静离自己越远。反倒是凝心于一处，忘情于山水，心灵才真得平静。

心中郁结的情感跟随理性进入思维，这就是谢诗玄言中往往见出情感的原因了。正由于此“情”是乘隙而入，所以谢诗常常“无端生情”（王夫之语），如刚才提到的“末代诮”、《过白岸亭》里的“哀”和“乐”等。

谢诗的玄言并非故意地透露情感，他也一直在作以理节情的努力，所谓“战胜癯者肥”“理来情无存”“理感心情恸，定非识所将”等，他在《辨宗论》中也说“理在情先”，但在现实中，真正帮助他消除俗情、取得内心深层愉悦的是山水，是美感，是精神的自由感，而非理性。理性往往受窘于一个尴尬的吊诡的困境：痛苦是苦，战胜痛苦本身亦是苦；烦恼让人难受，驱除烦恼本身亦是烦恼。谢灵运懂得这个道理，也知道意惬则理无违，《石壁精舍》一诗全讲的是自己由山水娱人而得到的愉悦，提出了“只要心灵快乐，则与大道不相违背的”哲理。这应当是他现实中驱逐烦恼的重要途径。

四、反哺与超越

末尾之理，常常对前文有反哺之功。由于末尾的议论，前面的叙述和描写染上了新的颜色。首先表现为议论语中的感情与前面的景语相互影响，因而生出新的含义：

> 宵济渔浦潭，旦及富春郭。定山缅云雾，赤亭无淹薄。溯流触惊急，临圻阻参错。亮乏伯昏分，险过吕梁壑。洊至宜便习，兼山贵止托。平生协幽期，沦踬困微弱。久露干禄请，始果远游诺。宿心渐申写，万事俱零落。怀抱既昭旷，外物徒龙蠖。（《富春渚》）

方回认为“万事俱零落”是怨辞，我认为不一定如此，此“零落”与后面怀抱昭旷相接，都表“旷达”的意思。然而这旷达之辞的背后，则有其“伊郁不堪处”（方东树语）。“龙蠖”有屈伸之意，与前面“久露干禄请，始果远游诺”相关，再联系谢灵运被贬永嘉的背景，则此“外物”“万事”皆非泛泛而说，都与屈伸显晦和官场事物有很大关系。因为这样，前面的写景也便有了比兴之态，“溯流触惊急，临圻阻参错”喻官场的艰难与恐怖，以及自己所遭受的巨大阻挠，“亮乏伯昏分，险过吕梁壑”喻自己面对复杂险恶官场的无力和没有勇气，“洊至宜便习，兼山贵止托”表达了自己在官场沉沦的无奈和不甘，王夫之说这两句“藏锋锷于光影之中”。有了这一层意思，后面的“沦踬困微弱”“宿心渐申写”等才显得自然而然。总之是结尾议论和前面的景语相互启发、相互作用，为诗歌开发出另一层解读。再看《七里濑》：

> 羁心积秋晨，晨积展游眺。孤客伤逝湍，徒旅苦奔峭。石浅水潺湲，日落山照曜。荒林纷沃若，哀禽相叫啸。遭物悼迁斥，存期得要妙。既秉上皇心，岂屑末代诮。目睹严子濑，想属任公钓。谁谓古今殊，异代可同调。

同前一首诗一样，后面的玄言对前面的景语有启发性作用。这首诗也是永嘉被贬时所作，“岂屑末代诮”当然不是随便说说，是包含了莫大的感慨的。因为这样，前面的景语也折射出不同的意思，旅途之苦，水流之湍急，日落、荒林、哀禽，皆可作象征看。徒旅之苦可看作仕途之不平，水流之急可看作小人之谗佞，日落可看作江河之日下，荒林可看做朝廷之无道，哀禽叫啸可看作忠义之呼号。故此“迁斥”不但是“时节只推移”，也可看作“官职之迁谪”，更可看做“盛世之不再”“政局之变迁”。白居易所谓的“往往即事中，未能忘兴谕”应该就是指的这样的兴谕吧。

这样的解读未必全然合乎作者的本意，但是客观上末尾的玄言容易引起读者对前文的重新审视却不可否认。从主观上讲，谢灵运这样的兴谕虽未必是作意为之，但恐怕是本来有一股怨气，只是平常积聚在潜意识之中，遇物而成相罢了。

另一方面，末尾的玄言也会使得某些沉沦于世俗哀乐的叙述，一定程度上超脱了世俗，具有了超越感。比如《登池上楼》满篇都是愁苦语，又是愧，又是怍，又是智拙，又是力钝，又是穷海，又是空林，又是生病，又是祁祁豳歌，又是萋萋楚吟，又是“索居易永久，离群难处心”，整个一片“哀禽相叫啸”。如果到这里就完结了，也未必不是一首好诗，但更多徘徊在较低的层次，它所追求的和所痛苦的只囿于政治或道德。有了最后一句“持操岂独古，无闷征在今”，更高的精神追求便在这首诗中矗立。这里的“操”显然不止是道德的操守，遁世无闷必然有超越世俗的价值追求。这种精神追求和前面的描写相互作用，一方面前面的愧怍、智拙有了更高层次的依托，另一方面，所叙写的这种愁苦也不再仅仅停留在世俗意义上的不遇和孤独。更重要的是，这样的精神追求给了我们一种俯视的高度，不管谢灵运怎样地写他的凄苦，我们总能在他的凄苦里面寻找出勃勃的生机。再比如《过白岸亭》，如果没有末尾“未若长疏散，万事恒抱朴”一句，则荣悴、穷通造成的哀乐便成为全诗的主轴了，读者便难以进入作者超越的美感当中。这句诗的出现，使得我们了解到作者表层的哀乐下面流淌着的更深层的宁静。所以马一浮说“能于忧中见乐，方识康乐耳”[①]。

可见，有时谢灵运的末尾玄言还给我们一个理解谢诗精神坐标，脱离了这个坐标，诗歌的读解便可能会在较低的层次辗转，也起不到“吟之使人卞躁之意消”（王夫之《姜斋诗话》）、“能令五衷一洗”（陆时雍《古诗镜》）的作用了。马一浮说，“谢诗虽写山水，

① 马一浮:《马一浮全集》,浙江古籍出版社1996年版,第1021页。

着玄言一两句，便自超旷”[1]，正是就这一点讲的。

总之，“玄言尾巴”这一描述虽然非常生动，也在一定程度上概括了谢诗的一些特点，但仔细分析起来其实是非常感性和不太准确的。这样的描述非常容易引导读者做出简单化的判断，从而放弃对谢诗的正常欣赏。

① 马一浮:《马一浮全集》,浙江古籍出版社1996年版,第1028页。

第五章　先唐诗的议论传统与严羽的“以议论为诗”

中国诗歌自先秦以迄六朝，体裁流变而议论未绝。若《诗》之雅颂，于叙事中寓讽谏，楚骚辞章，托香草以言志，皆以理驭情，以论入诗，而未损其文质彬彬之旨。汉代诗歌，渐现哲理；建安风骨，慷慨任气；皆见议论与诗道相生之迹。至魏晋玄言传兴，以理代情，陶潜形迹凭化，直指玄理，谢客山水之作亦隐现禅机，诗之议论渐成独立之格。此章欲总结唐前诗家议论之流变，又特取“骂詈为诗”一例，以辨析严羽“议论为诗”之内涵。

第一节　先唐诗的议论传统与诗中议论的独特生态

纵观唐前诗歌议论的演进过程，其间既有议论形式的衍化，也有议论内容的变移。现总结如下：

其一，诗歌议论的重心不断向内沉淀，从反面说，就是对现实事件的逐渐疏离。《诗经》的议论往往有鲜明的现实针对性，或是时事评论，或是人物点评，或是感叹现实，或是讽刺当政，都与现实事件有关。楚辞也在赞扬仁政、讽刺俗恶，但同时，他也开始把议论的话头引向自身：“世溷浊莫吾知，人心不可谓兮”（《怀沙》），

"老冉冉其将至兮，恐修名之不立"（《离骚》）。自我开始成为诗人思考的重要对象。到了汉乐府和建安诗歌，生命意识开始勃发，这种往内沉淀的倾向更加明显。如果说先秦诗歌的议论还是以美刺为主导，汉乐府和建安则是以生命为主轴。同汉乐府相比，建安诗歌的议论更多一点个性精神和英雄主义色彩，这实际上也是生命意识发展的表现。如果说汉魏诗歌是超越了现实事件而作出哲理性思索，阮籍、嵇康的议论往往直接滤去了现实事件，直接生发议论和感情。刘勰谓阮籍"响逸而调远"，嵇康"兴高而采烈"，与此不无关系。诗歌议论向内沉淀的倾向到东晋玄言诗达到了顶峰。玄言诗摒弃了一切与现实相关的功利性要素，把诗歌的一切话题引向生命。陶谢诗歌实际上也持续了这种倾向，他们虽然偶尔也有对现实的讨论，但最终总是归结到生命。汉乐府和建安诗歌的生命意识大多只停留在生命的消长上，关心的只是生死的问题；嵇阮陶谢则已经透过生死向更深层的生命意识进发。这种倾向一方面是诗歌议论的自然发展的结果，另一方面，它也跟儒家诗学的不断被挑战相关。汉末以后，儒家诗学日渐式微，儒家所提倡的对现实的关注和美刺的传统也慢慢被忘却或遗弃。魏晋时期，儒家学说都不占主导地位，而玄学则不断兴盛，玄学所关心的问题大都与内在生命和人格相关，这恐怕也与这一时期诗歌议论对人生的关注和对现实的疏离有关。

与此相应，诗歌议论的抽象性和哲理性也不断加强。《诗经》大多就事论事，楚辞的《天问》已经在探索宇宙的真相了。汉乐府和建安诗歌则把目光投注到生命的真相上来，从草木的荣枯、历史的变迁中抽象出生命的规律。阮籍和嵇康的诗歌更加入了对玄远的"无限"和个体精神绝对自由的追求。玄言诗更是执着于此，而莫顾其他。陶谢的高明之处在于，他们诗中的哲理是与现实的生命融会贯通的。谢灵运将最高的哲理融进山水之中，在山水中，他感受到最深层的愉悦、最纯净的自由。陶渊明则担水挑柴无非般若，哲理即生活，生活即诗歌。所以他常常用最生活的语言，体现最深刻的哲理。

一言以蔽之，诗歌议论的发展，从先秦到魏晋，是一个从外到内、从实到虚，从人事到人生，从事理到哲理，从较为肤廓的议论到较为深入的探讨的过程。

其二，议论渐渐从形象、叙事中独立出来，慢慢成为一种独立的诗歌表达方式。先秦时代的诗歌，议论、叙述、写景、抒情皆浑然一体，自性而出，《诗经》和楚辞的很多句子，我们甚至分不出是叙事还是议论还是抒情。比如《离骚》："世混浊而嫉贤兮，好蔽美而称恶"，既是叙事又是议论；《将仲子》："人之多言亦可畏也"，既是议论也是叙事也是感叹。楚辞的议论往往带着大量的意象，华美异常，也是议论和形象结合的表现。到了文学开始自觉的魏晋时期，各种表达方式渐次自我苏醒，慢慢分化和独立。很鲜明的例子是谢灵运的诗歌，写景和议论泾渭分明，很多诗评家甚至认为其打作两橛，议论常常专缀于末尾，这也是议论作为一种诗歌表达方式凸显和独立出来的表现。在此之前，诗歌的议论常常只是点缀，在此之后议论常常成为全诗主旨所在，甚至整首诗纯乎议论，而没有写景或抒情。建安时期比如曹植《当事君行》："人生有所贵尚，出门各异情。朱紫更相夺色，雅郑异音声。好恶随所爱憎，追举逐虚名。百心可事一君，巧诈宁拙诚"；正始时期比如阮籍《咏怀诗》其四十一、四十二，嵇康《六言诗》《代秋胡歌》；太康时期比如陆机《秋胡行》："道虽一致，涂有万端。吉凶纷蔼，休咎之源。人鲜知命，命未易观。生亦何惜，功名所勤"；玄言诗比如孙绰《赠温峤》其一："大朴无像，钻之者鲜。玄风虽存，微言靡演。邈矣哲人，测深钩缅。谁谓道辽，得之无远。"这些诗歌不但以议论为构架，而且整首诗歌句句都是议论，与叙事写景无关，这是议论在诗歌中已经独立出来的表现。

在这股潮流中，陶渊明独树一帜。陶渊明很少有整首全部议论的诗，即使像《形影神》这样以议论为主的诗歌，也在其中有抒情、叙事、戏剧等多种因素。在每一首诗的议论中，陶渊明也很少摆出要专力议论的架势，而往往是在叙述和写景抒情时顺带一笔。陶诗的议论也不像谢灵运往往放在结尾，而是分散在各处，随性而出，不拘一格。此外，陶诗的议论还常常和形象、叙事相结合，使得其议论更清新活泼。总之，他不愿作干扑扑的、直愣愣的枯燥议论，而是同各种富有美感的因素相结合，然而这种结合又是自然质朴、不刻意的，因而具有浑然天成的美感。

其三，先秦至魏晋，诗歌议论语所蕴含的情感要素越来越受到控制。《诗经》和楚辞的议论往往是带着色彩鲜明的感情的，它们热烈大胆，不讲究修饰，甚至不避粗野，情感浓烈。到古诗十九首时，议论的情感则主要表达为忧伤、哀怨。到阮籍、嵇康时，议论的情感开始趋于压抑或疏离，理性控制了情感的强度。刘勰所谓“嵇志清峻，阮旨遥深”，应当与此也有关系。疏离，故清峻，压抑，故遥深。玄言诗在这方面又登峰造极了，他们故意地寻求高雅的情感，故意地隔离了正常的情愫。陶诗的风格，我们往往把它概括为平淡。谢灵运诗的议论，更是较少感情投入。可见这种趋势是存在的。

究其原因，大概有三点。一是诗歌议论对象的变迁。先秦诗歌以美刺为主，比较容易投入感情；汉魏以降的诗歌议论主要对象由人事转向人生，由事理转向哲理，开始专注于对内在生命和精神境界的探讨，所能容纳的情感自然会减少。二是生存环境的变化，比如阮籍、嵇康生活在司马氏打压、屠杀文人的巨大政治压力下，陶渊明、谢灵运生活在晋、宋两朝交替的时期，他们在议论时对情感的投入不能不小心翼翼。三是议论表达方式在诗歌中的渐渐独立，这也使得议论慢慢跟情感分离。魏晋时期的诗歌的议论也有表达感情非常强烈的。比如孙绰的《表哀诗》，谢灵运的《庐陵王墓下作》

等，这是由于哀痛太甚，理性无法从情感中独立出来。

其四，美刺传统的保持与发展。先秦时期的议论是以美刺为主导，到了汉代，韦孟等人继承这一传统，刘勰说他“匡谏之义，继轨周人”，显然是对他绍继《诗经》怨刺传统的肯定。汉代以及魏晋对“美”的传统的继承，主要体现在祭祀、燕射时唱的歌辞上面。《乐府诗集》的《郊庙歌辞》和《燕射歌辞》中有很多赞美诗，它们都是《诗经》颂诗传统的延续。比如郊庙歌辞《帝临》：“帝临中坛，四方承宇，绳绳意变，备得其所。清和六合，制数以五。海内安宁，兴文匽武。后土富媪，昭明三光。穆穆优游，嘉服上黄。”从内容到形式跟《诗经》的颂诗无不相似，文学价值不太高。怨刺诗相对于颂美诗来说，较为民间一点。汉末，赵壹的《疾邪诗》、梁鸿的《五噫歌》是民间怨刺诗的代表。《疾邪诗》是五言怨刺诗的始祖，它在批判的感情强度上达到高峰，而《五噫歌》开拓了批判的蕴藉性。建安时期，以曹操为首的建安诗人写了一大批反映民生疾苦的诗歌，比如曹操的《蒿里行》、王粲的《七哀诗》、陈琳的《饮马长城窟行》、邯郸淳的《从军行》等。这些诗歌大多反映战争对百姓造成的巨大痛苦，显然也是对《诗经》美刺传统的继承。比如陈琳的《饮马长城窟行》显然受到了《卫风·伯兮》的影响，而《从军行》一类的诗显然也受到《豳风·东山》《唐风·鸨羽》等战争诗的影响。应璩的《百一诗》是明帝时期怨刺诗的代表，钟嵘说他“指事殷勤，雅意深笃，得诗人激刺之旨”。正始年间，阮籍继承了诗骚以来的诗歌批判精神，同时，他又通过淡化现实背景、运用春秋笔法等方式，发展了诗歌批判的含蓄性和艺术性。陶渊明的批判性则更加委婉，往往只通过一两个字来表达自己的爱恶，但这也是批判艺术发展的表现。总的说来，先秦的美刺传统，在后世发展较大的是怨刺传统，而美颂传统虽然也有所发展[①]，但大体还没有脱离雅颂的模式，发展较为缓慢。

除了以上几点之外，还有典故的增多、语言技巧的增强等方面，但这些与诗歌艺术的整体发展密切相关，不局限于诗歌议论的范畴，此处就不予讨论了。

通过对唐前诗歌的议论的整理和分析，结合严羽对“以议论为诗”的批评，我们对诗中议论语有了一些新的认识：

其一，诗歌绝不排斥议论语。严羽的“以议论为诗”是有其时代针对性的，他说：“近代诸公，乃作奇特解会，遂以文字为诗，以才学为诗，以议论为诗。夫岂不工？终非古人之诗也。”它是对宋代诗歌进行深刻反省的产物。而严羽在诗论中绝口赞美的汉魏诗歌以及陶渊明、谢灵运的诗歌，都有大量的议论出现。在严羽所推崇的盛唐诗歌中，杜甫更是好用议论的代表，沈德潜在《说诗晬语》中就曾说：“人谓诗主性情，不主议论，似也，而亦不尽然。试思二雅中何处无议论？杜老古诗中，《奉先咏怀》《北征》《八哀》诸作，纯乎议论。”[②]清代杨伦也说，“以议论为韵言，至少陵而极”[③]。可见，诗歌并非不能议论，有些西方的批评家甚至觉得诗歌少不得议论，约翰·佛莱契（John G.Fletcher）批评20世纪初的意象派说“意象派的缺点是不允许诗人对于人生得出明确的结论……使诗人进入无内容的唯美主义。诗只描写自然不行，一定要加入人们对自然的判断

① 例如汉代的《郊庙歌辞》与《诗经》的雅颂相比，更加注重了语言的修饰和词语的搭配。赵敏俐先生认为郊祀歌相对《诗经》雅颂的发展表现在两个方面，其一是为了增加句子的容量而尽量压缩虚词，压缩句子结构，其二是为了增强诗歌的艺术表现效果，更注意句子的整饬和结构的对称。见赵敏俐：《汉代诗歌史论》，吉林教育出版社1995年版，第159页。

② 沈德潜：《说诗晬语》，人民文学出版社1979年版，第70页。

③ 沈德潜：《说诗晬语》，人民文学出版社1979年版，第250页。

和评价”[①]。事实证明，适当的议论不但不会妨害诗歌的美，反而加深诗歌的意蕴。王夫之《姜斋诗话》说，“一诗止于一时一事，自十九首至于陶谢皆然”，如果确实如此的话，一首诗中只写一时一事，未免太狭小太单调，而十九首至陶谢之所以境界阔达，为后人所敬仰所效法，诗中的议论有相当大的功劳。

其二，诗歌不能像做学问一样地议论，“诗有别才，非关学也”，所以要有特别的方式。怎样的议论才比较容易被接受？我们从唐前诗歌的议论，尤其是玄言诗、谢灵运和陶渊明诗的对比中可以得出一二感受：

首先，“议论须带情韵以行”（沈德潜语）。在以抒情为主的中国诗歌中，情感就是生命。议论而不带情感的诗，只是“语录讲义之押韵者”（刘克庄《后村诗话》），干枯无味，令人生厌。有了情感的充分加入，议论才会具有闻者动心的力量。刘熙载《艺概》说，“余谓诗或寓义于情，而义愈至”，说的正是这个意思。唐前诗歌中优秀的议论，从《诗经》到楚辞到十九首到陶诗，莫不是带着真诚深厚的情感的。而被否定和质疑的诗歌议论，比如玄言诗和谢灵运的“玄言尾巴”，往往是因为缺少感情。这种感情并不一定要非常鲜明和浓烈，一些较为恬淡平实的议论也能受到欢迎，比如阮籍和陶渊明。但它必须真诚而且深厚，只有真诚才被接受，只有深厚才会动人。王夫之认为“于所兴而可观，其兴也深；于所观而可兴，其观也审”，在“兴”的情感活动中，如果有“观”的理性成分，那么这种情感是深刻的；同样，在理性活动中，有着强烈的感发致意的情感伴随，这种理性也更深沉。

其次，理论思维与形象思维的相互融渗。形象思维是艺术的特征之一，有了形象的进入，议论便拥有了画面感。最常用的方法就

---

① 彼得·琼斯：《意象派诗选》，见郑敏：《诗歌与哲学是近邻：结构–解构诗论》，北京大学出版社1999年版，第103页。

是在议论中使用意象进行比喻和象征，比如《小雅·召旻》：“池之竭矣，不云自频。泉之竭矣，不云自中”，再比如楚辞的《卜居》：“蝉翼为重，千钧为轻；黄钟毁弃，瓦釜雷鸣；谗人高张，贤士无名。”在这个方面，屈原是典范，他的赞扬和批判都是通过形象而长留世人心中。与形象结合的另外一种方式，是将形象嵌入议论中，或者将议论缀于形象后。前者如陶渊明的《劝农》：“气节易过，和泽难久。冀缺携俪，沮溺结耦。相彼贤达，犹勤陇亩。矧兹众庶，曳裾拱手！”后者如古诗十九首的《回车驾言迈》：“回车驾言迈，悠悠涉长道。四顾何茫茫，东风摇百草。所遇无故物，焉得不速老。盛衰各有时，立身苦不早。人生非金石，岂能长寿考。奄忽随物化，荣名以为宝。”

再次，议论与叙事的相互融织。这在西方的史诗中十分常见，而在以抒情诗为主的中国，往往是以故事性要素的形式出现。比如陶渊明的《挽歌诗》，有人物，有情节，有环境描写，有心理描写等，这些都属于故事性或者说戏剧性的要素。故事性或戏剧性也是使诗歌的议论避免枯燥的一种方式。

最后，议论本身须矫健警醒，具有吸引力。首先，议论须拔俗出类，太平淡则无法引起兴趣。或劈空闪电，或平地生雷，或一波三折，总之要有力度，不可做人云亦云的学舌。其次，启发式的议论更有吸引力，留有空白，更容易引起读者思考的乐趣。学者郑敏认为诗的魅力的来源之一是要引起读者求知欲，他说：“每一次对读者的冲击，都在读者的心灵激起强烈的求知的欲望，而这种求知欲终于得到满足，这是诗能给读者最大的报酬。……轻率的诗歌评论者片面地强调诗要好懂，一切形象都要一目了然，这种论调束缚了诗人的手脚。”①

① 郑敏：《诗歌与哲学是近邻：结构-解构诗论》，北京大学出版社1999年版，第103页。

总之，议论是诗歌中一种很重要的表达方式，但是最后我想说，议论不能是诗的主流，诗歌的主流要靠直觉。艺术不排斥理性，但艺术有艺术的生态，诗中议论也应当以艺术的方式存在。

第二节　论严羽、元好问对诗歌议论的建构——以“骂詈为诗”为例

继孔子提出诗可以兴、观、群、怨的命题之后，宋、金文人严羽、元好问提出了“诗可不可以詈”这一重要的诗学话题。元好问《论诗三十首》其二十三云：“曲学虚荒小说欺，俳谐怒骂岂诗宜？今人合笑古人拙，除却雅言都不知。”[①]严羽《沧浪诗话》云：“其末流甚者，叫噪怒张，殊乖忠厚之风，殆以骂詈为诗。”[②]这一话题引起了后代不少诗评家的讨论。当代学者郭绍虞的《沧浪诗话校释》、张健的《沧浪诗话校笺》对于严羽“骂詈为诗”的针对对象作出了精辟的讨论[③]，给我们很多的启发。但限于注释体例，他们对于“骂詈为诗”这一话题没有作出整体性的探讨。本文试从元好问、严羽的诗论出发，集中讨论这一问题。

一、元好问、严羽“骂詈为诗”发微

元好问（1190—1257）与严羽（约1192—1245）年岁相仿，都对“骂詈为诗”有所批评。他们的批评对象是否是同一个，批评的内涵是否一致呢？

首先，就批评对象来说。严羽和元好问的这两则批评，都被认为是针对苏轼诗而发的。郭绍虞《沧浪诗话校释》注曰：“案山谷

① 胡传志：《金代诗论辑存校注》，人民文学出版社2018年版，第424页。

② 郭绍虞：《沧浪诗话校释》，人民文学出版社1961年版，第26页。

③ 参见郭绍虞：《沧浪诗话校释》，人民文学出版社1961年版，第29页；张健：《沧浪诗话校笺》，上海古籍出版社2012年版，第177—179页。

《书王知载朐山杂录后》云：‘诗者人之情性也，非强谏争于廷，怨忿诟于道，怒邻骂座之谓也。’则山谷亦反对以骂詈为诗者。惟东坡好以时事为讥诮，故《后山诗话》称：‘苏诗始学刘禹锡，故多怨刺’。《石林诗话》亦称东坡出为杭州通判时，文同送行诗有‘北客若来休问事，西湖虽好莫吟诗’之句，沧浪所言当指此。”[①]日学人荒井健认为“近代诸公”即“宋朝的诸诗人”，而“末流”指苏轼，因而批评严羽称苏轼为末流“太过分”。[②]而元好问“俳谐怒骂岂诗宜”之论，宗廷辅《古今论诗绝句》认为“此首专诋东坡。或疑其议东坡不应重叠如此，不知此乃先生宗旨所在，射人射马，擒贼擒王，所见既真，故不惮一再弹击也”[③]。钱钟书《谈艺录》亦持此观点：“此绝亦必为东坡发。‘俳谐怒骂’即东坡之‘嬉笑怒骂皆成文章’；山谷《答洪驹父》第二书所谓：‘东坡文章短处在好骂’，杨中立《龟山集》卷十《语录》所谓：‘子瞻诗多于讥玩’；戴石屏《论诗》十二绝第二首所谓：‘时把文章供戏谑，不知此体误人多。’”[④]

元好问“俳谐怒骂”句是议论东坡，似无多少异议。唯一争议的是，是否专议东坡。黄山谷《东坡先生真赞》“虽嬉笑怒骂之词，皆可书而诵之”，元好问“俳谐怒骂”数语应是从此处来。郭绍虞《元好问论诗绝句小笺》对于宗廷辅《古今论诗绝句》“专诋苏轼”之说提出怀疑：“苏轼诗文短处在好骂，黄庭坚《答洪驹父书》已言之。宗氏谓‘此首专诋东坡’，固无不可。然杜甫、李商隐，俱有俳谐体诗，晚唐诗人，此体尤多，似亦不必专指苏轼。”[⑤]此论甚安。

然而严羽骂詈为诗的批评对象，学界有完全不同的说法。朱东润先生认为严羽“骂詈为诗”批评的对象不是苏轼，而是刘克庄。

① 郭绍虞：《沧浪诗话校释》，人民文学出版社1961年版，第29页。

② 参见张健：《沧浪诗话校笺》，上海古籍出版社2012年版，第178页。

③ 郭绍虞主编：《中国历代文论选》第二册，上海古籍出版社2001年版，第457页。

④ 钱钟书：《谈艺录》，生活·读书·新知三联书店2001年版，第471—472页。

⑤ 郭绍虞：《元好问论诗三十首小笺》，人民文学出版社1978年版，第75页。

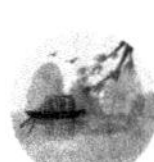

理由有四：一是刘克庄的时代与严羽相当，而刘克庄也曾指出在那时代里存在着唐诗和江西诗派两条不同的道路；二是刘克庄在《刘圻父诗序》里虽然对于这两家同样地有褒有贬，但是他自己却是走的江西派的道路；三是克庄正面提出对于以禅喻诗的反对；四是刘克庄正面提出对于李贾论诗的争论，而李贾和严羽是同调。[①]关于这一点，我们首先应当结合这两个文本的前后语境进行分析。严羽《沧浪诗话·诗辨》云：

> 诗者，吟咏情性也。盛唐诸人惟在兴趣，羚羊挂角，无迹可求。故其妙处透彻玲珑，不可凑泊，如空中之音，相中之色，水中之月，镜中之象，言有尽而意无穷。近代诸公乃作奇特解会，遂以文字为诗，以才学为诗，以议论为诗。夫岂不工，终非古人之诗也。盖于一唱三叹之音，有所歉焉。且其作多务使事，不问兴致；用字必有来历，押韵必有出处，读之反复终篇，不知着到何在。其末流甚者，叫噪怒张，殊乖忠厚之风，殆以骂詈为诗。诗而至此，可谓一厄也。[②]

“末流甚者”云云，是指诗作还是诗人呢？[③]前人指认苏轼、刘克庄等，都认为是诗人。其实依前后文，应指的是诗作。严羽称近代诸公以文字、才学、议论为诗，诗非不工，“终非古人之诗也”；又称“其作”如何如何，“读之反复终篇”不知着落何处；句句落在诗作上。继而言“其末流甚者”，显然是指近代诸公诗作的末流；而

---

①《朱东润文存》，上海古籍出版社2014年版，第63—68页。

② 郭绍虞：《沧浪诗话校释》，人民文学出版社1961年版，第26页。

③ 严羽并非把诗人和诗作完全看成一体。《沧浪诗话·诗体》云“王荆公体（公绝句最高，其得意处高出苏黄陈之上，而与唐人尚隔一关）”“杨诚斋体（其初学半山后山，最后亦学绝句于唐人，已而尽弃诸家之体而别出机杼，盖其自序如此也）”，《沧浪诗话·诗评》云“大历后刘梦得之绝句，张藉、王建之乐府，吾所深取耳”“韩退之琴操极高古，正是本色，非唐贤所及”“集句唯荆公最长”。诗人有专长于某体某类，自然有不擅长的体类。

近代诸公的特色是“以文字为诗，以才学为诗，以议论为诗”，所以此末流亦是以文字、才学、议论为诗的末流。其中又有两种可能，即“以文字为诗，以才学为诗，以议论为诗”三者合一的末流，或其中之一的末流。“多务使事，不问兴致”盖指“以才学为诗”，“用字必有来历，押韵必有出处”盖指“以文字为诗”，而“叫噪怒张”云云偏指“以议论为诗”的末流。《诗辨》后文又云：

> 然则近代之诗无取乎？曰：有之，吾取其合于古人者而已。国初之诗尚沿袭唐人，王黄州学白乐天，杨文公、刘中山学李商隐，盛文肃学韦苏州，欧阳公学韩退之古诗，梅圣俞学唐人平澹处。至东坡、山谷始自出己意以为诗，唐人之风变矣。山谷用工尤为深刻，其后法席盛行，海内称为江西宗派。近世赵紫芝、翁灵舒辈，独喜贾岛、姚合之诗，稍稍复就清苦之风；江湖诗人多效其体，一时自谓之唐宗；不知止入声闻辟支之果，岂盛唐诸公大乘正法眼者哉！①

“近代之诗”包涵他前文所批评的“近代诸公”之诗，以及后文所表扬的“沿袭唐人”之作；后者是“合于古人者”，前者是“未合古人者”。依照严羽对于宋代诗史的梳理，则宋初王黄州、杨文公、刘中山、盛文肃、欧阳公、梅圣俞之诗是合于古人者；而苏东坡、黄山谷、江西派之诗则是未合古人者。是以“近代诸公”即苏东坡、黄山谷、江西派等自出己意为诗者。由以上分析可知，《沧浪诗话》所谓的末流甚者，是苏、黄、江西派中以议论为诗的末流诗作。议论为诗容易陷入争胜的境地，导致逞才使气，以至于怨毒入诗。尤其是怨刺类诗歌，“自道理之说起，人各扶其是非以逞其血气”“至于倾轧不已，而忿毒之相寻”（焦循《毛诗补疏序》）。当然，依照严羽的标准，这一类诗歌有不少是苏轼的诗歌；然而也不止于苏轼

① 郭绍虞：《沧浪诗话校释》，人民文学出版社1961年版，第26—27页。

的诗歌，朱东润便曾举过刘克庄《防江卒》《苦寒行》《军中乐》数诗作为骂詈为诗的例证。

其次，批评内涵方面。关于严羽的“骂詈为诗”，路易斯·辛普森《严羽》一诗云：

> “The worst of them”, said Yen Yu.
> “even scream and growl,
> and besides, they use abusive language.”[①]

辛普森把“骂詈”理解为谩骂的言语、侮辱性的语言。实际上，“骂詈为诗”是严羽对于议论为诗的延伸性批评，“叫噪怒张，殊失忠厚之风”，也是形容怨刺而失去限度的状态；而不单纯是语言上的不收敛。宇文所安将其翻译为“make poetry out of snaring insults”[②]，便相对准确一些。此外，“abusive”“insult”具有私人性，而宋代的骂詈诗主要是政治怨刺诗。如苏轼的骂詈诗，陈师道谓“苏诗始学刘禹锡，故多怨刺，学不可不慎也”[③]。《诗人玉屑》引《龟山语录》之言：“诗尚谲谏，唯言之者无罪，闻之者足以戒，乃为有补；而涉于毁谤，闻者怒之，何补之有！观东坡诗只是讥诮朝廷，殊无温柔崇厚之气，以此人故得而罪之。”[④]怨刺诗多是针对政事，公共性大于个人性，以至于舒亶弹劾苏轼逢政必谤：“至于包藏祸心，怨望其上，讪讟谩骂，而无复人臣之节者，未有如轼也。盖陛下发钱以本业贫民，则曰‘赢得儿童语音好，一年强半在城中’；陛下明法以课试郡吏，则曰‘读书万卷不读律，致君尧舜知无术’；陛下兴水利，则曰‘东海若知明主意，应教斥卤变桑田’；陛下谨盐禁，则曰‘岂

① Louis Simpson.Colleced Poems.New York:Paragon House1988.p.221.

②［美］宇文所安，王柏华、陶庆梅译：《中国文学思想读本：原典·英译·解说》，生活·读书·新知三联书店2019年版，第525页。

③ 何文焕辑：《历代诗话·后山诗话》，中华书局1981年版，第306页。

④ 魏庆之编：《诗人玉屑》，上海古籍出版社1959年版，第204页。

是闻韶解忘味，迩来三月食无盐'；其他触物即事，应口所言，无一不以讥谤为主。"[①]他如骂政客"聒耳如蜩蝉"（《送曾子固倅越得燕字》），骂朝廷"荒林蜩蛩乱，废沼蛙蝈淫"（《张安道见示》）等，也都是如此。

《四库提要》评严羽说："羽则专主于妙远。故其所自为诗，独任性灵，扫除美刺；清音独远，切响遂稀。"[②]严羽扫除美刺，并非内容上不喜美刺，而是在形式上对于直接怨刺的诗歌不太欣赏，因其缺乏含蓄蕴藉妙远的美感。他谈乐府诗说"大历后，刘梦得之绝句，张籍、王建之乐府，吾所深取耳。"[③]而对于以新乐府著名的元稹、白居易却不提及，又说："大历以后，吾所深取者，李长吉、柳子厚、刘言史、权德舆、李涉、李益耳。"[④]也未提到元白。元白张王都是怨刺类的乐府诗，但他反对元白，而赞赏张王，是因为元白清浅显露，而张王乐府凝炼含蓄。严羽《诗法》说："学诗先除五俗：一曰俗体，二曰俗意，三曰俗句，四曰俗字，五曰俗韵。"[⑤]陶明浚《诗说杂记》对此曾作了明白的解释："俗体者何？当是所盛行如应酬诸诗，毫无意味，腴词靡靡，若试帖等类，今亦不成问题矣。""俗意者何？善颂善祷，能谀能谐，毫无超逸之志是也。""俗句者何？沿袭剽窃，生吞活剥，似是而非，腐气满纸者是也。""何谓俗字？风云月露，连类而及，毫无新意者是也。""何谓俗韵？过于奇险，困而贪多，过于率易，虽二韵亦俗者是也。"[⑥]严羽又说"语忌直，意忌浅，脉忌露，味忌短"[⑦]。他反对俗，是因为它导致

① 朋九万：《乌台诗案》，丛书集成初编本，第1—2页。

② 纪昀：《四库全书总目》第一百六十三卷，上海大东书局1926年版，集部别集类十六，第18页。

③ 郭绍虞：《沧浪诗话校释》，人民文学出版社1961年版，第165页。

④ 郭绍虞：《沧浪诗话校释》，人民文学出版社1961年版，第163页。

⑤ 郭绍虞：《沧浪诗话校释》，人民文学出版社1961年版，第108页。

⑥ 郭绍虞：《沧浪诗话校释》，人民文学出版社1961年版，第108—109页。

⑦ 郭绍虞：《沧浪诗话校释》，人民文学出版社1961年版，第122页。

了意味、超逸之志、新意的流失和表意的直露、浅短。可见严羽是站在“深远蕴藉”这一艺术坐标上来批评骂詈为诗的。

元好问则是站在“诚”这一坐标来批评骂詈为诗的。所谓“诚”，即从“本心”发出。“曲学虚荒小说欺，俳谐怒骂岂诗宜？今人合笑古人拙，除却雅言都不知。”“俳谐怒骂”是与曲学的“虚荒”、小说的“欺”相并列的。元好问《陶然集序》曰：

> 自“匪我愆期，子无良媒”“自伯之东，首如飞蓬”“爱而不见，搔首踟蹰”“既见复关，载笑载言”之什观之，皆以小夫贱妇，满心而发，肆口而成，见取于采诗之官，而圣人删诗亦不敢尽废，后世虽传之师，本之经，真积力久，而不能至焉者，何古今难易不相侔之如是邪？盖秦以前民俗醇厚，去先王之泽未远，质胜则野，故肆口成文，不害为合理，使今世小夫贱妇，满心而发，肆口而成，适足以污简牍，尚可辱采诗官之求取耶？[①]

同样是小夫贱妇满心而发、肆口而成的诗歌，在先秦则合理，在今世则污简牍。同样真情实感，何以如此不同呢？是因为先秦时期民俗淳厚，尚存“本心”，脱口而出即为诚；而今世则虚矫盛行、淳风不再，本心上已蒙尘垢，“夫惟不诚，故言无所主，心口别为二物”[②]。元好问这种“诚”的观念，应该来自宋儒“天命之性”“气质之性”的分别论。好的诗歌是“由心而诚，由诚而言，由言而诗也”[③]，“诚”不是天然而成的，天然而成的是“气质之性”而非“天命之性”。欲诚其意者，先致其知，不了解真实本心的人，是不足以谈“诚”的。又谓：“唐人之诗，其知本乎！何温柔敦厚、蔼然

---

① 胡传志：《金代诗论辑存校注》，人民文学出版社2018年版，第514页。

② 元好问：《杨叔能小亨集引》，胡传志：《金代诗论辑存校注》，人民文学出版社2018年版，第497页。

③ 元好问：《杨叔能小亨集引》，胡传志：《金代诗论辑存校注》，人民文学出版社2018年版，第497页。

仁义之言之多也！……至于伤谗疾恶不平之气，不能自掩，责之愈深，其旨愈婉；怨之愈深，其辞愈缓。”[①]唐人之诗，因为知本由诚，所以温柔敦厚，即便心中不平，也不会疾言厉色。相反，今世“俳谐怒骂”之诗，则失去了天命之本性，不足以言“诚”。元好问《杨叔能小亨集引》又言其学诗自警语曰“无怨怼，无谑浪，无傲狠，无崖异”，“无为贤圣癫”，“无为天地一我、古今一我”。[②]怨怼谑浪同贤圣癫、天地一我一样，都是未能知本由诚所导致的；而实际上，以俳谐怒骂为诗的作者，常常是自比圣贤、以为自合天地的人。在元好问看来，“俳谐怒骂”并非源自本心。

二、骂詈为诗的《诗》学传统

《沧浪诗话·诗辨》在批评“以骂詈为诗”的末流甚者后，又称“然则近代之诗无取乎？曰：有之，吾取其合于古人者而已”[③]。元好问也说“今人合笑古人拙，除却雅言都不知”。依照前后文的逻辑推断，在严羽、元好问看来，“骂詈为诗”是不合于古人的雅言传统的。然而这个“拒绝骂詈”的雅言诗歌传统，是符合诗歌史事实，还是被严羽建构出来的呢？我们以中国诗歌的源头《诗经》为例，来讨论这个问题。

南宋学者黄彻《碧溪诗话》云：

> 山谷云：“诗者，人之性情也，非强谏争于庭，怨詈于道，怒邻骂坐之所为也。”余谓怒邻骂坐，固非诗本指，若《小弁》亲亲，未尝无怨。《何人斯》“取彼谮人，投畀豺虎”，未尝不愤。谓

① 元好问：《杨叔能小亨集引》，胡传志：《金代诗论辑存校注》，人民文学出版社2018年版，第498页。

② 元好问：《杨叔能小亨集引》，胡传志：《金代诗论辑存校注》，人民文学出版社2018年版，第498页。

③ 郭绍虞：《沧浪诗话校释》，人民文学出版社1961年版，第26页。

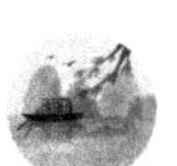

不可谏争，则又甚矣。箴规刺诲，何为而作。古者帝王尚许百工各执艺事以谏，诗独不得与工技等哉！故谲谏而不斥者，惟《风》为然。如《雅》云："匪面命之，言提其耳。""彼童而角，实讧小子。""忧心惨惨，念国之为虐。""乱匪降自天，生自妇人。"忠臣义士，欲正君定国，惟恐所陈不激切，岂尽优柔婉晦乎？"①

黄彻举出《诗经》中雅诗的例子，证明怨詈为诗古已有之。朱东润也说："是不是诗人不能叫噪怒张呢？《鄘·相鼠》《魏·硕鼠》还不是叫噪吗？《小雅·巷伯》喊出：'彼谮人者，谁适与谋？取彼谮人，投畀豺虎，豺虎不食，投畀有北；有北不受，投彼有昊！'这不是詈骂是什么？"诗是人情志的外放形式，而人禀七情，喜怒哀乐都在其中。喜有乐辞，哀有泣音，怒有詈语，本是当然之事。所以《诗大序》称"治世之音安以乐""乱世之音怨以怒""亡国之音哀以思"。骂詈语同其他类型的话语一样，都是情感表达的一种形式。西方也有"愤怒出诗人"的说法。

骂詈的构成有两个基本要素：詈意和詈语。詈意即体现骂詈者的情绪和情感，詈语是用于骂詈的语言材料。中国早期的诗歌对詈意和詈语都并不排斥。首先，从情绪的传达方式上看，不忌粗豪与激烈，即不排斥詈意。被情人背叛，就大喊"之子无良，二三其德"（《小雅·白华》）；为谗言所构，就疾呼"谗人罔极，交乱四国"（《小雅·青蝇》）；听不惯的，直叫"言之丑也"（《鄘风·墙有茨》）；看不惯的，敢说"颜之厚矣"（《小雅·巧言》）。乐府诗"感于哀乐，缘事而发"，也保留了《诗经》中粗豪的表达风格。如《陈留章武歌》："陈留章武，伤腰折股。贪人败类，秽我明主。"直骂因贪财货而伤腰折股的陈留公李崇、章武王拓跋融，是贪婪无餍、败秽同类声名之人。而"贪人败类"一词，来自《大雅·桑柔》。

① 黄彻：《䂬溪诗话》，《历代诗话》本，中华书局1983年版，第395页。

其次，从修辞上，也不排斥詈语。骂人野蛮，如《小雅·采芑》“蠢尔蛮荆”；以禽兽骂人，如《鄘风·相鼠》《魏风·硕鼠》《小雅·青蝇》等。又如《邶风·新台》“得此戚施”句，所谓“戚施”即蟾蜍，俗称癞蛤蟆，杨慎《升庵经说》卷四释此句云：“蟾蜍形大，背上多痱磊，行极迟缓，不能跳跃，亦不解鸣，多在湿处，故诗人以况卫宣公之老而无耻之状，盖丑诋之辞也。”可见亦是詈骂之辞。又如乐府诗《狐非狐》：“狐非狐，貉非貉，焦梨狗子啮断索。”《北史》谓“识者以为索谓本索发，焦梨狗子指宇文泰，俗谓之黑獭也”。宇文泰小名“黑獭”，索发是鲜卑旧俗，指北魏拓跋氏。本诗用非狐非貉的焦梨狗子讥骂宇文泰篡夺政权的野蛮无良行径。

不但如此，《诗经》中还有咒詈式的语辞，表现出辞与意上的双重激烈。例如，《大雅·桑柔》中“民之贪乱，宁为荼毒”之句，于鬯《香草校书》认为其与《尚书·汤誓》中民众咒詈夏桀之语相似：“案：‘荼毒’谓苦也。《易·师卦》：‘以此毒天下。’李鼎祚《集解》引干宝曰：‘毒，荼苦也。’是‘荼苦’谓之毒。单言曰‘毒’，累言曰‘荼毒’，‘荼毒’即‘荼苦’耳。盖国至乱亡，民必受其苦。此言民之怨上，欲国之乱亡，而宁为其所荼毒，故曰：‘民之贪乱，宁为荼毒’。是怨甚之辞也。……《书·汤誓》云：‘予及女偕亡。’《孟子·梁惠王》篇释之曰：‘民欲与之偕亡。’《西伯戡黎》篇云：‘今我民罔弗欲丧，曰天曷不降威？’并与‘宁为荼毒’同一怨恨之意。”①又如《鄘风·相鼠》一诗：

> 相鼠有皮，人而无仪。人而无仪，不死何为？
> 相鼠有齿，人而无止。人而无止，不死何俟？
> 相鼠有体，人而无礼。人而无礼！胡不遄死？

作者几乎全篇以骂詈为诗。“无仪”“无止”“无礼”数句，从外

① 刘毓庆：《诗义稽考》第九册，学苑出版社2006年版，第3387页。

在礼仪、内在品质和立身根本上，对对方作出激烈而彻底的指斥。后面的“不死何为”“不死何俟”“胡不遄死”，清邹汉勋《读书偶识》云“《白虎通义》：‘《相鼠》，妻谏夫之诗也。’谏虽切，直欲其夫死，非温厚之旨。”[①]陈子展说“恶之欲其死，反复言之，见其恶之深”[②]，一句比一句激切，一句比一句愤慨，一句比一句热辣，无怪乎王世贞批评它“太粗”。又如《邶风·新台》：

> 新台有泚，河水弥弥。燕婉之求，籧篨不鲜。
> 新台有洒，河水浼浼。燕婉之求，籧篨不殄。
> 鱼网之设，鸿则离之。燕婉之求，得此戚施。

按照一些学者的解释，所谓“籧篨不鲜”“籧篨不殄”，即相当于《相鼠》的“不死何俟”“胡不遄死”之义。夏辛铭《读毛诗日记》曰：“毛于下章《传》云：‘殄，绝也。’《瞻卬》传又云：‘殄，尽也。’均本《尔雅》绝尽义，同鲍照诗‘绝目尽平原’注：‘绝犹尽也。’《易·系辞》：‘君子之道鲜矣。’《释文》引师说亦云：‘鲜，尽也。’是‘鲜’与‘殄’同义。《论衡》：‘殄者，死之比也。’《左氏昭五年传》：‘葬鲜者自西门。’注：‘不以寿终为鲜。’张湛《列子注》亦云：‘人不以寿死曰鲜。’然则‘不殄’‘不鲜’犹云宜死而不死，即《相鼠》‘胡不遄死’之意。盖深恶之辞也。”[③]因而明沈守正《诗经说通》称“新台骂詈太甚”[④]。类似《相鼠》《新台》这种重复

---

① 邹汉勋:《读书偶识》四,清光绪左宗棠刻本。

② 陈子展:《诗经直解》,复旦大学出版社1983年版,第158页。

③ 刘毓庆:《诗义稽考》第二册,学苑出版社2006年版,第590页。

④ 顾梦麟:《诗经说约》,明崇祯织帘居刻本。

式的骂詈，是上古巫祝诅咒驱灾的遗留。[①]

孔子云“诗可以观”，诗作为统治阶层获取民众信息的重要渠道，自然不应当摒除骂詈之语；又云“可以怨”，诗作为发泄民众怨愤的一种出口，也不应过分约束。《左传·襄公三十一年》载孔子赞美子产不毁乡校之事。郑国的臣民在乡校中议论政事，时有怨刺语，有人建议子产取缔乡校，而子产说：“何为？夫人朝夕退而游焉，以议执政之善否。其所善者，吾则行之；其所恶者，吾则改之。是吾师也，若之何毁之？我闻忠善以损怨，不闻作威以防怨。岂不遽止，然犹防川，大决所犯，伤人必多，吾不克救也。不如小决使道，不如吾闻而药之也。”[②]子产认为民众之愤怨，不能堵，而应当使其发泄出来；行政者应当利用这些怨辞以观察并改善自己的治理。孔子由是赞美子产“人谓子产不仁，吾不信也”[③]。子产这段话与孔子“诗可以观”“可以怨”的逻辑是相近的，诗“可以怨”是“可以观”的前提，何休《春秋公羊传解诂·宣公十五年》曰：“从十月尽，正月止，男女有所怨恨，相从而歌，饥者歌其食，劳者歌其事。男年六十、女年五十无子者，官衣食之，使之民间求诗，乡移于邑，邑

① 例如弗雷泽《金枝》载：“如果一次干旱时间持续过长，人们就愤怒地放弃所有常用的顺势巫术，不再费力地念咒语，而是采用恐吓、咒骂甚至暴力的方式强行向苍天，向他们所谓的切断‘总水管’的水神索要雨水。在日本，如果村庄的守护神一直不理会农民们的求雨祝祷，人们便推倒它的塑像，高声咒骂着，并把它的头朝下扔进发臭的稻田。他们骂道：“不让你在这儿待上一阵子是不行了。阳光已经把我们的庄稼烤焦，把我们的田地烤裂。我们也要炙烤你几天，让你尝尝这种滋味！”在塞内冈比亚，菲洛普人面对这一情况，通常会拽倒他们的崇拜物，并拖着它一边咒骂，一边在田地周围走，直到大雨落下。”（[英]詹姆斯·乔治·弗雷泽著，赵阳译《金枝》，安徽人民出版社2012年版，第92页。）

②《左传·襄公三十一年》，阮元：《十三经注疏》，中华书局1980年版，第2015—2016页。

③《左传·襄公三十一年》，阮元：《十三经注疏》，中华书局1980年版，第2016页。

移于国，国以闻于天子。”[①]《汉书·艺文志》则说：“哀乐之心感，而歌咏之声发。诵其言谓之诗，咏其声谓之歌。故古有采诗之官，王者所以观风俗，知得失，自考正也。”[②]这两则文献明确告诉我们，正是由于“哀乐之心感”“男女有所怨恨”而形之于诗歌，采诗以观才有了行政的意义。南宋朱熹以《国语》“怨而不怒”之语说“诗以怨”，然而诗若“怨而不怒”，将何以“观”？

正因为《诗经》中多怨怒骂詈之诗，所以《沧浪诗话》谈“古人之诗”时，多不言《诗经》。《诗辨》云：“工夫须从上做下，不可从下做上。先须熟读《楚词》，朝夕讽咏，以为之本；及读古诗十九首，乐府四篇。”[③]是由楚辞及汉魏盛唐诗，不包含《诗经》。郭绍虞《沧浪诗话校释》云：“沧浪只言熟读《楚词》，不及《三百篇》，足知其论诗宗旨。”[④]

三、儒家的诗歌语言传统建构及其约束与冲突

黄庭坚、元好问、严羽等人对“骂詈为诗”的批评，看起来各有因由，但都有一个共同的底座，即儒家所建构的诗学传统。孔子“文质彬彬”的观念，进入诗学领域，实际上成为了“意”与“辞”的双重要求。扬雄《法言·吾子》中说：“事胜辞则伉，辞胜事则赋，事辞称则经。足言足容，德之藻矣。”[⑤]《文心雕龙·宗经》“故文能宗经，体有六义：一则情深而不诡，二则风清而不杂，三则事信而不诞，四则义直而不回，五则体约而不芜，六则文丽而不

①《春秋公羊传解诂·宣公十五年》，阮元：《十三经注疏》，中华书局1980年版，第2287页。

② 班固：《汉书》卷三十，中华书局1962年版，第1708页。

③ 郭绍虞：《沧浪诗话校释》，人民文学出版社1961年版，第4页。

④ 郭绍虞：《沧浪诗话校释》，人民文学出版社1961年版，第4页。

⑤ 引自汪荣宝撰，陈仲夫点校：《法言义疏》，中华书局1987年版，第60页。

淫。”[1]前四点是论“意”，后两点是论“辞”。而“骂詈”在这两点上都不符合儒家的规范。

首先，从“辞”上讲，儒家诗学整体崇正尚雅，而“骂詈”之辞多属于俗语，不合于雅的标准。从“意”上讲，儒家诗学要求对情志的表达有所控制，所谓“乐而不淫，哀而不伤”，“温柔敦厚，诗教也”。虽然诗可以怨，但怨的程度应有所节制。屈原由于露才扬己、怨刺其上，受到了班固等人的批评。欧阳修《论尹师鲁墓志》中云“《春秋》之义，痛之益至则其辞益深，‘子般卒’是也。诗人之意，责之愈切则其言愈缓，‘君子偕老’是也。不必号天叫屈，然后为师鲁称冤也”[2]。宋代朱熹注“诗可以怨”曰“怨而不怒”。在儒家学者看来，诗虽是言志缘情之作，但此情志，应是符合常道的，内依于仁而外合于礼；而不应是极端的、放纵的情绪。因而“奔放的情欲、本能的冲动、强烈的激情、怨而怒、哀而伤、狂暴的欢乐、绝望的痛苦、能洗涤人心的苦难、虐杀、毁灭、悲剧，给人以丑、怪、恶等等难以接受的情感形式（艺术）便统统被排除了。情感被牢笼在、满足在、锤炼在、建造在相对的平宁和谐的形式中”[3]。

然而，儒家诗学这种节制的、“诗者，持也”的要求，本质上是与其“诗言志”的观念相龃龉的。“如中国之诗，舜云言志；而后贤立说，乃云持人性情，《三百》之旨，无邪所蔽。夫既言志矣，何持之云？强以无邪，即非人志。”[4]中国的诗学史，常常就是在“志”与“持”（“真”与“正”）之间徘徊、平衡的历史。

而骂詈为诗是“言志”的标出性形态。一些不愿为礼法所限制的、重“性情”的作者，常常愿意以骂詈为诗的创作形态，来展现

① 范文澜:《文心雕龙注》,人民文学出版社1958年版,第23页。

②《欧阳修全集》,中华书局2001年版,第1046页。

③ 李泽厚:《美学三书》,安徽文艺出版社1999年版,第241页。

④ 鲁迅:《摩罗诗力说》,《鲁迅全集》第一卷,人民文学出版社2005年版,第70页。

其自由言志的欲望，以及对“温柔敦厚”诗学的超越。韩愈有“大凡物不得其平则鸣”（《送孟东野序》）之说，苏轼自称“某平生无快意事，惟作文章，意之所到，则笔力曲折，无不尽意”[①]，又称“余性不慎言语，与人无亲疏，辄输写腑脏。有所不尽，如茹物不下，必吐出乃已”（《密州通判厅题名记》），“言发于心而冲于口，吐之则逆人”（《录陶渊明诗》）。明代李贽有“怒骂成诗”之说，又谓“古之贤圣，不愤则不作”“且夫世之真能文者，比其初皆非有意于为文也。其胸中有如许无状可怪之事，其喉间有如许欲吐而不敢吐之物，其口头又时时有许多欲语而莫可所以告语之处，蓄极积久，势不能遏。一旦见景生情，触目兴叹；夺他人之酒杯，浇自己之垒块；诉心中之不平，感数奇于千载。既已喷玉唾珠，昭回云汉，为章于天矣，遂亦自负，发狂大叫，流涕恸哭，不能自止”[②]。袁宏道称，“大概情至之语，自能感人，是谓真诗，可传也。而或者犹以太露病之，曾不知情随境变，字逐情生，但恐不达，何露之有？且《离骚》一经，忿怼之极，党人偷乐，众女谣诼，不揆中情，信谗齌怒，皆明示唾骂，安在所谓怨而不伤者乎？穷愁之时，痛哭流涕，颠倒反覆，不暇择音，怨矣，宁有不伤者？”[③]这些不避骂詈为诗者，都是重“性灵”者，他们更在乎诗歌抒情言志的特性，同时对于儒家“哀而不伤”“怨而不怒”的观念提出了挑战。

相反，骂詈为诗的批判者，往往更重视诗歌的正向作用，相对轻视诗歌的真实表达。清代纪昀甚至以此标准，否定韩愈的“不平则鸣”之说：“斯真穷而后工，又能不累于穷，不以酸恻激烈为工者，温柔敦厚之教，其是之谓乎？三古以来，放逐之臣、黄馘牖下

① 何薳:《春渚纪闻》卷六《东坡事实·文章快意》条,清《文渊阁四库全书》本。

② 郭绍虞主编:《中国历代文论选》第三册,上海古籍出版社1980年版,第121页。

③ 袁宏道:《叙小修诗》,钱伯城:《袁宏道集笺校》,上海古籍出版社2018年版,第188—189页。

之士，不知其凡几。其托诗以抒哀怨者，亦不知其凡几。平心而论，要当以不涉怨尤之怀，不伤忠孝之旨为诗之正轨。昌黎《送孟东野序》称‘不得其平则鸣’，乃一时有激之言，非笃论也。”[①]王夫之认为杜甫“朱门酒肉臭，路有冻死骨”是“宋人漫骂之祖，定是风雅一厄”[②]，批评白居易“长庆人徒用谩骂”，“诗教无存”[③]，论陆厥《中山孺子妾歌》说：“可以群者，非狎笑也；可以怨者，非诅咒也。不知此者，直不可以语诗。上下四旁，古今人物，饶有动情之处。鄙躁者非笑不欢，非哭不戚耳。自梁、陈、隋、唐、宋、元以来，所以亡诗者在此。”[④]这些儒家学者都从“诗教”导向出发，否定以骂詈为代表的负面情绪表达。

可见，这些对于“骂詈为诗”的争议，实质上是儒家诗学内在矛盾的必然结果，是“志”与“持”（“真”与“善”）的诗学观念冲突的集中展现。元好问对于骂詈为诗的批评，正是在此角度上展开的。

其次，“真”与“美”的观念冲突。“温柔敦厚”、持守节制的诗风，被后世学者理解为“诗味”。这在某种意义上说，就摒弃了直露性、豪宕的美感。北宋司马光《温公续诗话》云：“《诗》云：‘牂羊坟首，三星在罶。’言不可久。古人为诗，贵于意在言外，使人思而得之，故言之者无罪，闻之者足以戒也。”[⑤]北宋魏泰《临汉隐居诗话》言：“诗者述事以寄情，事贵详，情贵隐，及乎感会于心，则情见于词，此所以入人深也。如将盛气直述，更无余味，则感人也

① 纪昀：《月山诗集序》，《纪文达公遗集》，上海古籍出版社1995年版，第366页。

② 王夫之：《唐诗评选》卷二《后出塞》，《船山全书》第十四册，岳麓书社1996年版，第958页。

③ 王夫之：《唐诗评选》卷二《和谢豫章从宋公戏马台送孔令谢病》，《船山全书》第十四册，岳麓书社1996年版，第976页。

④ 王夫之：《古诗评选》卷一，《船山全书》第十四册，岳麓书社1996年版，第540页。

⑤ 何文焕辑：《历代诗话·温公续诗话》，中华书局1981年版，第277页。

浅，乌能使其不知手舞足蹈：又况厚人伦，美教化，动天地，感鬼神乎？”又云“至于魏、晋、南北朝乐府，虽未极淳，而亦能隐约意思，有足吟味之者。唐人亦多为乐府，若张籍、王建、元稹、白居易以此得名。其述情叙怨，委曲周详，言尽意尽，更无余味。及其末也，或是诙谐，便使人发笑，此曾不足以宣讽。诉之情况，欲使闻者感动而自戒乎？甚者或谲怪，或俚俗，所谓恶诗也，亦何足道哉！”[①]他们都认为余味曲包的“美”的表达才能有效参与诗教；魏泰还批评张籍、王建、元稹、白居易等人所作的新乐府盛气直述，言尽意尽，因而不堪吟味。这些议论都是严羽《沧浪诗话》的滥觞。此外，比严羽早60年的朱熹曾批评苏轼云：“苏才豪，然一滚说尽，无余意。”[②]比严羽早40年的叶适在其《习学记言》中批评韩愈诗中怒骂之态：“张衡《四愁》，虽在苏、李后，得古人意则过之。建安至晋高远，宋、齐丽密，梁、陈放靡，大抵辞意终未尽。唐变为近体，虽白居易、元稹以多为能，观其自论叙，亦未失诗意。而韩愈尽废之，至有乱杂蝉噪之讥。此语未经昔人评量，或以为是，而叫呼怒骂之态，滥溢而不可御，所以后世诗去古益远，虽如愈所谓乱杂蝉噪者尚不能到，况欲求风雅之万一乎！孟郊谓‘诗骨耸东野，诗涛汹退之’，而愈亦自谓‘还当三千秋，更起鸣相酬。’呜呼！以豪气言诗，凭陵古今，与孔子之论何异指哉？”[③]叶适认为骂詈为诗，是直露豪放、过分追求自我表达的结果，与儒家诗歌美学是相背离的。诗言志的同时，要保持诗歌独特的美感。严羽的批评，正是在这条线路上发展出来的。

再次，禅宗文化对于儒家诗学的影响。禅宗呵佛骂祖、泼辣粗

---

① 何文焕辑：《历代诗话·临汉隐居诗话》，中华书局1981年版，第322页。

② 黎靖德：《朱子语类》卷一百四十，中华书局1986年版，第3324页。

③ 叶适：《习学记言序目》卷四十七，程毅中主编：《宋人诗话外编》，国际文化出版公司1996年版，第1047页。

鄙的语言风格，也在一定程度上消解了文人对于雅正的崇尚。《五灯会元》载德山语曰："我先祖见处即不然，这里无佛无祖，达摩是老臊胡，释迦老子是干屎橛，文殊、普贤是担屎汉。等觉妙觉是破执凡夫，菩提涅槃是系驴橛，十二分教是鬼神簿、拭疮疣纸。四果三贤、初心十地是守古冢鬼，自救不了。"①"呵祖骂佛"是对经教名相的超越和对自证自悟精神的强调，而骂詈对于儒家诗学，也是一种批判式的、革命式的、颠覆式的表达。它颠覆了儒家文、道两截的诗学传统，而将"体用不二"的观念渗透到文道关系中。道与文是一非二，是不趋美避丑的。道不避污浊，文亦不避骂詈。德洪觉范诗云"种性能文章，怒骂成诗什"②。欧阳修称"道胜者文不难而自至也""若道之充焉，虽行乎天地，入于渊泉，无不之也"③。苏轼《南行前集叙》："夫昔之为文者，非能为之为工，乃不能不为之为工也。山川之有云雾，草木之有华实，充满勃郁，而见于外，夫虽欲无有，其可得耶！"④在欧阳修、苏东坡看来，文是道的自然实现，因而不必另外追求"文"。苏轼又说"吾文如万斛泉源，不择地皆可出，在平地滔滔汩汩，虽一日千里无难。及其与山石曲折，随物赋形，而不可知也"⑤。是以出为议论语，出为骂詈语，出为俳谐语，皆是自然而成，亦是合于"道"的。

① 普济编:《五灯会元》卷七,中华书局1984年版,第374页。

② 德洪觉范:《彦周见和复答》,惠洪:《石门文字禅》卷六,明径山寺本。

③ 欧阳修:《答吴充秀才书》,李之亮笺注:《欧阳修集编年笺注》卷四十七,第三册,巴蜀书社2007年版,第255页。

④《苏轼文集》,中华书局1986年版,第323页。

⑤《苏轼文集》,中华书局1986年版,第2069页。

参考文献

一、古人编著

（一）经部

郑玄注，孔颖达疏：《毛诗正义》（十三经注疏本），北京大学出版社1999年版。

郑玄注，孔颖达疏：《毛诗正义》，中华书局1979年版。

苏辙：《诗集传》，宋淳熙七年苏诩筠州公使库刻本。

朱倬：《诗经疑问》，清《文渊阁四库全书》本。

朱熹：《诗集传》，上海古籍出版社1980年版。

傅恒，等：《诗义折中》，清《文渊阁四库全书》本。

姚际恒：《诗经通论》，中华书局1958年版。

方玉润：《诗经原始》，中华书局1986年版。

崔述：《读风偶识》，《崔东壁遗书》本，上海古籍出版社1983年版。

王先谦：《诗三家义集疏》，中华书局1987年版。

郑玄注，孔颖达疏：《礼记疏》，清嘉庆二十年南昌府学重刊宋本《十三经注疏》本。

贾公彦：《周易注疏》，阮元校刻《十三经注疏》，中华书局影印本1980年版。

朱震：《汉上易传》，《四部丛刊初编》第四册，上海书店1989年版。

刘淇：《助字辨略》，中华书局1954年版。

袁仁林：《虚字说》，中华书局2004年版。

王引之：《经义述闻》，台湾世界书局1975年版。

（二）史部

司马迁：《史记》，中华书局1959年版。

班固：《汉书》，中华书局1964年版。

范晔：《后汉书》，中华书局1965年版。

葛洪：《西京杂记》，中华书局1985年版。

萧子显：《南齐书》，中华书局1972年版。

房玄龄：《晋书》，中华书局1974年版。

魏徵：《隋书》，中华书局1973年版。

姚思廉：《梁书》，中华书局1973年版。

崔豹：《古今注》，商务印书馆1937年版。

（三）子部

王弼：《老子注》，《诸子集成》本第三册，中华书局1954年版。

普济：《五灯会元》，中华书局1984年版。

黎靖德编：《朱子语类》，中华书局1986年版。

洪迈：《容斋随笔》，上海古籍出版社1978年版。

瞿中溶：《汉武梁祠画像考》，北京图书馆出版社2004年版。

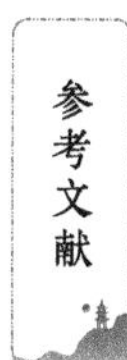

（四）集部

洪兴祖：《楚辞补注》，中华书局1983年版。

朱熹：《楚辞集注》，上海古籍出版社2001年版。

王夫之：《楚辞通释》，中华书局1975年版。

李光地：《离骚经注》，《四库全书存目丛书》本。

李光地：《九歌注》，《四库全书存目丛书》本。

林云铭：《楚辞灯》，《四库全书存目丛书》本。

林仲懿：《读〈离骚〉管见》，《四库全书存目丛书》本。

陆时雍：《楚辞疏》，《续修四库全书》影明缉柳斋刻本。

陈本礼：《屈辞精义》，《续修四库全书》影印清挹露轩藏本。

萧统辑，李善注：《宋尤袤刻本文选》，国家图书馆出版社2017年版。

陈祚明：《采菽堂古诗选》，清康熙刊本。

陶潜著，汤汉笺注：《笺注陶渊明集》，元刻本。

陶潜撰，何孟春注：《陶靖节集》，明正德十六年刻本。

黄文焕：《陶诗析义》，清光绪二年刻本。

吴瞻泰：《陶诗汇注》，清康熙四十四年刻本。

邱嘉穗：《东山草堂陶诗笺》，清闽西邱氏刻本。

张耒：《苏门六君子文粹》，中华书局1990年版。

晁补之：《鸡肋集》，清《文渊阁四库全书》本。

陈造：《江湖长翁集》，明万历刻本。

伍袁萃：《林居漫録》，畸集明万历刻本。

邵宝：《简端录》，清《文渊阁四库全书》本。

屠隆：《由拳集》，台北伟文图书出版社有限公司1977年版。

沈德潜：《古诗源》，中华书局1963年版。

程廷祚：《清溪集》，《金陵丛书》本。

张溥：《汉魏六朝百三名家集题辞注》，人民文学出版社 1960 年版。

陈本礼：《汉诗统笺》，中国社科院文学所图书资料室藏清嘉庆年间裛露轩刻本。

郭子章：《六语》，《四库全书存目丛书》本。

袁枚：《随园诗话》，人民文学出版社 1982 年版。

胡应麟：《诗薮》，上海古籍出版社 1979 年版。

许学夷：《诗源辨体》，人民文学出版社 1987 年版。

王夫之：《船山全书》，岳麓书社 1988—1996 年版。

李光地：《榕村语录》，中华书局 1995 年版。

杭世骏：《道古堂全集》，清乾隆四十一年刻光绪十四年刻本。

焦竑：《焦氏笔乘》，上海古籍出版社 1986 年版。

阮元：《研经室集》，中华书局 1993 年版。

刘开：《刘孟涂集》，清道光六年姚氏檗山草堂刻本。

叶燮：《已畦文集》，民国七年梦篆楼刊本。

马国翰：《目耕帖》，《玉函山房辑佚书》本。

邹汉勋：《读书偶识》，清光绪左宗棠刻本。

芮长恤：《匏瓜录》，清光绪十年怀永堂恽氏刻本。

冯班：《钝吟杂录》，丛书集成本，商务印书馆 1937 年版。

宋长白：《柳亭诗话》，清康熙天茁园刻本。

沈德潜：《说诗晬语》，人民文学出版社 1979 年版。

方东树：《昭昧詹言》，人民文学出版社 1961 年版。

杜文澜：《古谣谚》，中华书局 1958 年版。

刘熙载：《艺概》，上海古籍出版社 1978 年版。

吴景旭：《历代诗话》，中华书局 1958 年版。

王夫之等：《清诗话》，上海古籍出版社 1978 年版。

二、今人编著

（一）编著

郭绍虞：《谚语的研究》，商务印书馆1925年版。

萧望卿：《陶渊明批评》，上海开明书店1948年版。

萧涤非：《读诗三札记》，作家出版社1957年版。

范文澜：《文心雕龙注》，人民文学出版社1958年版。

刘师培：《论文杂记》，人民文学出版社1959年版。

王国维：《人间词话》，人民文学出版社1960年版。

姜亮夫：《楚辞书目五种》，中华书局1961年版。

北京大学北京师范大学中文系、北京大学中文系文学史教研室编：《陶渊明资料汇编》，中华书局1962年版。

戴明扬：《嵇康集校注》，人民文学出版社1962年版。

鲁迅：《鲁迅全集》第一卷，人民文学出版社1973年版。

许维遹：《韩诗外传集释》，中华书局1980年版。

陈子展：《诗经直解》，复旦大学出版社1983年版。

逯钦立：《先秦汉魏晋南北朝诗》，中华书局1983年版。

余嘉锡：《世说新语笺疏》，中华书局1983年版。

郭绍虞：《沧浪诗话校释》，人民文学出版社1983年版。

丁福保辑：《历代诗话续编》，中华书局1983年版。

郭绍虞编选，富寿荪校点：《清诗话续编》，上海古籍出版社1983年版。

汪荣宝撰，陈仲夫点校：《法言义疏》，中华书局1984年版。

黄节：《阮步兵咏怀诗注》，人民文学出版社1984年版。

郭沫若：《郭沫若全集》，人民出版社1984年版。

叶瑛：《文史通义校注》，中华书局1985年版。

张道一：《徐州汉画像石》，江苏美术出版社1985年版。

王利器：《新语校注》，中华书局1986年版。

胡适：《白话文学史》，岳麓书社1986年版。

钱钟书：《管锥编》，中华书局1986年版。

萧兵：《楚辞与神话》，江苏古籍出版社1986年版。

［日］铃木大拙：《禅学随笔》，台北志文出版社1986年版。

［德］叔本华著，陈晓南译：《爱与生的苦恼——生命哲学的启蒙者》，中国和平出版社1986年版。

张正明：《楚文化史》，上海人民出版社1987年版。

陈伯君：《阮籍集校注》，中华书局1987年版。

王钟陵：《中国中古诗歌史》，江苏教育出版社1988年版。

朱金城：《白居易集笺校》，上海古籍出版社1988年版。

游国恩：《游国恩学术论文集》，中华书局1989年版。

葛晓音：《八代诗史》，陕西人民出版社1989年版。

黄晖：《论衡校释》，中华书局1990年版。

钱林森编：《牧女与蚕娘——法国汉学家论中国古诗》，上海古籍出版社1990年版。

殷国明：《艺术家与死》，花城出版社1990年版。

［美］王靖献：《钟与鼓——诗经的套语及其创作方式》，四川人民出版社1990年版。

杨宽：《中国古代都城制度史研究》，上海古籍出版社1993年版。

曹旭：《诗品集注》，上海古籍出版社1994年版。

［日］安居香山、中村璋八辑：《纬书集成》，河北人民出版社1994年版。

赵辉：《楚辞文化背景研究》，湖北教育出版社1995年版。

赵敏俐：《汉代诗歌史论》，吉林教育出版社1995年版。

龚斌：《陶渊明集校笺》，上海古籍出版社1996年版。

马一浮：《马一浮全集》，浙江古籍出版社1996年版。

罗宗强：《魏晋南北朝文学思想史》，中华书局1996年版。

顾颉刚：《秦汉的方士与儒生》，上海古籍出版社1998年版。

李泽厚、刘纲纪：《中国美学史》，安徽文艺出版社1999年版。

徐公持：《魏晋文学史》，人民文学出版社1999年版。

郑敏：《诗歌与哲学是近邻：结构–解构诗论》，北京大学出版社1999年版。

来可泓：《国语直解》，复旦大学出版社2000年版。

刘师培：《中国中古文学史讲义》，上海古籍出版社2000年版。

葛兆光：《中国思想史》，复旦大学出版社2001年版。

［美］约翰·迈尔斯·弗里，朝戈金译：《口头诗学：帕里—洛德理论》，社会科学文献出版社2000年版。

王国维：《王国维文学论著三种》，商务印书馆2001年版。

钱钟书：《谈艺录》，生活·读书·新知三联书店2001年版。

马承源主编：《上海博物馆藏战国楚竹书》，上海古籍出版社2001年版。

张亚初：《殷周金文集成引得》，中华书局2001年版。

袁行霈：《陶渊明集笺注》，中华书局2003年版。

赵勤国：《绘画形式语言》，黄河出版社2003年版。

罗宗强：《因缘集》，南开大学出版社2004年版。

吕思勉：《先秦史》，上海古籍出版社2005年版。

刘屹：《敬天与崇道》，中华书局2005年版。

［美］巫鸿：《礼仪中的美术：巫鸿中国古代美术史文编》，生活·读书·新知三联书店2005年版。

顾颉刚：《古史辨》第三册，中华书局2006年版。

王钟陵：《中国前期文化》，上海古籍出版社2006年版。

白振奎：《陶渊明、谢灵运诗歌比较研究》，上海辞书出版社

2006年版。

［德］海德格尔著，陈嘉映、王庆节译：《存在与时间》，生活·读书·新知三联书店2006年版。

王叔岷：《陶渊明诗笺证稿》，中华书局2007年版。

吴为山：《雕塑的诗性》，南京大学出版社2007年版。

黄节：《谢康乐诗注》，中华书局2008年版。

朱自清：《经典常谈》，生活·读书·新知三联书店2009年版。

魏耕原：《陶渊明论》，北京大学出版社2011年版。

范子烨：《春蚕与止酒：互文性视域下的陶渊明诗》，社会科学文献出版社2012年版。

刘宁：《汉语思想的文体形式》，华东师范大学出版社2012年版。

刘师培：《仪征刘申叔遗书》，广陵书社2014年版。

顾随：《顾随全集》，河北教育出版社2014年版。

张寅彭辑：《清诗话三编》，上海古籍出版社2014年版。

钟书林：《隐士的深度：陶渊明新探》，中国社会科学出版社2015年版。

李泽厚：《美的历程》，生活·读书·新知三联书店2017年版。

刘跃进，程苏东主编：《早期文本的生成与传播：周秦汉唐读书会文汇》第一辑，中华书局2017年版。

傅刚：《魏晋南北朝诗歌史论》，商务印书馆2017年版。

尚永亮：《弃逐与回归：上古弃逐文学的文化学考察》，上海古籍出版社2017年版。

刘运好：《魏晋经学与诗学》，中华书局2018年版。

李剑锋：《兰亭集校注》，山东大学出版社2019年版。

许结：《香草美人：许结讲辞赋》，江苏凤凰文艺出版社2022年版。

张健：《沧浪诗话校笺》，上海古籍出版社2022年版。

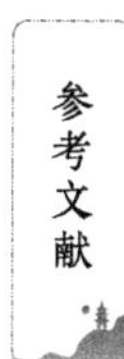

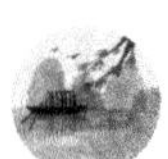

张伯伟：《回向文学研究》，商务印书馆2022年版。

马昕：《三家〈诗〉辑佚史》，中华书局2022年版。

刘跃进：《中古文学文献学（增订版）》，凤凰出版社2023年版。

刘奕：《诚与真：陶渊明考论》，上海古籍出版社2023年版。

钱志熙：《中国古典诗学源流》，中华书局2024年版。

（二）论文

章太炎：《文学说例》，《新民丛报》第15号，1902年9月2日。

鲁迅：《魏晋风度及文章与药及酒之关系》，《北新》，1927年第2期。

［日］林巳奈夫：《后汉时代的车马行列》，《东方学报》京都版，1964年。

张政烺：《满城汉墓出土金银鸟虫书铜壶（甲）释文》，朱东润、李俊民、罗竹风主编：《中华文史论丛》总第十一辑，上海古籍出版社1979年版。

刘文英：《奇特而深邃的哲理诗》，《文史哲》，1978年第5期。

范祥雍：《满城汉墓铜壶释文商榷》，朱东润、李俊民、罗竹风主编：《中华文史论丛》总第十五辑，上海古籍出版社1980年版。

顾铁符：《奔马·"袭乌"·马式——试论武威奔马的科学价值》，《考古与文物》，1982年第2期。

李开元：《论汉伐大宛和汉朝的西方政策》，《西北史地》，1985年第1期。

李晓东、黄晓芬：《从〈日书〉看秦人鬼神观及秦文化特征》，《历史研究》，1987年第4期。

潘啸龙：《〈天问〉的渊源与艺术》，《中国社会科学》，1988年第6期。

胡平生：《"马踏飞鸟"是相马法式》，《文物》，1989年第6期。

王树民：《释志》，《文史》三十二辑，中华书局1990年版。

刘兆云：《汉武帝〈天马歌〉纵横谈》，《新疆大学学报》（哲学社会科学版），1993年第2期。

叶岗：《汉〈郊祀歌〉与谶纬之学》，《文学评论》，1996年第4期。

张宏《汉代〈郊祀歌十九章〉的游仙长生主题》，《北京大学学报》（哲学社会科学版），1996年第4期。

曹立波：《阮籍现象的文化意蕴》，《求实学刊》，1996年第3期。

周本雄：《武威雷台东汉铜奔马三题》，《考古》，1998年第5期。

陈龙海：《论原始艺术的“线”性特征》，《华中师范大学学报》（人文社会科学版），2002年第3期。

殷光熹：《〈天问〉结构的独特性》，《云南大学学报》（社会科学版），2003年第2期。

倪晋波：《论〈天问〉的叙问特征和抒情结构》，《海南大学学报》（人文社会科学版），2003年第2期。

魏耕原：《陶诗“平淡”说反思》，《陕西师范大学学报》（哲学社会科学版），2004年第5期。

魏耕原：《外淡而内奇：陶诗的审美追求》，《陕西师范大学学报》（哲学社会科学版），2007年第4期。

赵沛霖：《汉〈郊祀歌·天马〉与祥瑞观念、神仙思想》，郭英德、李运富主编：《励耘学刊（文学卷）》总第七辑，学苑出版社，2008年版。

蒋寅：《超越之场：山水对于谢灵运的意义》，《文学评论》，2010年第2期。

王煜：《汉代太一信仰的图像考古》，《中国社会科学》，2014年第3期。

易闻晓：《“以议论为诗”与理趣之境》，《贵州师范大学学报》

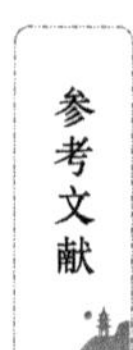

（社会科学版），2016年第1期。

杨宁宁：《“理语”的重塑——船山“化理入情”诗理观的内生成语境及分类形迹》，《文艺理论研究》，2018年第1期。

陈颖聪：《对“宋无诗”论关于“以文为诗”“以议论为诗”的述评——兼及“文人之诗”与“诗人之诗”》，《中国韵文学刊》，2020年第2期。

程维：《论〈诗经〉的议论传统——从〈沧浪诗话〉“以议论为诗”谈起》，《古籍研究》编辑委员会编：《古籍研究》总第七十六辑，凤凰出版社2022年版，第28—38页。

蔡丹君：《理来情无存：谢灵运山水诗的篇体思想》，《文学遗产》，2022年第5期。

孙明君：《陶渊明〈形影神〉的思想渊源》，《陕西师范大学学报》（哲学社会科学版），2023年第2期。

程维：《道不空寻：论陶渊明诗歌的议论特色》，《阴山学刊》，2024年第2期。

张节末：《论〈古诗十九首〉与玄学时间观的契会》，《人文杂志》，2024年第10期。

朱志荣：《论严羽的晋诗观》，《人文杂志》，2024年第11期。